KB033678

겐자놈아,
내가 너를
사랑한는대네

있잖아,
내가 너를 사랑한다네

1판 1쇄 찍음 2015년 8월 12일
1판 1쇄 펴냄 2015년 8월 19일

지은이 | 수현
펴낸이 | 고운숙
펴낸곳 | 봄 미디어

기획·편집 | 정수경 박혜진

출판등록 | 2014년 08월 25일 (제387-2014-000040호)
주소 | 경기도 부천시 원미구 소향로17, 304(두성프라자) (우)420-864
영업부 | 070-5015-0818 편집부 | 070-5015-0817 팩스 | 032-712-2815
E-mail | bommedia@naver.com
소식창 | http://blog.naver.com/bommedia

값 9,000원

ISBN 979-11-5810-105-3 03810

첫잎아,
내가 너를
사랑한다네

수현 장편 소설

contents

prologue

아침부터 추적추적 내리던 비는 정오를 기점으로 거세지고 있었다. 일기예보에선 비 올 확률 20퍼센트, 강우량이 1~4밀리미터 미만이라고 했다. 하지만 그 어느 것도 맞지 않았다. 비는 하늘이 뻥 뚫린 것처럼 미친 듯이 쏟아붓고 있었다. 최악의 일기예보에 열불이 오른 시은이 입바람으로 앞머리를 불어 날렸다.

"후우, 젠장. 이놈의 세상은 믿을 만한 게 하나도 없어."

씩씩거리며 병원 복도를 뛰어가는 시은의 반듯한 이마가 흩날린 머리카락 사이로 훤히 드러났다. 그녀의 고집스런 이마가 형광등 불빛에 반사되어 반짝 빛났다. 그 아래 가지

런한 눈썹 사이 미간이 한껏 구겨져 있었다. 아마도 지금 시은이 열심히 뛰고 있는 이유 때문일 것이다.

"어이, 정. 201호 박동규 환자."

"알아, 안다고."

동기 은철이 뭔가를 알려 주려는 듯 그녀를 불렀다. 하지만 시은은 그것을 만류하며 빠르게 스쳐 지나갔다. 쏜살같이 달려가는 시은을 물끄러미 바라보던 은철이 어깨를 으쓱하며 곧 가던 길을 갔다. 굳이 자신이 말하지 않아도 똑 부러지는 성격답게 알아서 잘 처리할 것이다.

201호 박동규 환자는 비가 오면 생각나는 그 어떤 사람 때문에 꼭 억수같이 비가 쏟아붓는 날만 골라 밖에서 나체쇼를 벌이곤 했다. 오늘이 바로 그날이었다. 그것을 막기 위해 시은은 지금 발에 모터를 단 것처럼 열심히 로비를 가로지르고 있었다.

부디 이미 다 벗지 않았기를 바라며.

"그렇게 신경을 쓰라고 했는데! 최진우, 너 오늘 죽었어!"

최진우는 레지던트 1년차이자 그녀 바로 밑 인턴으로, 정신과로 배정받아 온 지 고작 일주일밖에 되지 않은 신출내기였다. 돌고 도는 떠돌이 인생이 인턴이라지만 일단 자신이 배정받은 파트에선 최선을 다해 임하고 배워야 한다. 정신과라고 해서 쉽게 생각하고 설렁설렁 넘어갈 생각이었다

면 오판이다. 있는 동안 책임감이 뭔지 아주 뼈저리게 느낄
수 있도록 해 주리라.

정문을 나서며 시은이 이를 꽉 깨물고 주먹을 불끈 쥐었
다.

"우우우."

그리 멀지 않은 곳에서 들려오는 익숙한 늑대 울음소리에
시은이 우뚝 걸음을 멈추고 거친 숨을 몰아쉬었다. 병원 마
당. 정원으로 가는 길목에서 그를 발견할 수 있었다. 역시나
박동규 환자는 거친 비에도 지나가는 행인들의 시선을 끌어
모으는 대단한 능력을 갖추고 있었다. 그는 내리는 비를 온
몸으로 환영해 받아 내며 춤을 추듯 맴을 도는 중이었다.

여지없이 비가 들이치고 있는 정문 현관으로 나선 시은이
한숨을 푹 내쉬며 박동규 환자를 확인했다.

투둑, 투둑.

제 가운 위로 떨어지는 비를 무심히 흘려 넘기며 그녀는
거침없이 빗속으로 뛰어들었다.

"박동규 씨!"

이름을 부르며 그의 앞으로 달려간 시은이 이마 위로 손
을 겹쳐 비를 막으며 눈을 크게 떴다. 고개를 한껏 젖히고
환자복의 단추를 풀어 헤치던 그가 시은의 부름에 우뚝 동
작을 멈췄다. 그리곤 그윽한 눈빛으로 그녀를 쳐다봤다. 한

동안 그렇게 우두커니 있던 박동규 환자가 문득 시은을 향해 한 손을 펼쳐 뻗었다.

그 손짓이 무슨 의미인지 아는 시은이 어색한 웃음을 지으며 천천히 손을 올렸다. 그녀의 손이 자신의 손에 겹쳐지는 순간, 박동규 환자가 시은의 허리를 휘감아 바짝 끌어당겼다.

'윽.'

맞닿은 그의 맨살이 시은의 젖은 가운을 짓눌러 그다지 좋지 못한 촉감을 연출했다. 그 뒤로 시은은 여러 번의 허리 꺾임과 발을 밟히는 수난을 겪었다. 30분을 그렇게 춤을 추고 난 후에야 모든 것이 멈췄다.

"오늘 춤 너무 좋았어요. 퍼펙트. 완벽해."

시은이 박동규 환자를 치켜세우며 기분을 맞췄다.

위험한 상황도 아닌데 환자를 억지로 제압해 병실로 끌고 가는 건 용납 불가한 일이었다. 박동규 환자의 경우 이렇게 빗속에서 한바탕 격한 춤을 추고 나면 순한 양으로 변해 순순히 지시에 따랐다.

제 몸 하나 희생해 환자를 행복하게 할 수 있다면 그것으로 된 거라고 시은은 늘 입버릇처럼 말했다. 하지만 그 말이 항상 옳은 건 아니었다. 희생에도 한계선이 있다는 걸 요즘 시은은 몸과 마음으로 절감하고 있었다.

"감사합니다."

박동규 환자가 정중하게 인사를 하며 빗속의 춤사위를 마무리 지었다. 그에게서 풀려난 시은은 휘청거리는 다리와 허리를 애써 추스르며 해맑은 미소를 지어 보였다. 그리고 쭈뼛거리며 달려온 진우에게 박동규 환자를 인계했다.

"죄송합니다, 선생님."

"환자부터 챙겨. 샤워시키고 옷 갈아입혀 드려. 감기 안 걸리게."

"예."

미소 띤 얼굴과 달리 살벌하게 빛나는 그녀의 눈에 진우가 흠칫하며 얼른 몸을 돌렸다. 박동규 환자를 이끌어 로비로 걸어가는 진우를 한껏 흘기던 시은이 현관으로 들어서서 물이 뚝뚝 흐르는 가운을 벗었다.

"완전 물에 빠진 생쥐 꼴이 따로 없네."

바깥을 향해 가운의 물기를 짜며 시은이 고개를 절레절레 흔들었다. 몇 번을 꾹꾹 짠 가운을 탈탈 털어 다시 걸쳤다. 그리고 막 몸을 돌려 안으로 들어서려다 걸음을 멈췄다. 유리 벽 너머 로비 한쪽에 따로 마련된 공연 홀이 보였다.

홀은 공개된 장소로, 모두가 볼 수 있게끔 만들어진 곳이었다. 주로 환자들을 위한 힐링 공연이 이뤄지는데, 오늘은 마술 공연이 있는 모양이었다. 원래 그런 것엔 관심이 없는 시은이었지만 오늘따라 이상하게 시선이 갔다.

　신경정신과 레지던트는 강한 정신력과 체력이 요구되는 의료계의 3D 분야였다. 노련하게 환자를 대하는 선배들과 교수님들이 위대해 보일 정도로 정신없이 휘둘리며 멘붕의 멘붕을 겪는 것이 1년차의 일상이었다. 힐링 같은 건 꿈에서조차 맛보기 힘든 머나먼 이야기였다.

　"마법은……."

　안으로 들어서자 차분하고 매력적인 중저음의 목소리가 들려왔다. 시은은 문득 시선을 그곳에 고정했다. 얼굴의 반을 가린 화려한 가면을 쓴 마술사의 모습이 보였다. 말끔한 정장 차림의 마술사 손에는 카드가 들려 있었다.

　"늘 우리 곁에 있습니다."

　마술사가 카드를 좌르륵 펼쳐 들며 나직이 말했다. 춤을 추듯 나긋이 움직이는 그의 손끝에 사람들의 시선이 모였다. 우아하게 허공을 날다 안착한 손이 카드를 모으자, 거짓말처럼 손에서 카드가 사라졌다.

　"단지, 언제 어떻게 일어날지 모를 뿐."

　그가 빈손을 모아 제 입 앞에 대고 바람을 불어 넣었다. 그 손이 천천히 허공 위로 떠올랐다.

　"어떤 형태로든 찾아와 당신을 깜짝 놀라게 할 것입니다."

펼쳐진 손이 우아한 곡선을 그리며 허공을 휘저을 때마다 새하얀 눈꽃이 내렸다. 폭우처럼 쏟아지는 우울한 비와는 상대적으로 곱고 아름다운 눈꽃이 로비 한쪽의 작은 공연 홀을 가득 메웠다. 허공을 날아온 눈꽃 하나가 시은의 어깨 위에 사뿐히 내려앉았다. 그것을 무심히 바라보던 그녀가 손을 뻗었다.

"고대하세요, 당신을 행복으로 이끌 그 마법의 순간을."

감미로운 마술사의 목소리가 귓속을 물들이는 순간, 시은은 잡은 눈꽃을 바닥으로 낙하시켰다. 그리곤 미련 없이 의국이 있는 2층으로 몸을 돌렸다. 지금 시은에게 필요한 건 마법이 아니라 마른 옷가지와 수건이었다.

그녀가 막 발걸음을 떼려고 할 때였다. 내리는 비와 딱 어울리는 감성 충만한 노랫소리가 들려왔다. 그 노래에 시은의 발걸음이 묶였다. 매섭게 쏟아지는 비를 감미롭게 만드는 마법. 그 아름다운 노랫소리에 그녀의 고개가 다시 무대로 옮겨졌다.

마술사의 입에서 흘러나오는 노래를 모두가 숨을 죽인 채 경청하고 있었다. 가슴을 적시는 노랫말에 시은의 동공이 살짝 흔들렸다. 숨을 깊게 들이쉰 시은은 심장이 아릿해져 오려는 것을 차단했다.

'비와 당신'.

이런 날엔 절대 듣고 싶지 않은 노래가 공연장을 넘어 병원 안으로 점점 번져 나가고 있었다.

피할 도리도 없이 그렇게 시은은 노래 속에 함께 빠져들었다.

※　　　※　　　※

샤워할 시간이 없어 간단히 옷만 갈아입은 시은이 의국을 나서자 때를 맞춰 호출기가 울렸다. 호출 번호를 확인한 시은의 미간이 살짝 찌푸려졌다. 박동규 환자의 상태도 살피고 진우도 손볼 겸 병실로 내려가려던 참이었다. 시은은 그대로 발걸음을 돌려 엘리베이터 앞으로 걸어갔다.

"갑자기 웬 호출?"

신경정신과 과장을 겸임 중인 이재호 교수의 호출이었다. 재호는 시은의 고등학교와 대학교 선배로, 기수 차이가 많이 나긴 하지만 꽤 돈독한 사이를 유지하는 중이었다.

똑똑.

연구실 앞에 도착해 노크를 하자 안에서 곧장 들어오라는 말이 들려왔다. 급하게 문을 열고 들어선 시은은 다짜고짜 호출 이유부터 물었다.

"무슨 일이세요?"

"뭐가 그렇게 급해. 인사도 생략하고."

재호가 시은을 타박하며 눈짓으로 맞은편 소파를 가리켰다. 손님이 있었다. 단둘이었다면 모를까, 손님에겐 자칫 시은의 행동이 건방져 보일 수도 있었다. 교수에게 일개 전공의가, 그것도 이제 갓 발을 들인 1년차가 할 수 있는 말투와 행동이 아니었다. 안으로 들어선 시은이 정중히 허리를 숙였다.

"죄송합니다. 제가 너무 급했습니다. 부르셨습니까, 교수님?"

재호에게 인사를 하며 시은이 곁눈질로 손님을 흘긋 살폈다. 어쩐지 입고 있는 옷이 낯익다 했더니 조금 전 공연장에서 봤던 의상을 착용하고 있었다.

'마술사?'

언제 공연을 마치고 올라온 걸까? 마치 시공간을 이동한 듯 그가 마술처럼 시은의 눈앞에 앉아 있었다. 유추해 보건대 아마도 그는 오늘 공연을 위해 재호가 특별히 초빙한 마술사인 듯했다. 아니라면 여기 있을 이유가 없었다.

가면을 벗은 그는 꽤 고운 얼굴선을 가진 미남이었다. 준수한 외모가 자꾸만 눈길을 끌었고, 입가에 머문 옅은 미소가 그의 매력을 상승시키고 있었다. 저 얼굴을 보지 못한 관객들이 참 안타깝게 느껴졌다.

재호가 손을 까닥여 가까이 부르자 시은이 적당한 거리를 두고 그의 옆으로 다가섰다.

"네, 교수님."

"여기 이분, 택시 타는 곳까지 안내해 주겠나?"

"네?"

시은이 고개를 모로 기울이며 재호를 빤히 쳐다봤다. 그녀의 얼굴엔 고작 그걸 시키려고 날 불렀느냐는 의문이 고스란히 담겨 있었다. 환자를 보는 것도 아니고 초대 손님을 택시에 태워 보내는 사소한 일로 재호가 자신을 호출했다는 것이 믿기지가 않았다.

"오늘 환자들을 위해 멋진 공연을 펼쳐 주신 분이니까 정중히 모셔야 하네."

재호가 평소답지 않은 점잖고 진중한 목소리로 또박또박 일렀다. 시은의 눈을 정면으로 마주한 채, 말을 듣지 않으면 가만두지 않겠다는 은근한 협박을 눈 부라림으로 대신하며.

황당함에 입이 벌어졌지만 시은은 뭐라 대꾸하지 못하고 벙긋거리기만 했다.

"수고 많았어."

재호는 그런 시은을 깔끔히 무시하고 맞은편에 앉은 강준에게 손을 내밀었다.

"뭘요. 다음에도 필요하면 불러 주세요."

"부르면 달려올 시간은 되고?"

"시간 될 때 부르는 센스를 발휘하셔야죠."

"내가 네 개인 비서도 아니고 스케줄을 어떻게 알아. 바쁜 사람 시간 뺏는 거 양심에 찔려서 자주는 사양할게."

"꼭 자주 오란 말로 들리네요."

"눈치 하난 죽여준단 말이지. 비 많이 오는데 조심해서 가고."

"네."

툭. 재호가 밀치는 통에 옆으로 몸이 기운 시은이 소파 등받이를 짚고 허리를 바로 세웠다. 누군 바쁜 시간 뺏어 미안하고 누군 당연한, 이 더러운 상하 관계에 대해 시은은 재호를 노려보며 속으로 항의했다. 대체 형평성은 어디다가 팔아먹은 거냐고.

"넌, 배웅 잘하고."

"네."

불손함을 담은 시은의 눈빛을 냉정하게 외면하며 재호가 강준의 어깨를 다정하게 토닥였다. 강준이 재호보다 머리 하나는 더 컸지만 그럼에도 재호는 굳이 어깨를 두드리려 팔을 높이 치켜들었다. 시은은 그가 분명히 발뒤꿈치도 들었으리라고 확신했다.

배웅을 나온 재호가 손을 흔드는 것을 끝으로 엘리베이터 문이 닫혔다. 그와 동시에 엘리베이터 안은 적막에 휩싸였

다. 굳이 말을 걸 필요는 없을 것 같아 시은은 입을 다물었
다. 강준도 한 손에 가면을 든 채 무심하게 시선을 정면으로
던지고 있었다.

4층에 엘리베이터가 멈추자 많은 사람들이 우르르 몰려들
었다. 갑작스럽게 밀려든 사람들로 인해 강준과 시은은 뒤로
물러섰다. 한 층 더 내려가자 가뜩이나 좁은 엘리베이터가 꾸
역꾸역 들이치는 사람들로 가득 찼다.

"어어."

나지막한 강준의 목소리가 시은의 귓전으로 스며들었다.
둘의 몸이 거의 맞붙다시피 닿아 있었다. 어느새 뒤쪽 모서리
로 몰린 시은을 강준이 마주 보고 선 자세가 되어 버렸다. 누
군가가 떠미는 통에 한차례 강준과 시은의 몸이 충돌했다.

"아, 이런. 실례."

"괜찮아요."

"괜찮지 않을 텐데요."

"네?"

고의적인 접촉이 아니었다. 그에 대한 미안함이라고 생각
했는데 그게 아닌 모양이었다. 시은이 고개를 갸웃했다. 강
준이 고개를 틀자 시은의 볼 가까이 그의 입술이 머물렀다.
그가 살짝 거리를 두며 아래를 눈짓으로 가리켰다. 시은은
그의 입술을 의식하며 아래로 시선을 내렸다.

"……이게."

그의 손에 들린 가면의 끈이 상당히 이상한 포인트로 얽혀 있었다. 그의 바지 버클과 시은의 가운 단추에 엉켰다. 사람들이 밀고 부대끼는 통에 가면의 끈이 이리저리 얽히다 그렇게 된 모양이었다. 눈앞의 난감한 상황에 시은의 입에서 헛바람이 새어 나왔다. 뭐 이런 기막힌 일이 다 있지?

"하아."

"그러게요. 참 기막힌 상황이네요."

시은의 생각을 읽기라도 한 듯 그가 동의의 말을 내뱉었다. 처한 상황에 비해 참 천연덕스러운 반응이었다.

"그쪽이 하는 게 낫겠죠?"

"뭘요?"

"일종의 작업?"

강준이 고갯짓으로 아래를 가리켰다. 누가 이것을 떼 낼 것인가에 대한 말인 듯했다. 아까까지만 해도 매력적이던 빙긋이 올라간 입매가 지금은 몹시 얄밉게 보였다. 그를 사선으로 올려다보며 시은이 눈썹을 못마땅하게 찌푸렸다. 고개를 돌려 정면으로 노려보고 싶었지만 그러기엔 그의 입술이 너무 가까이 있었다. 생각대로 했다간 원치 않는 사고가 일어날 수도 있었다.

"그러죠, 뭐. 마스터베이션에 능숙하시더라도 남들 보기엔 좀 이상할 수 있으니까, 제가 하는 게 훨씬 나을 것 같네요."

전혀 당황한 기색이 없는 그의 얼굴이 마음에 들지 않아서였을까. 시은의 말투가 다소 당돌하게 나왔다. 1층에 도착해 사람들이 빠져나가자 조금 간격을 벌린 그가 지하 버튼을 누르기 위해 팔을 뻗었다. 자연스레 그녀의 가운이 딸려 갔다.

"뭐하시는 거예요?"

"시간 벌어야죠. 1층에 서 있으면 사람들이 꽤 많이 탈 것 같은데."

지하 3층 버튼을 누른 강준이 되돌아와 가까이 다가서며 그녀의 뒤쪽 벽을 짚었다. 시은이 작업하기 편하게 하려는 의도였는데, 어쩌다 보니 그녀를 제 두 팔 사이에 가둔 상태가 되어 버렸다.

오해를 하면 어쩌나 했는데 시은은 그저 눈을 힐끔 떠 그를 봤을 뿐이었다. 그리고 아무 동요 없이 가면의 끈을 잡았다.

손의 위치가 어중간하면 모양새가 더 이상해질 것 같아 강준이 취한 행동임을 알아챈 모양이었다.

시은은 얽힌 끈을 풀기 위해 정신을 집중했다. 고개를 숙인 시은의 머리가 강준의 가슴에 닿았다. 그의 한쪽 입매가 살며시 말려 올라갔다.

"가마가 회오리처럼 생겼네요."

"그래요? 알려 줘서 고마워요. 정수리 볼 일이 없어서 몰랐는데 참 친절하시네요."

시은은 건성으로 답하며 부지런하게 손을 움직였다. 그녀
의 손이 본의 아니게 자꾸만 아랫도리를 건드리자 그는 아랫
입술을 살짝 깨물었다. 끈이 잘 풀리지 않는 듯 터치의 강도
가 점점 심해지자 강준이 길게 입바람을 불었다.

"휘우우우."

"어우, 정말!"

마음대로 되지 않는 듯 시은이 시근덕거리며 머리를 벌떡
치켜들었다. 강준의 가슴에 비비적거리던 그녀의 앞머리가
헝클어져 있었다. 얼마나 열을 냈으면 볼도 달아오른 상태였
다. 시은이 걸리적거리는 앞머리를 날리려 입바람을 불자 그
의 눈이 사르르 감겼다.

"안 되겠는데요."

두둑.

그녀의 목소리와 함께 뭔가가 뜯기는 소리가 들렸다. 그
가 눈을 떴다. 그와 동시에 시은이 그의 팔 한쪽을 밀어내며
옆으로 벗어났다. 신경질적으로 머리를 쓸어 넘긴 그녀가
유유히 앞으로 걸어갔다.

"그냥 가지세요. 택시 승강장은 곧장 나가셔서 정문 우측에
있어요. 제가 부끄러움을 좀 많이 타서요, 거기까진 차마 같이
못 가겠네요. 조. 심. 해서 가세요."

시은이 시크하게 말하며 문이 열린 엘리베이터를 걸어 나갔다. 강준의 시선이 제 허리 아래에서 달랑이는 가면으로 옮겨졌다. 가면의 끝에는 뜯긴 단추가 대롱거리고 있었다.

그것을 본 강준의 입술 끝이 부들거렸다. 사람들이 올라타기 시작한 엘리베이터 안에서 벽을 바라보고 선 강준의 어깨가 들썩거렸다.

"풋."

병원의 특성상 강준의 행동을 이상하게 여기는 사람은 많지 않았다. 그저 벽을 보고 서서 실실거리는 그를 흘깃할 뿐이었다. 가면으로 적당히 앞을 가리고 밖으로 나온 강준이 택시에 올라 혼자 피식댔다.

"재밌는 여자네, 정시은."

<u>chapter 1</u>

지금, 나를 보는 당신의 눈동자는
거짓말을 하지 못합니다

진우는 아침 회진을 도는 의사 군단의 꽁무니 역할을 담당하고 있었다. 그의 시선은 줄곧 제 앞에 선 시은에게 머무르는 중이었다. 초조함과 원망이 뒤섞인 불퉁한 시선이었다.

　회진 전, 의국을 나설 때 그녀에게 차인 정강이가 아직도 아렸다. 저 여릿여릿한 몸 어디에서 그런 풀 파워가 나오는지. 그녀는 언제나 정확한 각도와 기울기로 단박에 가장 아픈 급소를 찾아내 일격을 가했다. 그리고 그럴 때마다 진우는 악소리 한번 제대로 지르지 못하고 문기둥을 붙잡고 블루스만 췄다.

발로 골프를 쳐도 홀인원은 충분히 할 거라고 그녀의 동
그란 뒤통수를 보며 진우가 속으로 구시렁거렸다.

"25세 김은희 환자. 디프레션*으로 외래 상담하던 환자입
니다. 어제 거주하던 아파트 복도 창문에서 뛰어내려 응급
으로 실려 와 외과 진료를 받은 상태입니다."

"외과에서 컨설트 오더*한 건가?"

"네. 외과 진료 완료 후 트랜스퍼* 예정입니다."

"충동적이었다고 해도 언제 또 그런 일이 벌어질지 모르
니까, 트랜스퍼 전에도 예의 주시해."

"네."

은철의 보고를 끝으로 병실 회진은 마무리되었다. 병동
복도를 걸어가던 시은의 시선이 무심코 407호 병실 가장 안
쪽 창가 자리로 향했다. 열여덟. 가장 싱그러워야 할 나이에
죽은 꽃잎처럼 메말라 버린 아이가 침대에 우두커니 앉아
창밖을 바라보고 있었다.

지금 저 아이의 눈이 얼마나 공허할지 시은은 보지 않아
도 알 수 있었다.

"손목 그은 애죠?"

---

*디프레션(Depression):우울 장애.
*컨설트 오더(Consult Order):협진 요청.
*트랜스퍼(Transfer):다른 과로 옮기거나 또는 병원을 옮기는 것.

불쑥 고개를 내밀어 아이를 힐끔 쳐다본 진우가 아무렇지 않게 툭 내뱉었다. 그런 진우를 시은이 시리게 돌아봤다. 그녀의 눈빛을 알아채지 못한 진우가 아이의 손목에 감긴 붕대로 시선을 옮기며 미간을 찌푸렸다.

"으. 어떻게 자기 손목을 잔인하게 그을 수가 있죠? 난 그런 짓 절대 못 해."

진저리를 치는 진우의 머리로 차트가 날아들었다.

"아!"

"입 좀 닥쳐라, 최진우."

"선생님."

진우가 머리를 감싸 쥐며 억울하다는 듯 쳐다봤다. 그러거나 말거나 시은은 매섭게 눈을 부라리며 그의 귀를 잡아당겼다.

"아아아아."

그대로 복도를 지나 코너를 돈 시은이 진우를 벽 쪽으로 몰아세웠다. 귀의 아픔이 채 가시기도 전에 위협적으로 저를 가두며 쏘아보는 시은의 눈빛에 진우는 그제야 움찔했다. 벽에 찰싹 달라붙어 조금이라도 그녀와의 간격을 벌려 보려고 안간힘을 썼다.

"왜, 왜, 왜 이러십니까, 선생님?"

"머리가 있으면 생각이란 걸 좀 해 보자, 최진우."

"무슨 생각이요?"

"내가 널 왜 이 으쓱한 곳에 끌고 와서 이런 제스처를 취하는지, 한번 유추해서 읊어 봐."

뚫어질 듯 바라보는 시은의 시선에 진우가 마른침을 꿀꺽 삼키며 눈동자를 불안하게 굴렸다. 그녀가 이럴 때는 자신이 뭔가 대단한 잘못을 저질렀을 땐데, 당최 그게 뭔지 알 길이 없었다. 그저 자살을 시도한 아이에 대해 제 생각을 살짝 내보인 것밖에 달리 한 일이 없었다.

"그, 흠. 손목 그은 아이 때문에 그러시는……."

진우는 은근히 말을 흘리며 시은의 눈치를 살폈다. 시은은 가타부타 별다른 감흥 없이 그를 응시하고 있었다. 이럴 때가 더 무섭다. 꼭 무슨 죄를 지어 심문을 받는 기분이었다. 차라리 정강이를 차이는 게 속 시원하단 걸 진우는 그녀를 정면으로 대면하고서야 깨달았다.

"잘 들어, 최진우."

시은이 곧게 쏘아보며 시리게 입을 열자 진우가 고개를 끄덕이며 제 턱을 잡고 있는 그녀의 손을 힐끔거렸다. 시은과 마주하게 된 건 자의가 아닌 그녀의 손 때문이었다.

"가장 고통스럽고 끔찍한 건 네가 아니라 그 아이의 마음이야. 그 아이는 네가 죽었다 깨어나도 모를 만큼 엄청난 심적 고통 때문에 스스로 그런 일을 저지른 거야. 사전에 막지 못

하고 그 아이가 그렇게 된 것에 미안함을 먼저 느껴야지. 우리 모두가 그 아일 방관한 거니까. 즉, 네 이 입이 말해야 할 건."

시은이 진우의 입을 엄지와 검지로 잡아 쭉 당겼다. 진우의 얼굴이 고통으로 일그러졌지만 시은은 그를 무심히 바라보며 말했다.

"미안하다. 딱 그 한마디야."

입을 잡고 있던 손을 놓자 붉게 달아오른 얼굴로 진우가 고개를 끄덕였다. 하지만 눈빛은 그녀의 말에 곱게 수긍하는 것 같지 않았다. 귓구멍이 막힌 놈에게 백날 말한다고 제대로 알아들을 리 만무했다. 진우를 두고 돌아서서 비상구 문을 열던 시은이 경고하듯 말했다.

"너 절대 신경정신과 전공하지 마라. 오면 네 머릿속은 물론, 눈빛 하나까지 내가 죄다 개조해 버릴 테니까."

쾅 소리가 나도록 시은이 세차게 문을 닫고 사라졌다. 그 문이 시은이라도 되는 듯 신경질적인 눈으로 흘긴 진우가 아픈 입을 문질렀다.

"저러니 남자가 없지. 저 성격에 남자가 붙겠어? 아휴, 메두사가 괜히 메두산가. 남자를 눈빛 하나로 돌덩이처럼 굳혀 버리니 메두사지."

툴툴거리며 시은을 욕하던 진우가 삐걱하고 열리는 문소

리에 화들짝 놀라 입을 닫았다. 거세게 닫힌 문이 반동으로 절로 열린 것이었다. 그것을 토끼 눈으로 바라보던 진우는 문이 다시 닫히고 나서야 안도의 한숨을 내쉬었다.

"아후, 심장 떨어지는 줄 알았네."

시은은 손에 든 차트를 들춰 마지막 장을 눈으로 훑었다.

18세. 이한빛. 청소년 우울증의 전형적인 환자였다. 이름처럼 빛나는 청춘을 보내고 있었으면 좋았을 한빛은 화창하게 밝은 봄날, 제 방에서 손목을 그었다. 책상에서 커트 나이프로 연달아 세 번을.

때마침 간식을 들고 들어온 모친에 의해 발견돼 응급처치를 받고, 지금은 신경정신과에 입원해 심리 치료와 약물치료를 병행하고 있는 중이었다.

한빛은 시은이 팔로우업*을 하게 된 이틀 전부터 여태껏 한 번도 입을 연 적이 없었다. 이름을 불러도, 눈을 맞추며 대화를 시도해도 늘 무시로 일관했다. 시은은 그게 너무 가슴 아팠다. 세상에 대해 모든 것을 닫아 버린 한빛이 안타까워 어떻게든 돕고 싶었다.

아직까지 다가설 방법을 찾지 못해 그저 지켜볼 수밖에 없

---

*팔로우업:환자 전담.

는 상황이 갑갑하기만 했는데 진우가 거기다 불을 지른 것이다. 환자의 상처와 아픔을 보고 끔찍하다니. 절대, 신경정신과 의사는 되지 말아야 할 인간이었다.

"난 그런 네놈이 더 끔찍하거든."

시은이 혼잣말을 하며 한 손을 가운 주머니에 찔러 넣었다.

그때, 휴게실을 지나던 그녀의 등짝을 누군가가 짝 소리가 나게 쳤다. 시은의 몸이 앞으로 혹 쏠렸다.

"어이, 정. 뭐냐, 그 어울리지 않는 우울 모드는?"

의대 동기이자 내과 전공의 필주가 그녀의 어깨에 손을 올리며 히죽거렸다. 몸을 바로 세운 시은이 입바람으로 머리를 날렸다. 등짝을 쳤으니 망정이지 뒤통수라도 갈겼으면 놈은 오늘 세상을 하직했을 터였다. 그녀가 고개를 돌려 제 어깨에 거만하게 올려진 필주의 손을 쳐다봤다.

"확 분질러서 다시는 여자들 애무 못 하게 만들어 버리기 전에 치워라."

살벌한 그녀의 경고에 필주가 냉큼 손을 거뒀다.

"하여튼 성깔하고는. 친구가 어깨동무 좀 했기로서니 그렇게 살벌한 말을 해야겠냐?"

"우정이 담긴 순수한 손짓이었다면 참았겠지."

앞서 걷는 시은의 곁으로 바짝 다가선 필주가 눈썹을 일

그러뜨리며 불퉁하게 말했다.

"뭐야, 그 말의 의미는? 내 손이 불결하기라도 하다는 거야?"

"불결이 아니라 음흉이라고 하지, 네 경우엔."

"웬 음흉?"

휴게실로 들어서는 환자와 눈이 마주친 시은이 부드러운 미소를 지으며 인사를 해 보였다. 그걸 게슴츠레하게 바라보던 필주가 고개를 절레절레 흔들었다. 환자가 지나가자 언제 그랬느냐는 듯 금세 표정을 굳힌 시은이 마저 말을 이었다.

"어제 숙직실에서 홍 간호사 가슴을 떡 주무르듯 조몰락거리던 게 그 손이 아니라면 미안."

"아."

한 손으로만 만졌으면 이 손이 아니었다고 반박이라도 했을 텐데. 양손을 이용해 홍 간호사와 뜨거운 시간을 보낸 필주는 부정하지 못하고 자신의 손을 빤히 내려다보았다. 그런 그를 외면하며 시은이 너스 스테이션 쪽으로 걸어갔다. 필주가 눈을 가늘게 뜨며 작게 구시렁거렸다.

"연애하다 보면 그럴 수도 있지. 넌 장소 구분하기 힘들 정도로 막 불타올랐던 적이 없어서 그래, 인마."

"연애 아니라 썸. 연애라고 지칭하기엔 그동안 스쳐 지나간 여자들이 너무 많잖아? 차라리 썸이 낫지, 다 연애면 그건 완전 날라리 종마야."

"야, 내가 무슨 여자가 많았다고."

스테이션으로 걸어가는 시은을 바라보던 필주가 다급한 발걸음으로 그녀의 뒤를 따랐다. 반대편에서 홍 간호사가 걸어오고 있었기 때문이다. 둘이 마주치면 필주 자신이 곤란했다. 저 거침없는 시은의 입심이 어디까지 이어질지 알 수 없었다.

후다닥 달려간 필주가 막 시은의 어깨를 잡으려는 찰나, 걸음을 멈춘 그녀가 몸을 돌렸다. 시은과 정면으로 마주한 필주는 급히 숨을 삼키며 휘청거리는 몸을 추슬렀다.

"썸 타는 과정에서 그런 애무가 난무한다면 연애에서의 섹스는 안 봐도 뻔하지. 지나친 섹스는 신체는 물론, 정신 건강에도 그다지 좋지 못한 영향을 끼치니까. 적당히. 오케이? 너의 지나간 그녀들에게 뭇매 맞아 세상 하직하는 일이 생겨도 난 모른다."

"무슨 그런 악담을."

"악담 아니야. 현실을 직시하란 말이지. 그리고 지나치게 가슴에 집착하는 거, 문제 있다. 다른 쪽으로 시야를 좀 넓혀 봐. 남의 가슴 터트리는 불상사 만들지 말고. 요즘 하도 의술을 빌려 만든 'MIPS'가 많으니까."

"뭐냐, 그게?"

"Maid In Plastic Surgery*. 생각이 엉뚱한 데 가 있으니까 기본적인 것도 못 알아듣지."

"아아."

멍하게 고개를 끄덕이는 필주를 두고 시은이 너스 스테이션으로 다가가 요청했던 히스토리 테이킹*을 살폈다. 그러다 옆에서 눈알을 굴리며 '다른 거라, 다른 거' 하고 혼잣소리를 중얼거리는 필주의 모습에 그녀는 낮게 한숨을 내쉬었다.

요점은 잘도 피해 가고 엉뚱한 것에 초점을 맞춰 골똘히 생각하는 꼴이라니. 언제 인간이 될지 참 구제불능 천치다.

톡톡톡. 사사사삭. 박박박.

잠시도 가만있지 못하고 책상을 두드리고 긁다 심지어는 손톱을 박아 넣으려고 시도하는 아들을 모친이 못마땅한 시선으로 쳐다봤다. 그런 모자의 모습을 강준이 의자에 느긋이 기댄 채 말없이 지켜보았다.

"쯧."

가볍게 혀를 차는 소리에 아들이 움찔하며 손을 멈췄다. 하지만 이어 더 강하게 책상을 두들겼다. 그러면서 입으로 알아들을 수 없는 욕을 작게 중얼거렸다. 불안함에서 오는 행동

---

*Maid In Plastic Surgery:성형외과 작품.
*히스토리 테이킹(History Taking):병력 청취.

들이었다. 그걸 이해 못 하는 모친은 여전히 짜증 섞인 얼굴로 한숨을 내쉬며 강준을 돌아봤다.

"공부만 열심히 하던 애예요, 선생님. 다른 문제는 전혀 없었다고요. 학원하고 집, 학교만 성실히 다닌 모범생이었어요, 얘가."

속이 타는지 모친이 물 잔을 들어 벌컥벌컥 들이켰다. 그런 와중에도 아들의 행동은 멈추지 않았다. 오히려 더 심해지고 있었다. 강준이 물 잔을 내려놓고 막 입을 열려는 모친의 얼굴 앞에 손을 펼쳐 보였다. 그를 의아하게 바라보는 모친에게 강준이 검지를 세워 제 입에 가져다 대며 싱긋 웃었다.

"쉿, 잠깐만요."

조금 불쾌하긴 했지만 환자의 모친은 순순히 수긍하며 입을 닫았다. 강준이 인터폰을 눌렀다.

"조 간호사님, 동주 잠시만 밖으로 데려가 주세요."

—네, 선생님.

강준의 부탁에 상담실로 들어온 조 간호사가 동주를 다독이며 밖으로 이끌었다. 문이 닫히고 난 후에야 강준이 동주의 모친에게로 시선을 옮겼다. 닫힌 문을 답답한 듯 쳐다보던 그녀도 그를 마주했다.

"자, 이제 편하게 말씀하세요."

강준이 돗자리를 깔아 주자 봇물이 터진 듯 동주의 모친이 말을 쏟아 내기 시작했다. 주로 아들인 동주에 대한 불만과 자랑이었다. 늘 자신의 자랑거리였던 아들이 어느 날 갑자기 저런 말도 안 되는 행동을 하기 시작했다고. 남 보기 부끄럽고 어디 데리고 다니기가 무서워 학교도 안 보내고 있는데, 이러다 성적이 떨어지는 건 아닌지 모르겠다고 하소연을 했다.

"가장 걱정되시는 게 뭐죠?"

"정말 속상해서. 전요, 남들이 우리 앨 괴물처럼 볼까 봐 그게 제일 무서워요."

연신 한숨을 내쉬며 얼굴을 찌푸린 동주의 모친을 강준이 지그시 바라보다 책상 위에 있던 거울을 돌렸다. 자신의 얼굴이 보이는 거울을 동주의 모친이 의아하게 쳐다봤다. 거울과 강준을 번갈아 보던 그녀가 의문을 입에 담았다.

"이게 뭐죠, 선생님?"

"거울이죠."

"제 얼굴에 혹시 뭐가 묻었나요?"

거울을 자세히 들여다보며 동주의 모친이 이리저리 자기 얼굴을 비췄다. 그런 그녀를 말없이 지켜보던 강준이 상체를 기울여 거울을 조금 더 가까이 밀었다.

"뭐가 보이세요?"

"네?"

"제가 보는 것과 동주 어머니가 보시는 게 아마 똑같을 거란 생각이 드는데. 제가 보는 걸 어머니도 보실 수 있나 해서요."

"그게 무슨……."

"남들이 동주를 괴물처럼 보는 게 무섭다고 하셨나요?"

"네."

"지금 거울 속에 비친 얼굴은 어떤가요?"

"……."

"동주를 보는 어머니의 눈. 그게 동주에게는 가장 두렵고 무서운 시선일 겁니다."

"어머, 무슨 말도 안 되는 소릴!"

"보세요, 거울 속에 비친 당신의 눈빛이 어떤지. 이건 아들을 걱정하는 엄마의 눈이라기보단 세상의 이목이 두려운 경계의 눈이죠."

강준의 지적에 그제야 동주의 모친은 조금 더 진중히 거울 속 자신을 바라봤다.

잔뜩 구겨진 미간과 독기 서린 눈빛. 웃음기 없는 입술. 걱정과 불안이 가득한 굳은 표정. 동주가 늘 보아 오던 엄마의 모습이었다. 시험 성적에 안달하며 들볶고, 타인의 시선에 민감하게 반응하던 그런.

"동주는 세상에서 가장 포근하고 따스해야 할 안식처인

엄마에게서 가장 잔인한 멸시와 거부를 당하고 있는 겁니다. 어디서부터 문제인지 아시겠어요? 아들을 괴물로 만든 건 바로 당신인데 왜 동주가 그런 눈빛을 받아야 하죠?"

"……그."

차마 입을 열지 못하는 동주의 모친을 물끄러미 바라보며 강준이 책상 위에서 명함 하나를 집어 내밀었다. 얼떨결에 그 것을 받아 든 그녀는 눈을 들어 강준을 마주했다. 이게 뭐냐 고 묻는 듯했다.

"요즘 제주도에 유채가 만발하다네요. 경치가 아주 끝내준 다던데, 한번 가 보세요. 동주랑 같이."

강준이 내민 것은 여행사의 명함이었다. 능청스레 눈을 찡 긋거리는 강준을 동주의 모친이 멀뚱히 쳐다봤다. 처방치곤 참 생뚱맞은 것이었다. 단둘만의 여행이 과연 어떤 효과를 가져다줄지 알 수 없었다. 하지만 둘에게 시간이 필요한 건 맞는 것 같았다.

"제 이름을 대면 20퍼센트 DC도 가능하니까, 꼭 서강준이 추천했다고 하시고."

"아, 네."

"이건 선물이에요."

손에 들려 준 것은 거울이었다. 눈이 마주치자 강준이 눈썹 을 들썩였다. 싱긋이 올라간 입매가 무척 매력적이었다.

"동주랑 마주 보기 전에 먼저 자기 얼굴부터 보기. 약속
하실 수 있죠?"

"네, 그럴게요."

그제야 의도를 알아채고 고개를 끄덕이는 그녀에게 이제
가셔도 좋다 말하며 강준이 자리에서 일어섰다. 문까지 배
웅한 그가 막 문을 나서는 그녀를 불러 세웠다.

"아, 참. 하나 더."

"……?"

"말 줄이기."

"네?"

"엄마들은 말이 너무 많아요. 수다는 친구 만나서 떨고,
잔소리는 가끔 남편한테만. 술 먹고 들어와 애먹일 때. 자식
에겐 따뜻한 한마디만 하기."

그가 새끼손가락을 내밀었다. 그를 물끄러미 보던 동주의
모친이 머뭇거리자 강준이 그녀의 손가락을 자기 손가락에
걸고 신나게 흔들었다.

"여행 다녀온 다음에 저랑 데이트하는 겁니다. 동주랑 셋
이서, 오붓하게. 오케이?"

"오, 오케이."

얼떨결에 답하는 동주 모친의 등을 부드럽게 떠민 강준이
눈짓으로 조 간호사에게 다음 상담을 잡으라는 신호를 보냈

다. 그러고 나서 퇴근해도 좋다는 사인까지. 눈치 빠른 조 간
호사가 상냥하게 동주의 모친을 이끌어 스테이션으로 갔다.

문을 닫고 안으로 들어선 강준은 기지개를 켜며 소파에 앉
아 테이블 위로 다리를 올려 뻗었다. 팔을 머리 뒤로 받치는
사이 셔츠 주머니에서 뭔가가 떨어졌다. 강준이 시선만 내려
바닥을 확인했다.

작고 동그란 모양의 하얀 물체가 눈에 들어왔다. 강준은
가만히 그것을 바라보다가 눈을 가늘게 떴다. 저게 뭐지?

"아, 단추."

그가 상체를 일으켜 바닥에 떨어진 단추를 주웠다. 손안
에서 빙글 돌려 그것을 살피던 강준의 입가에 엷은 미소가
번졌다. 시크하던 단추의 주인이 떠올라서였다.

"가지래서 가져오긴 했는데, 이걸 어디다 쓴다?"

딱딱한 단추를 손으로 매만지던 강준이 자리에서 일어나
자신의 책상으로 갔다. 그리고 원래 있던 곳이 아닌 책상 위
작은 상자 안에 단추를 넣고 뚜껑을 닫았다. 상자를 흔들자
존재감을 드러내듯 작은 소리가 났다. 강준의 입꼬리가 부드
럽게 말려 올라갔다.

상담실의 불을 끄고 밖으로 나오자 정적이 흐르는 병원
내부가 그를 맞았다. 마지막으로 병원을 나와 문을 단속한
뒤 곧장 위로 향하는 계단을 올랐다.

5층 건물의 옥상이 바로 그의 집이었다.

문을 열자 보통의 옥상과는 다른 전경이 나타났다. 잔디가 곱게 깔린 마당과 그 끝에서 집까지 이어진 마루 재질의 바닥이 보였다. 한쪽을 차지한 3인용 흔들 그네를 정원등이 비추고 그 옆의 테이블에는 그가 아침나절 보던 책이 놓여 있었다.

강준이 가벼운 발걸음으로 집을 향해 걸어갔다. 통유리로 한 면을 채운 벽이 실내를 훤히 내보이고 있었다. 버튼 키를 눌러 안으로 들어선 강준은 소파에 가방과 재킷을 벗어 놓고 주방으로 갔다.

컵을 들어 정수기에 대고 물을 받아 천천히 들이켰다. 그리고 다시 거실로 가 음악을 틀었다. 가만히 나오는 음악을 듣다 리듬에 맞춰 몸을 가볍게 흔들던 강준이 컵을 선반에 두고 옷을 하나씩 벗기 시작했다.

셔츠의 단추를 풀자 잔근육이 자리 잡은 상체가 형광등 불빛에 드러났다. 셔츠를 벗어 바닥에 던지고 버클을 푼 바지를 손대지 않고 벗은 강준이 욕실로 들어서며 낮게 기분 좋은 휘파람을 불었다.

욕실에서 곧이어 샤워기의 시원한 물줄기 소리가 들렸다. 그와 더불어 거실에 울려 퍼지는 음악과 같은 허밍이 흘러나왔다.

샤워를 마친 강준은 편한 옷을 걸치고 정원으로 나섰다. 그의 손엔 맥주 캔 하나가 들려 있었다. 흔들 그네에 나른하게 등을 기대고 앉은 강준이 맥주를 한 모금 머금었다. 그의 입가에 사르르 편안한 미소가 번졌다.

"이런 게 바로 행복이란 거지."

맨발을 가볍게 굴리자 그네가 움직였다. 그네의 움직임에 따라 보였다 사라지기를 반복하는 하늘을 그가 기분 좋게 응시했다.

문득 휴대폰 벨 소리가 들려왔다. 그 멜로디를 따라 강준이 노래를 흥얼거렸다. '비와 당신'. 느긋이 팔을 뻗은 강준은 테이블 위에 올려 둔 휴대폰을 집어 들었다.

"네."

짧은 말에 상대방이 피식 웃는 소리가 들렸다.

―내가 누군지 알고 네야.

"누구든 환영한다는 의미죠. 이보다 간결한 환영의 인사말이 또 있나?"

휴대폰 너머에서 들려오는 재호의 목소리에 강준이 싱긋이 웃으며 맥주를 기울였다.

―너, 내 전화는 왜 자꾸 씹어. 그렇게 먹을 게 없었어?

"바쁠 때 하니까 그렇죠. 씹긴 누가."

―일주일 내내 바쁜 게 말이 돼? 너처럼 한가한 정신과

의사가 또 어디 있다고.

"워워. 나 이래 봬도 방송까지 탔던 사람이야. 왜 이래요?"

─그게 언제 적인데. 지난 일주일은 한가했잖아.

"또 왜 이렇게 까칠하실까? 그날도 아니면서. 하고 싶은 얘기 해요. 자꾸 겉돌지 말고."

─어땠냐?

엷게 웃으며 맥주를 들이켜던 강준이 캔을 내려놓고 고개를 갸웃했다.

"다짜고짜 어땠냐니? 본론을 말하라니까 왜 자꾸 머리, 꼬리 다 잘라 먹어요."

─자식이 못 알아듣는 척하긴. 시은이 말이야.

"아, 정시은."

그제야 강준이 싱긋이 웃으며 캔을 손안에서 빙글 돌렸다. 벌써 일주일이나 지났구나. 오늘 단추를 다시 보기 전엔 잊고 있었던 사실이었다.

─괜찮지? 시원시원하고.

"뭐, 시크한 게 매력적이긴 하던데요."

─그렇지?

강준의 말에 재호의 목소리가 한층 업되었다. 하지만 강준은 마저 캔을 비우며 훨훨 날개를 달기 시작하는 재호의 생각을 차단했다.

"재밌다, 딱 그 정도."

—뭐?

"선배가 말한 것처럼 영혼이 묶일 정도의 강렬함은 없었단 얘기죠. 정시은과 서강준의 첫 만남은 꽤 센세이션할 뻔한 에피소드가 있었다 정도."

—무슨 뜻이야? 좋으면 좋고 아니면 아닌 거지, 말이 뭐 그래.

"그러게. 이걸 뭐라고 정의 내려야 할지 나도 모르겠네."

—서강준. 너 선배의 호의를 이딴 식으로 걷어찰 거야?

강준이 몸에 힘을 빼고 편안하게 그네에 기댔다. 톡 쏘아붙이는 재호의 말에 싱긋 미소가 머금어졌다. 그가 한 팔을 들어 머리 뒤로 받치며 나른하게 말했다.

"재밌었다고, 선배. 싫지 않았다고. 지금은 딱 그 정도. 나 피곤해요. 끊어요."

일방적으로 끊긴 전화에 아마 재호는 씩씩거리며 그를 욕하고 있을 것이다. 강준은 휴대폰을 옆에 내려놓고 두 팔을 머리 뒤에 꿰다. 그리곤 하늘을 눈 속에 담아내며 그대로 눈꺼풀을 내렸다.

"혼자인 게 결코 외로운 것과 같을 순 없다고 내가 누누이 말했는데. 왜 선배가 더 안달이야."

작게 중얼거린 강준의 목소리가 기분 좋게 불던 밤바람을 따라 허공으로 흩어졌다. 감긴 강준의 눈동자 속으로 단추를 뜯어 내밀던 시은의 손이 흐릿하게 맺혔다. 그것이 점점 또렷해지며 범위를 넓혀 나가자 강준의 입매가 한쪽으로 사르르 말려 올라갔다.

자신을 올곧게 바라보던 도도한 시은의 얼굴이 머릿속에 확연히 떠올랐다.

그날, 강준은 재호의 끈질긴 요청으로 대학 때부터 취미로 익혀 온 마술을 환자들에게 보여 주기 위해 한울대학병원을 찾았다. 재능을 썩히는 건 죄악이다, 이왕이면 좋은 일에 써라, 재능 기부, 얼마나 좋은 말이냐. 온갖 감언이설과 협박으로 강준을 설득한 재호가 그를 공개 홀에 세울 때부터 이상했었다.

로비를 지나는 시은에게 눈길이 간 건 우연이었다. 비에 젖은 가운을 손으로 쭉 짜서 아무렇지 않게 다시 걸치던 그녀가 제 노래에 발길을 멈추는 것을 보았다.

발길을 멈추는 노래. 거기엔 저마다 사연이 담겨 있기 마련이다.

의사로서의 호기심. 강준은 그렇게 간단히 정의 내렸다. 그녀에게 눈길이 머물렀던 단 3분에 대해.

그리고 재호의 방에서 들은 말에 기가 막혔고, 그의 의도에 헛웃음이 나왔다. 좋은 후배가 있어 너랑 엮어 주고 싶어 불렀다는, 이렇게 하지 않으면 절대 안 올 놈이라 머리 좀 썼다는 재호의 말에 어이가 없어 웃음이 나왔다.

막 자리에서 일어나려는 찰나 재호의 연구실 문을 열고 들어선 시은을 보았다. 굳이 그럴 필요가 없음에도 자신을 택시 승강장까지 안내하라는 말에 그녀의 얼굴에 떠올랐던 발끈함이 재미있었다.

확실히 재호의 말은 억지스러웠다. 앞 못 보는 시각 장애인도 아닌데 왜 굳이 불러서 안내를 하란 건지. 그녀 입장에선 불쾌했을 수도 있었다. 마지못해 수락하며 안내 아닌 안내에 나섰던 그녀와의 첫 만남은 제법 강렬했다.

당돌하고 시크한 그녀의 모습이 자꾸만 눈앞에 어른거렸다. 잊었다고 생각했는데 그게 아니었던 모양이다. 이렇게 또렷하게 떠오르는 걸 보면.

"남자에 무심한 여자와 여자에 무심한 남자의 만남이라. 꽤 흥미로운데."

❈　　　❈　　　❈

제 본연의 모습을 찾고자 떠난다는 메모를 남기고 홀연히 사라져 버린 환자 때문에 시은은 아침부터 정신이 하나도 없었다. 아침 회진 때만 해도 시무룩한 모습으로 침대에 누워 있던 양반이 갑자기 변장까지 해 가며 병원을 뛰쳐나가다니.

대낮에 나라 전체를 무대로 잡기 놀이를 하게 생겼다.

가운을 벗을 사이도 없이 그대로 병원을 나온 시은은 자신의 차로 달려가 시동을 걸었다. 차를 출발시키려는 찰나 휴대폰 벨이 울렸다. 발신인을 확인하지도 않고 통화 버튼을 눌렀다.

—시은아, 엄마야.

"나 바빠. 끊어요."

—얘! 넌 무슨 전화만 하면 바쁘대.

휴대폰을 핸즈 프리로 연결한 시은이 한숨을 내쉬며 차를 출발시켰다. 환자가 갈 만한 곳을 떠올리느라 머릿속이 복잡했다.

"바쁘니까."

—약속 안 잊었지?

"무슨 약속."

—이봐. 이러니까 내가 전화를 안 할 수가 없지. 오늘 7시에 루야 호텔 라운지에서 선보기로 했잖아.

아, 선. 그게 오늘이었나?

어렴풋이 떠오르는 며칠 전의 통화 내용에 시은이 미간을 찌푸렸다. 선을 안 보면 한강에서 뛰어내리겠다는 얼토당토 않은 협박을 하며 엄마가 전매특허인 생짜 부리기에 돌입하자, 할 수 없이 마음대로 하라는 말을 뱉어 냈다.

그 뒤로 약속 날짜와 장소를 문자로 받았지만, 대수롭지 않게 무심히 넘겨 버렸다.

시은이 힐끔 시간을 확인했다. 6시가 다 되어 가고 있었다. 약속 시간을 맞추긴 힘들 것 같았지만 시은은 빠르게 대답하며 전화를 끊었다.

"알았어. 가요."

이어진 엄마의 말은 듣지 못했다. 환자에 대한 것만으로도 지금 시은의 머릿속은 충분히 버겁고 복잡했다. 선 따위에 신경 쓸 여력이 없었다.

시은은 평소 환자가 입이 닳도록 말하던 드림 스폿을 가늠하며 차를 강이 있는 놀이공원 쪽으로 몰았다.

"선생님, 그거 아세요? 최고의 스피드로 하늘과 땅을 오르락내리락하는 그 쾌락과 희열의 순간을? 꼭 천당과 지옥을 오가는 기분이에요. 제겐 완전 꿈의 장소고, 꿈의 기구죠."

귀가 떨어져 나갈 듯 괴성을 질러도 아무도 이상하게 보지 않는 환상적인 장소라고 들뜬 목소리로 말하던 그녀는, 결혼을 약속한 남자로부터 배신을 당한 후 환시와 환청에 시달려 온 환자였다.

천사들과 함께 천국을 오가며 때론 저승사자와 클럽에서 춤을 추고 부킹도 한다고 했다.

현실에선 이루지 못한 사랑을 저승사자와 이루고 싶어 하는 과대망상적인 생각에 사로잡혀 있는 조울증 환자였지만, 기분이 좋을 땐 병원 사람들을 유쾌하게 만드는 매력적인 사람이기도 했다.

요즘 약도 착실히 먹고 집단 치료에도 열심히 참여해서 괜찮아지고 있는 줄 알았다. 증상이 완화되어 약도 줄일 생각이었다. 한데 이런 일이 벌어질 줄이야.

모두를 속이고 이런 깜찍한 탈출을 시도하다니, 참으로 용의주도한 그녀였다.

"아후, 정말. 치료 끝나면 같이 가자고 내가 그렇게 말했는데 그걸 못 참고."

후후. 연신 앞머리를 입바람으로 휘날리며 시은이 끓어오르는 속을 다스렸다.

봄 이벤트가 한창인 놀이공원은 야간 개장 중이라 6시를 넘어서고 있음에도 사람들의 발길이 끊이지 않았다. 주차장에 차를 세운 시은은 한숨을 내쉬었다. 사람이 많아 환자를 찾기가 쉽지 않을 듯했다.

"오늘 안에 찾긴 글렀네."

시은은 표를 끊어 입구로 향하며 지나가는 사람들을 주의 깊게 관찰했다. 혹여 환자를 놓칠까 싶어 분주히 시선을 옮기며 빠른 걸음으로 입구를 통과해 익스프레스가 있는 곳으로 이동했다. 그녀의 예상이 맞는다면 환자는 아마 그곳에서 신나게 천당과 지옥을 경험하고 있을 것이었다.

"꺄아아아!"

온갖 익사이팅한 놀이기구들이 난무하는 곳이었다. 여기저기서 괴성을 지르며 희열을 느끼는 목소리가 들려왔다. 시은은 절레절레 고개를 흔들며 익스프레스 가까이 다가갔다. 대체 저런 걸 왜 돈 줘 가며 타는지 이해할 수가 없었다. 해가 저물고 있음에도 그것을 타기 위한 줄은 길게 이어지고 있었다.

"무슨 평일 저녁에 사람이 이렇게 많아."

시은이 머리를 뒤로 쓸어 넘기며 혼잣소리로 투덜거렸다. 그런 그녀의 옆으로 누군가가 다가서며 반론을 제기했다.

"요즘 금요일 저녁을 평일이라고 말하는 사람은 없죠."

갑자기 들려온 목소리에 시은이 눈살을 찌푸리며 고개를 돌렸다. 남의 혼잣말에 끼어든 한가한 인간이 누군가 싶어서였다.

스타일리시한 블루종과 면 소재의 바지, 거기에 단화를 매치한 차림이 놀이공원에 딱이었다. 들고 있는 아이스크림을 한입 베어 문 남자가 시은을 돌아봤다. 야구 모자를 눌러 써 자세히 볼 수 없었던 얼굴이 드러났다.

"불금이라고 하죠, 흔히."

싱긋이 웃으며 말하는 남자의 얼굴이 어딘지 낯익었다. 그가 아이스크림의 윗부분을 한 번 더 베어 물곤 오물거리며 입술에 묻은 잔해를 깔끔하게 혀로 핥았다. 그가 누구인지 유추하느라 찌푸려진 시은의 미간을 가만히 응시하던 남자가 팔을 올려 검지를 곧게 뻗었다.

그의 검지가 시은의 미간에 닿았다. 가볍게 제 미간을 문지르는 남자의 손끝에 시은의 눈이 꿈틀거렸다.

"세상에 즐거운 일이 얼마나 많은데 인상을 구기고 그래요. 청춘 아깝게."

"당신."

시은이 제 시야를 가로막는 남자의 손을 툭 쳐 내며 가까이 다가섰다. 남자가 천연덕스럽게 아이스크림을 머금자 그 잔해로 입술이 달콤하게 반짝거렸다. 시은이 미간을 움찔거렸다.

"'당신'은 너무 이른데요? 아직 우리가 아무 사이도 아닌 걸 감안하면 말이죠."

"네?"

"서강준. 강준이에요, 제 이름."

그가 야구 모자를 들어 뒤로 돌려 썼다. 덕분에 훤히 드러난 얼굴에 시은의 눈이 점점 커졌다. 그녀가 검지로 그를 가리키며 말했다.

"마술사?"

그녀의 검지를 제 손으로 감싸 내리며 강준이 싱긋이 웃었다.

"노노. 서강준. 마술사 아니고 닥터."

"……마술사가 아니라고요?"

"뭐 그것도 틀린 말은 아니죠. 마음을 치유하는 건 일종의 마술과도 같은 거니까."

능구렁이처럼 말을 이리저리 꼬는 강준이 시은은 영 못마땅했다. 그래서 마술사란 거야, 아니란 거야? 좁혀진 시은의 미간을 물끄러미 바라보던 강준이 그녀의 턱을 잡고 후 하고 입바람을 불었다. 차가운 바람이 미간에 닿자 시은이 움찔하며 눈을 감았다 떴다.

"뭐하는!"

"그런 얼굴로 환자를 대하면 환자가 놀라 달아나겠다. 좀 웃어 봅시다. 스마일."

강준이 턱을 잡은 손의 엄지와 검지를 움직여 그녀의 입술을 쭉 늘였다. 그리곤 싱긋이 웃었다.

"좋네, 웃으니까. 아주 좋아."

"이봐요!"

시은이 신경질적으로 그의 손을 잡아 떼 내려고 했다. 하지만 그가 먼저 손을 빼 그녀의 어깨를 감싸고는 정면으로 돌려놓았다. 처음 그녀의 목적이었던 익스프레스가 잘 보이도록. 아이스크림을 옆에 있던 휴지통에 넣은 강준이 시은의 얼굴 쪽으로 머리를 기울이며 귓가에 속삭이듯 작게 말했다.

"누구?"

"하아."

"한숨 말고. 찾는 게 누구냐고요. 환자 찾으러 온 거 아니었나?"

"아, 장영지 씨."

"인상착의는?"

"신경 끄세요."

더 이상의 관여는 원치 않는다고 냉정하게 선을 긋는 시은을 강준이 재밌다는 눈빛으로 쳐다봤다. 제 어깨에 올려진 강준의 손을 떨쳐 내고 시은이 길게 늘어선 사람들 사이로 다가섰다. 그런 시은을 따라 강준도 천천히 걸음을 옮겼다.

가운도 갈아입지 않고 달려왔다면 아주 시급한 일임에 틀림없었다. 혼자 이 많은 사람들을 일일이 살피기엔 분명 한계가 있음에도 시은은 다른 사람의 도움을 받아들이지 않았다.

"득 안 되는 고집은 피우는 게 아니지."

그가 익스프레스 앞에 섰다. 때마침 놀이기구가 플랫폼으로 들어서고 있었다.

"내 사랑 장영지 씨를 찾습니다! 영지 씨! 돌아와요! 나 지금 당신이 보고 싶어 애간장 다 내려앉는 중입니다! 영지 씨!"

입가에 두 손을 모아 힘껏 내지르는 강준의 목소리가 군중 속을 파고들었다. 세상이 떠나가라 질러 대던 괴성이 잦아들더니 사람들의 시선이 일제히 강준에게 몰렸다. 그가 싱긋이 웃으며 더 힘껏 소리쳤다.

"나 죽는 꼴 보기 싫음 빨리 와요! 영지 씨! 싸랑하는 장영지!"

우뚝 걸음을 멈춘 시은이 놀라 입을 벌린 채 그를 돌아봤다. 헛웃음이 터져 나왔다. 지금 저게 뭐하는 짓인가 싶었다. 몰래 찾아도 모자랄 판에 세상이 떠나가라 이름을 부르며 고래고래 소리를 지르다니. 미치고 환장할 노릇이었다.

"이봐요."

시은이 급히 그의 곁으로 다가서며 낮고 빠르게 말했다. 또다시 크게 숨을 몰아쉬는 그의 입을 손으로 틀어막으며 그녀가 눈을 부라렸다.

"미쳤어요?"

강준이 그녀의 손바닥에 쪽 소리가 나게 입을 맞췄다. 놀란 시은이 황급히 손을 떼려 하자 그 손을 잡아 쭉 당긴 강준이 그녀 가까이 제 얼굴을 기울이며 물었다.

"혹시 그녀?"

"네?"

"저기, 사자 갈깃머리에 얼굴 가리고 도주 시도 중인 여자가 장영지 씨?"

"아!"

시은의 눈이 단박에 커졌다. 막 영지의 이름을 부르며 뛰어가려는 찰나 강준이 그녀의 손을 놓았다. 그는 두 손을 깍지 낀 채 하늘을 향해 팔을 쭉 뻗으며 몸을 풀었다.

"오케이. 자긴 저쪽, 난 이쪽. 중간에서 체포합시다."

한쪽 눈을 찡긋하며 먼저 출발하는 강준을 어이없이 쳐다보다 시은은 그가 말한 쪽으로 급하게 뛰었다. 내려오는 계단은 하나였기에 둘 중 한 명을 발견하고 반대쪽으로 뛰어도 도주로를 차단하는 건 가능했다.

"오지 마! 난 안 갈 거야! 오지 마!"

자신을 애타게 찾으며 소리친 강준을 피해 반대편으로 뛰던 영지가 시은과 마주치자 경기를 하듯 소리쳤다. 머리를 감싸고 미친 듯 소리치며 뒷걸음질하는 영지를 시은이 진정시키려 애썼다.

"안 가요, 안 가. 그러니까 진정해요, 영지 씨."

"나 잡아갈 거잖아. 거기 다시 가둘 거잖아."

"가두는 게 아니라 치료하는 거죠. 영지 씨 아픈 마음 더 다치지 않게."

"난 이게 좋아. 거긴 감옥 같아. 싫어!"

조곤조곤 다독이는 시은의 말에도 영지는 진저리를 치며 소리를 질러 댔다.

"약속했잖아요, 경과 좋아지면 같이 오기로. 이러는 게 어디 있어. 이건 반칙이지."

"거짓말. 치료가 언제 끝날지 모른다고 했잖아. 그럼 여기 못 오는 거잖아."

"거짓말 아니에요. 치료는 영지 씨 의지만 있으면."

"난 당장 여길 안 오면 미칠 것 같았다고!"

가까이 다가서는 시은을 경계하며 영지가 옆에 있던 화단의 돌을 집어 들었다. 씩씩거리며 거친 숨을 몰아쉬는 그녀의 눈엔 이미 초점이 없었다. 여차하면 돌은 물론 손에 잡히는 대로 집어 던지고 종내에는 자신의 신체에까지 해를 입힐지도 몰랐다. 한시가 급했다.

"나이스 캐치."

낮은 저음의 목소리가 들린다 싶은 순간, 누군가 몸을 날려 영지를 감싸 안고 바닥으로 나뒹굴었다. 시은의 시선이 그들을 담으며 아래로 향했다. 영지를 끌어안은 강준이 작게 휘파람을 불며 눈을 찡긋했다. 여봐란듯이 생색을 내며 잘난 척을 하는 것 같은 표정에 시은의 얼굴이 살짝 구겨졌다.

그의 품에서 버둥거리며 발악하는 영지를 바라보던 시은은 번뜩 생각났다는 듯 가운 주머니를 뒤적였다. 병원을 나서기 전 미리 챙겨 두었던 주사기와 앰풀이 손에 잡혔다.

지금 영지는 이리터블* 상태로 세데이션*이 필요했다. 그러기 위해선 할로페리돌*과 로라제팜* 투여가 시급했다.

시은이 주머니에서 그것들을 꺼내 주사기에 정확한 양을 넣었다. 준비를 마치고 강준의 곁으로 다가서자, 그가 영지를 품에 꼭 끌어안고 온몸으로 감싼 채 머리와 등을 쓰다듬고 있는 게 보였다.

"쉬쉬. 이제 괜찮으니까 진정해요."

"놔, 놓으라고."

"에이, 그럴 순 없죠. 좀 격하게 안은 건 내 사랑이 과해서니까 조금만 참아요."

그들의 사투를 곁에서 지켜보며 시은은 잘근 제 입술을 깨물었다. 이 상태에서 갑작스럽게 자신이 끼어들면 영지의

---

*이리터블(Irritable):흥분.
*세데이션(Sedation):진정.
*할로페리돌(Haloperidol):항정신병 약물.
*로라제팜(Lorazepam):항불안제.

반항이 더 거세질 게 분명했다.

쉬이 움직이지 못하는 시은 대신 예상 외로 강준이 영지를 꽤 잘 제압하고 있었다. 거기다 그녀를 끈기 있게 다독이며 안심시키는 것도 수준급이었다.

"영지 씨 뒤로 돌려서 못 움직이게 해 주세요."

강준과 눈이 마주친 순간을 이용해 시은이 작지만 빠르게 말했다.

말을 알아들은 강준이 고개를 끄덕이며 부드럽게, 되도록 놀라지 않게 그녀를 안아 바닥에 눕혔다. 그리곤 한 팔을 꼼짝 못하게 묶어 두었다.

강준이 주는 신호에 따라 영지의 곁에 다가선 시은이 입에 주사기를 문 채 그녀의 소매를 걷어 올렸다. 주사를 놓는 건 순식간이었다.

뒤로 재빨리 빠지는 시은을 보고 강준이 소리 없는 휘파람을 불며 그녀의 솜씨를 칭찬했다. 시은이 머쓱함에 볼을 타고 흐르는 땀을 손등으로 훔치며 고개를 돌렸다. 얼마 지나지 않아 안정을 찾고 힘없이 늘어지는 영지를 강준이 바로 일으켜 안았다.

"다음은?"

"제 차가."

말을 하다 시은이 잘근 아랫입술을 깨물었다. 여기서 주

차장까지는 거리가 제법 되었다. 영지를 차까지 옮기는 것
도 만만찮았다. 강준에게 부탁을 해야 하는 입장이 되자 선
뜻 입이 열리지 않았다.

"주차장?"

"네."

눈치껏 알아채고 영지를 안고 일어선 강준이 먼저 입구가
있는 곳을 향해 움직였다. 주차장은 놀이공원의 입구에서
조금 떨어져 있었다.

가끔 영지를 고쳐 안는 것 말고 강준은 뒤따르는 시은을
돌아보지도, 별다른 말을 하지도 않았다. 무겁다고 투덜거
릴 만도 했고 자신이 이런 일까지 한다고 생색낼 만도 한데
의외로 그는 무던히 걷기만 했다.

어쩌면 말할 힘도 없는 것이 아닐까.

영지를 제압하려 사투를 벌인 데다 축 늘어진 그녀를 안
고 먼 거리를 걸어야 하니 여간 힘이 드는 것이 아닐 거라고
시은은 추측했다.

한 번 쉬는 것도 없이 곧장 주차장으로 향한 그가 즐비한
차들 앞에 멈춰 섰다. 그리곤 시은을 돌아봤다.

"어떤 차예요?"

"아, 저 차예요."

먼저 가서 차 문을 열었어야 했는데 그의 뒷모습만 보고 걸

느라 미처 그럴 생각을 못 했다. 시은이 황급히 뛰어가 잠금을 풀고 차 뒷문을 열었다.

그 안으로 깊숙이 들어간 강준이 영지를 조심히 눕혔다. 천천히 몸을 빼 차 밖으로 다시 나오고 나서야 그가 깊은 숨을 내쉬었다.

"후우."

강준은 이마의 땀을 닦는 시늉을 하며 시은을 돌아봤다. 눈이 마주치자 시은은 멈칫하며 손을 살짝 쥐었다 폈다. 어쩌다 상황이 의도치 않게 흘렀지만 신세를 진 건 확실했다. 인사를 해야 할 것 같은데 쉽게 입이 열리지 않았다.

"저기."

차에 기대서서 잠시 숨을 돌리는 강준을 시은이 낮게 부르자 그가 시선을 돌려 올곧게 응시했다. 뭔가 말을 하려던 시은이 갑자기 차 뒤로 돌아가 트렁크를 열었다. 강준은 그런 그녀를 말없이 쳐다보기만 했다.

"잠깐만 이리 와 보세요."

"왜요?"

다시 돌아온 시은이 그의 팔을 잡아 주차장 옆 화단에 앉혔다. 그러더니 들고 온 것을 옆에 내려놓고 분주히 손을 놀리기 시작했다. 그런 시은을 보며 강준이 손끝으로 입술을 쓸었다. 뭘 하려고 저러나 싶었다.

"우리 볼일은 끝난 것 같은데요."

피곤한 기색으로 말하며 강준이 일어나려 하자 작은 손이 그의 어깨를 잡아 지그시 눌렀다.

"앉아요."

그를 앉힌 시은이 턱을 잡아 그의 얼굴을 이리저리 돌리며 심각한 표정으로 살폈다.

그녀가 하는 대로 가만히 있던 강준이 한쪽 눈썹을 치켜세웠다. 머뭇거리며 입을 쉽게 열지 못하던 좀 전과는 사뭇 다른 과감한 터치였다.

"뭐죠? 이 느닷없는 시추에이션은?"

"이마 찢어진 거 몰랐어요? 피 나요."

"아, 아파."

시은이 집게로 드레싱용 솜을 집어 상처에 대자 강준이 미간을 찌푸리며 그녀를 올려다봤다. 순간, 제임스 딘의 반항적인 얼굴이 그의 얼굴에 고스란히 겹쳐졌다. 그리고 불현듯 영화의 한 장면이 떠올랐다.

배우에 그다지 관심이 없는 시은이 그 장면을 꽤 인상적으로 기억하고 있는 건, 그가 젊은 나이에 요절을 한 것이 조금 안타까워서였다.

그런데 왜 지금, 그가 강준과 겹쳐져 묘한 분위기를 자아내는지 시은도 알 수 없었다. 그저 닮았다는 생각이 언뜻 스친 것 외엔 별다른 감흥도 없는데 말이다.

상처를 보아하니 살이 찍힌 것이, 아무래도 아까 영지를 덮쳐 제압하는 과정에서 그녀가 들고 있던 돌에 상해를 입은 것 같았다. 꽤 아팠을 텐데.

'아, 그때.'

상처를 소독하던 시은의 입이 작게 벌어졌다. 그가 한쪽 눈을 찡그렸던 게 윙크가 아니라 아파서였던 모양이다. 그런데도 전혀 내색을 하지 않고 영지를 안고 달래던 것이 조금 다른 이미지로 시은의 머릿속에 자리했다.

"대단하네."

"뭐라고요?"

"아니에요. 약 흐르니까 입 닫으라고요."

"하아, 냉정하네."

대단하다는 시은의 혼잣말에 강준이 피식 웃었다. 그의 미소 띤 얼굴을 보며 조금, 아주 조금 시은은 강준이 이상한 사람은 아니라는 생각이 들었다.

"그런데 여긴 왜 온 거예요?"

드레싱을 마친 상처 위에 밴드를 붙이며 시은이 무심하게 물었다. 강준이 그녀를 응시하며 어깨를 으쓱했다.

"힐링."

"힐링?"

"여기 아이스크림이 굉장히 맛있거든요."

"아이스크림이요?"

"먹어 봤어요? 완전 끝내주는데."

"전 아이스크림 안 좋아해요."

드레싱한 것들을 마무리하며 시은이 단조롭게 말했다. 그런 시은을 무던하게 바라보던 강준이 등 뒤를 가리켰다.

"희로애락 중에 좋은 것들만 담겨 있거든요. 수많은 사람들의 유쾌한 괴성을 담아 낸 거라 다른 곳에서 파는 것보다 훨씬 맛나죠."

시은의 시선이 찢어질 듯 괴성을 지르며 멀어지는 익스프레스로 향했다. 어쩌면 그의 말이 맞을지도 모른다는 생각을 하며 그녀가 고개를 끄덕였다.

"그걸 먹으면 그쪽도 힐링이 된다?"

"물론. 막힌 속을 확 뚫어 주는 시원한 괴성이 옵션으로 들리니까 더 그렇겠죠?"

"취향이 참 독특하시네요."

"남들한테 피해 주는 것도 아닌데 괜찮은 거 아닌가?"

"그렇긴 하죠."

시은의 내리뜬 시선과 강준의 올려 바라본 시선이 맞물렸다. 말없이 그렇게 서로를 바라보다 시은이 먼저 고개를 돌렸다.

"저 이만 가 봐야겠어요. 너무 지체하면."

"혹시 내가 따라가야 하는 거면."

"아니요, 저 혼자서 가요."

"아, 그럼 난 무지 땡큐."

같이 가 줘야 하는 거냐는 말을 단박에 잘라 내는 시은의 모습에 그가 또 흔쾌히 손을 흔들었다. 깔끔하게 서로의 의사를 주고받은 후 시은은 미련 없이 돌아섰다.

시원하게 출발하는 차를 보고 가볍게 휘파람을 분 그가 피식 옅은 웃음을 터트렸다.

"좋은데?"

정시은이 서강준을 바라보던 눈빛. 그녀의 눈동자에 맺힌 제 모습이 전과 같은 불쾌함을 담고 있지 않다는 게 강준의 기분을 좋게 만들었다. 그게 뭐라고 사람의 기분을 들뜨게 하는지는 몰라도, 좋은 건 좋은 거였다.

아이스크림 코너에서 돌아서다 우연히 제 앞을 스쳐 달려가는 시은을 발견했다. 그녀가 단박에 눈에 띈 것은 새하얀 가운 때문이었다. 바람을 가르며 휘날리던 가운에 새겨진 이름. 낯설지 않은, 단호하고 긴장감 서린 도도한 얼굴.

뜻하지 않은 장소에서 뜻하지 않게 정시은을 다시 만났다.

"두 번째 만남은 꽤 익사이팅한 즐거움으로."

다시 놀이공원 입구로 향하는 그의 입가에 즐거운 미소가
번졌다. 오늘 두 번째로 먹게 될 아이스크림은 어쩐지 특별
히 더 맛있을 것 같았다.

chapter 2

달팽이는 제 속도로
열심히 달려간다

봄이 싫은 이유는 예고도 없이 불쑥 내리는 비 때문이다.

병원으로 들어설 때만 해도 멀쩡하던 하늘이 늦은 시각 어둠을 뚫고 추적추적 눅눅한 소리를 내며 대지 위로 비를 떨어뜨렸다. 퇴근을 하고 병원 현관으로 나온 시은은 멍하니 내리는 비를 응시하며 서 있었다.

우산은 준비하지 못했다.

조금 더 앞으로 걸어간 시은은 팔을 들어 손바닥을 펼쳤다. 빗방울이 손바닥과 손가락 위 그 사이로 내려앉았다. 촉촉이 젖은 손을 눈앞으로 가져간 그녀는 제 손을 마치 타인의 것처럼 바라봤다.

"싫다, 비."

말과 달리 시은은 서슴없이 비가 내리는 거리로 발을 디뎠다. 거세지는 않았다. 스며들듯 몸을 적실 정도의 가랑비였다. 사투를 벌인 건 강준이었는데 왜 자신의 몸이 욱신거리는지. 시은은 걸음을 옮기며 어깨를 이리저리 돌려 뭉친 근육을 풀었다.

주차장으로 걸어가는 동안 시은은 강준을 생각했다. 왜 그가 떠올랐느냐고 묻는다면 대답은 글쎄. 문득, 아무 기미도 없이 그가 떠올랐을 뿐이다. 이유는 그녀로서도 알 수가 없었다.

의외의 만남으로 도움을 받은 것이 신기해서? 시은은 그럴 수도 있겠다 수긍하며 고개를 끄덕였다. 그와의 첫 만남은 그다지 유쾌한 기억으로 남아 있지 않았다. 그런데 오늘 본 강준은 그때와는 좀 다른 이미지로 머릿속에 남았다.

무심한 척하지만 타인에게 친절한 사람.

차에 오른 후에도 그녀는 곧장 시동을 걸지 않았다. 시트와 몸 사이에서 부대끼는 젖은 옷의 감촉이 썩 좋지 않았다. 마음은 빨리 집에 가서 옷을 벗고 샤워를 하고 싶은데 몸이 물에 젖은 솜처럼 묵직하게 가라앉아 마음대로 움직여 주지 않았다.

시트 깊숙이 몸을 기대고 있던 시은이 낮은 한숨과 함께 시동을 걸기 위해 손을 뻗었을 때였다.

따르릉—

휴대폰 벨이 울렸다. 시은은 시선만 내려 보조석에 두었던 핸드백을 쳐다봤다. 끊임없이 울리는 것으로 보아 전화를 받기 전까진 절대 포기하지 않을 것 같았다.

휴대폰을 꺼내고 핸드백을 다시 보조석에 툭 던진 시은이 발신인을 확인하고 깊은 숨을 내쉬었다.

"아, 선."

전화를 건 사람은 그녀의 엄마였다. 그제야 시은은 시간을 확인했다. 11시 25분. 받으려는 순간 전화가 끊겼다. 부재중 통화는 다섯 통이 넘었고, 그중 둘은 모르는 번호였다. 아마도 오늘 선을 보기로 했던 사람인 모양이었다.

"참 오래도 참았네."

어쩌면 남자 쪽에서 기다리다가 오늘의 만남이 불발되었다는 것을, 자신이 일방적으로 바람맞았다는 것을 엄마에게 알렸을지도 몰랐다. 얼굴도 모르는 맞선남에게 조금 미안한 마음이 들었다. 시은은 작게 한숨을 내쉬며 엄마에게 다시 전화를 걸었다.

"미안."

전화를 받자마자 시은은 솔직히 자신의 잘못을 시인했다.

—미쳤지, 미쳤어. 안 되면 안 된다고 연락이라도 하지. 도

73

대체 사람을 얼마나 기다리게 한 거야.

안 된다고. 싫다고. 그녀는 무수히도 자신의 뜻을 밝혔었다. 하지만 억지로 밀어붙인 게 엄마였다고 하더라도 오늘 약속에 나가겠다고 최종적으로 대답을 한 건 그녀였으니 태클은 걸지 않기로 했다. 그리고 지금은 말싸움할 기력조차 없었다.

"정말 미안해요. 병원에 일이 있었어. 일부러 그런 거 아니에요."

—그러게 내가 뭐랬니. 편한 치과나 성형외과 전공하랬지? 위험한 일투성이인 정신과엔 뭣 하러 가서 그 고생을 해.

"편한 곳이 어디 있어요. 다 힘들지. 그리고 이게 딱 내 적성에 맞는다고요."

—얘, 의사도 다 같은 의사가 아니야. 남자면 몰라도 여자가 정신과 의사면 남자들이…….

"엄마, 미안한데 나 지금 너무 피곤해. 다음에. 나중에 통화해요."

잔소리 레퍼토리가 시작되려고 하자 시은이 말을 끊고 일방적으로 종료 버튼을 눌렀다. 여자는 하루 평균 2만 단어 이상을 내뱉어야 스트레스가 덜 쌓인다는 말이 있다. 아줌마들과의 잡담으로도 그것을 다 해소하지 못하는지 엄마는 늘 시은을 붙잡고 무수히 많은 단어들을 나열하고 싶어 했다.

"남잔 나보다 엄마에게 더 필요한 거 같은데."

주차장을 빠져나가며 시은이 피식 웃었다. 고개를 절레절레 흔드는 그녀의 얼굴에 짙은 피로가 묻어났다.

시은은 집으로 올라가는 계단 끝 길목에 차를 대고 내렸다. 그리곤 조금 잦아진 비를 아무렇지 않게 맞으며 걸음을 옮겼다. 위로 길게 이어진 계단 중간에 그녀의 집이 있었다.

본격적으로 병원 생활을 시작하면서부터 독립한 그녀는 병원에서 30분 거리에 위치한 이곳에 거처를 마련했다. 보증금 2천만 원에 월세 50만 원. 방 하나에 거실 겸 주방이 딸린 열 평 남짓한 작은 집이었다. 좁았지만 그 누구의 터치도 받지 않는다는 것에 그녀는 만족했다.

서울 하늘 아래 그녀의 힘으로 마련할 수 있는 집은 그리 많지 않았다. 엄마의 도움은 받기 싫어, 이 집을 구해 이사하고 나서야 독립을 통보했다.

물론 엄마는 과년한 처녀가 혼자 사는 건 말도 안 된다고 길길이 날뛰었다. 하지만 시은의 고집을 꺾을 수 없다는 것을 알기에 전공의 과정이 끝나기 전에 결혼을 해야 한다는 조건을 내걸며 어쩔 수 없이 독립을 허락했다.

집에 남자 하나는 꼭 있어야 한다는 엄마의 확고한 의지에도 시은은 그저 고개를 끄덕이며 은근슬쩍 넘겨 왔다.

문을 열자 적막에 휩싸인 채 어둠 속에 잠겨 있는 집이 보였다. 신발을 벗고 안으로 들어간 시은은 불을 켰다. 그녀의 성격답게 단조로울 거란 예상을 깨고 불빛 아래 드러난 집 안 풍경은 꽤 난해했다.

시은은 걸리적거리는 옷가지를 발끝으로 쓱쓱 걷어 내며 걸음을 옮겼다. 아침나절 출근을 하며 벗어 놓았던 옷이었다. 언저리엔 그제 벗어 놓았던 옷들도 뒤섞여 있었다. 오프가 있는 날 한꺼번에 몰아서 치우자, 그렇게 생각하며 그대로 둔 것이었다.

오프가 언제더라. 어지러이 널린 옷가지와 잡다한 물건들을 대충 눈으로 훑으며 시은이 날짜를 가늠했다. 그러고 보니 오프가 있어도 쉬어 본 적이 별로 없었다. 벌써 두 달째 쉬질 못하고 있는 중이었다.

"그러니 집이 이 모양이지."

그래도 간간이 치운 덕분에 이 정도였다. 아니었으면 벌써 빨래 무더기에 묻혀 허우적거리고 있었을 것이다. 옷가지로 뒤덮인 소파 위에 핸드백을 던져 놓고 그 옆에 털썩 주저앉으며 그녀는 젖은 머리를 쓸어 넘겼다.

"아무래도 내일은 일찍 와서 집부터 치워야겠다."

안 그럼 갈아입을 옷도 없을 테니까.

병원 사람들이 지금 시은의 모습을 본다면 아마 경악한

표정으로 믿을 수 없다며 고개를 가로저었을 것이다. 매사에 철두철미하고 까칠한 그녀가 이렇게 허술한 모습으로 널브러져 있을 줄 그 누가 상상이나 하겠는가.

시은은 욕실로 향하기 위해 천근만근 무거운 몸을 일으켰다. 감기라도 걸리면 큰일이었다. 자신은 괜찮다 하더라도 환자에게 옮기는 건 절대 안 되는 일이었다. 질질 발을 끌며, 얼마 멀지 않은 욕실을 까마득히 먼 곳인 양 걸어갔다. 그 와중에 벗어 던진 옷가지들이 바닥에 툭툭 무겁게 떨어졌다.

적막했던 집 안에 샤워기의 물줄기 소리와 빗소리가 섞여 운치를 더했다.

바(Bar)로 들어서는 강준을 바텐더가 반갑게 맞이했다.

"오랜만에 오셨네요."

그의 취향을 익히 아는 바텐더가 잔에 술을 따라 테이블 위에 올려놓았다. 그것을 한 모금 들이켜며 강준이 가볍게 고개를 끄덕였다.

"그동안 잘 지냈나 봐. 얼굴이 확 폈는데?"

"섹스 테크닉이 끝내주는 여자를 만났거든요."

"오호! 옥시토신이 풍부한 여잔가 봐. 잘 붙잡아. 얼굴 완전 좋아졌다."

"네."

친근하게 농담을 주고받는 그들 사이로 누군가가 끼어들었다.

"정작 그게 필요한 사람이 누군데. 누가 누굴 코치해."

재호가 손을 들어 인사한 뒤 강준의 옆에 앉자, 바텐더가 미소를 띠며 그의 술을 준비했다.

"왜 이래요? 섹스 파트너라면 지금 당장 만들 수 있어요."

"퍽이나. 호감 갖고 다가서는 여자들한테 미련만 남게 만드는 나쁜 놈 입에서 나올 말은 아니지. 그게."

"그러니까, 나한테 필요한 건 여자와의 섹스가 아니라 심신의 안정이라고요."

"넌 인마, 10년을 넘게 쉬었으면 됐지. 무슨 안정이야, 안정이. 너처럼 자유로운 영혼이 어디 있냐?"

바텐더가 건넨 잔을 받아 들며 재호가 툴툴거렸다. 사랑에 불타올라도 모자랄 청춘들이 저리 엉뚱한 소리를 하며 병원에서 썩어 가고 있으니 지켜보는 입장에선 그저 안타까울 따름이었다.

"나야 솔로니까 그렇다 치고 형은 이 시간에 왜 나와서 형수를 독수공방시켜요. 그게 죄지, 다른 게 죄가 아니죠."

"우린 미지근할 때가 됐어. 다시 불타오르려면 잠깐의 휴식이 필요하니까. 난 지금 휴면기야."

"형수도 거기에 동의했어요?"

"우리 나이쯤 되면 말이야. 말을 안 해도 통하는 뭔가가 있어, 인마."

"그건 형 생각이고. 여잔 말을 해 줘야 알아요. 괜히 형수속앓이시키지 말고 내 그놈이 요즘 말을 잘 안 듣는다, 솔직하게 말해요."

"야, 그런 거 아니라니까."

발끈한 재호가 제 물건은 건재하다고 어필했지만, 강준은 슬그머니 모아지는 재호의 다리를 보며 그의 말이 진실이 아님을 알아챘다.

"그러다 부부 사이 틀어지는 케이스 많이 봤잖아요. 상대가 알아주길 바라지 말고 모든 것을 오픈해서 공유해라. 선배가 늘 환자들에게 하던 말 아닌가?"

"장기 휴무 중인 네놈 거기나 걱정해."

느긋이 술잔을 기울이는 강준을 재호가 얄밉게 흘겼다. 말은 청산유수다. 저도 당해 봐야 그게 얼마나 힘든 건 줄 알지.

솔직하게 자신의 속을 내보이기 힘든 상대가 바로 배우자였다. 일종의 자존심 싸움일 수도 있고, 자신을 내려놓기 싫은 남자의 심리 때문일 수도 있었다.

"상담 하나만 해라."

"사양할게요. 형은 구제불능이라."

"에이, 자식이. 나 말고."

혀를 차는 재호를 흘깃 쳐다보며 강준이 눈으로 물었다. 그럼 누구? 그 눈을 마주한 재호가 무의식적으로 제 혀를 핥으며 강준 쪽으로 몸을 기울였다.

"내 후밴데, 좀 과도하게 몸을 혹사해."

"후배면 정신과?"

"그렇지."

"무슨 과정인데요?"

"레지던트 1년차."

"상담이 굳이 필요해요? 전공의 1년차면 타의적으로 혹사 당하는 시기 아닌가. 당연한 거지, 그건."

"그 당연을 넘어서니까 그렇지."

"자의적 혹사라고 해도 그건 자신이 이루고 싶은 게 있으니까 그런 거 아니겠어요? 욕심이 많다고 상담까지 하는 건 좀 과하죠."

"제 몸의 한계치를 넘을 때까지 혹사해. 다른 곳에 쏟을 열정까지 모조리."

억지스럽게 자꾸만 밀어붙이는 재호를 물끄러미 응시하다 잔을 내려놓은 강준이 제 턱을 가만히 쓸었다. 무슨 꿍꿍이가 있는 게 분명했다.

강준의 입가가 비뚜름하게 올라가는 것을 보며 재호가 마른침을 꿀꺽 삼켰다.

"여자구나?"

"……환자에 여자 남자가 어딨어."

시치미를 떼며 은근슬쩍 시선을 피하는 재호를 강준이 가늘게 뜬 눈으로 유심히 살폈다. 나른하게 이어진 강준의 말에 재호가 뒷목을 긁적였다.

"그게 아마도 정시은일 테고?"

눈치 백 단 강준을 속이는 건 애초부터 글러 먹은 일이었다. 에라, 모르겠다 하는 심정으로 재호가 그를 향해 완전히 몸을 돌렸다.

"그래, 시은이다. 그런데 상담이 필요한 건 맞아. 네가 놈 슈퍼바이저 노릇 좀 해라."

"겸사겸사 썸도 타고?"

"뭐, 그건 니들이 알아서 할 일이지."

알아서 하라는 것치곤 너무 대놓고 돗자리를 깔았다. 강준이 가만가만 자신의 입술을 검지로 쓸었다. 그의 입가에 번지는 엷은 미소를 모른 척하며 재호가 술잔을 기울였다.

"실험적 연애라도 해 볼까?"

"픕."

강준의 혼잣말에 재호가 머금었던 술을 뿜었다. 턱과 입술에 흐른 술을 바텐더가 건넨 냅킨으로 닦아 내며 재호가 눈살을 찌푸렸다.

"뭔 연애?"

"정시은이 과연 사랑이란 걸 할 수 있는가. 그런 그녀에게서 내가 옥시토신을 분비시킬 수 있는가. 그런 일종의 실험적인 연애를 말하는 거죠. 성공하면 좋은 거고, 아님 마는 거고."

할 말을 잃었다는 듯 입을 벌린 채 저를 바라보는 재호의 모습에, 강준이 술잔을 부딪치며 싱긋 웃었다.

보통의 사람들이라면 이해하지 못할 연애 방식이겠지만 아마 정시은이라면 그에 동의할 것이다. 시간은 좀 걸릴지 모르겠지만.

"봐서 적당한 시간에 보내요. 상담은 해 볼게."

"너 진짜 아니면 시작도 말아. 시은이 내 여동생 같은 애야."

"그런 동생을 왜 나 같은 놈한테 못 보내 안달이에요. 사실 애정이 얕아. 그죠?"

"야."

잔을 비우고 일어나는 강준을 재호가 얄밉게 흘겼다. 그런 그의 어깨를 가볍게 두드리며 강준이 입구 쪽으로 걸어

갔다.

강준도 알고 있었다. 시은 못지않게 재호가 자신을 아끼고 사랑하고 있다는 걸.

"그리고 내 물건은 닭보다 더 정확하니까 걱정할 필요 없어요."

"뭐?"

문 앞에 선 강준이 재호를 돌아보며 의미심장한 미소를 띠었다.

"새벽마다 정확한 시간에 벌떡벌떡 아주 잘 선다고요."

강준이 나간 문을 재호가 멍한 눈으로 응시했다. 그런 그의 앞에 바텐더가 새 잔을 내밀었다.

"자식이 어디서 자랑질이야. 그럼 뭐해, 제구실도 못 하고 썩히고 있는데. 내가 훨씬 낫지."

※　　　　※　　　　※

감기 기운이 있는 것도 아닌데 아침부터 이상하게 컨디션이 좋지 않았다. 몸이 휘청거릴 정도로 어지럼증이 일어 벽을 짚고 한참을 서 있기도 했다. 그런 시은을 향해 치프 성운이 마뜩잖은 시선을 보냈다.

"정시은, 너 정신을 어디다가 두고 다니는 거야? 달팽이 고

83

기라도 먹은 거야? 왜 이렇게 행동이 굼떠."

"죄송합니다."

평소 철인처럼 병원을 종횡무진 하며 마치 제가 모든 일을 다 할 것처럼 동분서주하던 시은이었다. 그래서 별로 잔소리를 할 일이 없었다. 라뽀*도 제법 잘 형성되는 편이었기에 환자들의 신임도 두터웠다. 그녀가 나서서 해결 못 하는 일은 거의 없었다.

그런 그녀가 오늘은 아침부터 비실거리며 자꾸만 실수를 하니 성운이 드물게 타박을 했다. 저러다 또 기면증 환자처럼 픽 쓰러지고 말지. 말려도 소용없는 일이라 생각하며 성운이 혀를 찼다.

정신과는 흉부외과처럼 환자의 생명이 위급한 상황이 난무하는 것은 아니었다.

가끔 돌발 상황이 벌어질 때가 있어 긴장을 늦춰선 안 되지만, 그렇다고 저 혼자 병원을 다 책임질 것처럼 저리 나대지 않아도 되는 일이었다.

"말도 더럽게 안 듣지."

성운이 차트로 시은의 머리를 툭 치고 자리를 떴다. 외래 환자에 대한 상담이 잡혀 있는 시은을 오래 붙잡고 있을 수

---

*라뽀(Rappot):환자와 의사 간의 유대감.

는 없었다.

상담 전에 정신 차리라는 의미로 다그쳤다는 것을 시은도 알았기에 그의 말을 순순히 받아들였다.

깊이 숨을 몰아쉰 시은이 고개를 세차게 흔들며 애써 정신을 다잡고 상담실의 손잡이를 잡아 돌렸다.

오늘 상담할 사람은 아홉 살 남자아이였다. 또래에 비해 모든 것이 더딘 아들이 걱정되어 혹시 정신적으로 무슨 문제가 있는 건 아닌지 엄마가 데려온 것이었다.

"안녕하세요."

나긋한 인사를 건네며 시은이 상담실 안으로 들어섰다.

별다른 문제가 없다는 검사 결과에도 아이의 엄마는 쉽게 수긍을 하지 못했다. 자신과 남편의 학력에 아이큐까지 거론하며 애가 이렇게까지 더딜 수는 없다고 계속 문제를 제기했다.

부모의 재촉이 아이를 더 힘들게 한다는 걸 그녀는 잘 모르는 듯했다.

"정상이라고요. 약 같은 거 먹일 필요 없단 말 못 알아들으셨어요? 왜 자기 자식을 환자 못 만들어서 안달이세요."

연이은 설명에도 자꾸만 애가 이상하다고 말하는 그녀에게 마침내 시은이 화를 내며 딱딱하게 대꾸했다. 그 말에 아이의 모친이 놀랐는지 눈을 동그랗게 뜨며 시은을 뜨악하게 쳐다봤다.

'아, 젠장.'

컨디션 난조로 내내 날카로웠던 신경이 고집스레 자신의 아들에게 병이 있다고 우기는 엄마로 인해 기어이 폭발하고 말았다.

소리 없는 한숨을 내쉬며 시은이 감정을 추슬렀다.

"그러니까 어머니, 조금만 믿고 기다려 보세요. 네?"

"……네."

마지못해 아이의 모친이 대답을 했다. 하지만 얼굴 가득 깃든 불신으로 보아 그녀는 다른 병원으로 향할 것이 뻔했다. 아이의 병명을 대며 약을 지어 주는 병원을 찾을 때까지.

시은의 가슴이 다시 갑갑해졌다.

상담을 끝낸 시은은 환자들이 있는 휴게실로 향했다. 비척거리는 걸음이 아슬아슬했다. 잠깐만 앉았다 가자 싶어 눈앞에 어른거리는 의자로 발을 내딛던 그녀는 그대로 푹 바닥에 쓰러져 버렸다.

"어머! 정 선생님!"

놀라 달려오는 간호사와 병원 사람들의 목소리가 멀리 이명처럼 들렸다.

무거운 눈꺼풀을 들어 올리자 새하얀 천장이 먼저 눈에 들어왔다. 곧이어 익숙한 병원 냄새가 코끝으로 스며들자 시은은 낮은 신음을 흘렸다.

또 저도 모르게 쓰러지고 말았다. 이번엔 제법 잘 버티고 있다고 생각했는데 아니었나 보다.

"일주일 휴가 줄 테니까 좀 쉬면서 상담받아."

갑자기 들려온 재호의 목소리에 시은이 고개를 돌렸다. 침대 의자에 다리를 꼬고 편하게 앉은 재호가 책을 들척이고 있었다.

숨을 한 번 크게 몰아쉰 뒤 상체를 일으켜 앉은 시은이 무심하게 말했다.

"괜찮아요. 잠깐 어지러워서 그런 거니까."

"잠깐?"

침대에서 내려와 신발을 신는 시은을 재호가 차게 응시했다. 그의 말투에서 느껴지는 비꼼에 시은이 살짝 아랫입술을 사리물었다. 또 건수 하나 제대로 잡혔다.

"얼마나 잤는데요?"

"장장 여섯 시간을 죽은 듯이 잤다. 그게 잠깐이냐?"

"됐네, 그럼. 숙면도 취했겠다, 별문제 없잖아요."

"너, 요 근래 편하게 잔 게 언제야."

"잤어요. 간간이."

"불면이 얼마 동안 지속된 거냐고 묻는 거잖아."

"……하아. 두 달."

집요하게 파고드는 재호에게서 벗어나는 것을 포기한 시은이 침대에 걸터앉았다.

아니나 다를까, 그는 근심 가득한 얼굴로 자신을 바라보고 있었다. 약간 화가 난 것도 같았다.

"알았어, 알았다고요. 하루, 아니, 이틀 쉴게. 그럼 됐죠?"

"되긴 뭐가 돼. 일주일 동안 꼬박꼬박 상담도 받아."

"상담이 왜 필요해, 내가."

짜증 섞인 그녀의 목소리에 재호가 눈에 한껏 힘을 줬다. 엄하게 부라리는 재호의 눈빛에 시은이 한숨을 푹푹 내쉬었다. 저 똥고집.

"병원에 소문나는 거 싫어요."

"알아. 그래서 다른 병원 의사한테 부탁했으니까 옆으로 새지 말고 꼭 가 봐."

재호가 책상에서 명함 하나를 집어 내밀었다. 불퉁한 눈으로 그것을 바라보다 마지못해 받아 들며 시은이 어깨를 올렸다 내렸다.

"이번에도 제대로 안 받으면 확 옷 벗겨 버릴 거야."

"성희롱적 발언이에요."

"그 옷이 그 옷이냐!"

"난 농담도 못 하나? 뭘 그렇게 격하게 받아쳐요."

"농담할 상황이 아니잖아, 지금은. 너 그러다 진짜 탈 난다."

"오케이. 접수 완료. 가요, 간다고."

습관처럼 내뱉은 그녀의 말에 재호가 씁쓸하게 혀를 찼다. 자리를 털고 일어나 문으로 걸어가는 시은의 등에 그가 단단히 일렀다.

"지금 바로 가. 9시에 상담 잡아 놨으니까."

걸음을 멈춘 시은이 벽시계를 확인했다. 8시를 넘어서고 있었다. 어딘데 저녁 9시에도 상담을 다 하나 싶어 명함을 들어 살폈다.

마음을 듣다. 시크릿 Dr. 서강준.

신경정신과를 암시하는 말 이외에 병원을 나타내는 단어는 서강준이란 이름 앞에 붙은 닥터라는 영어 약자가 유일했다.

"서강준⋯⋯."

어딘가 낯이 익은 이름이었다. 설마 그 사람이 이 사람은 아니겠지. 친절하게 마음의 소리를 들어 줄 것 같지 않은 강준의 얼굴을 떠올리며 시은이 고개를 저었다.

손잡이를 돌려 문을 여는 그녀의 등 뒤로 걱정스러운 재호의 목소리가 울렸다.

"난 너까지 잃고 싶지 않다, 시은아."

잠시 멈칫했지만 시은은 별다른 말을 하지 않고 재호의 연구실을 나섰다.

※   ※   ※

재호가 건넨 명함 속 주소가 가리키는 5층 건물 앞에 선 시은이 고개를 들어 건물을 훑었다. 그리고 3층에 붙어 있는 간판을 무심히 쳐다보다 안으로 들어섰다. 엘리베이터를 타는 대신 계단을 이용했다. 조금이라도 더 늦게 병원 문턱을 넘고 싶었기 때문이다.

조심히 문을 열자 텅 빈 병원 로비가 나왔다. 너스 스테이션에는 아무도 없었다.

하긴, 개인 병원이 이렇게 늦은 시간까지 상담을 할 리가 없지.

아마도 시은을 배려해 재호가 따로 상담을 잡아 놓은 모양이었다. 모두가 퇴근한 시간, 슈퍼바이저와 단둘만 편안하게 상담을 할 수 있도록.

"실례합니다."

안으로 들어선 시은은 자신을 기다리고 있을 상대를 위해 살짝 목청을 높였다. 두리번거리다 상담실처럼 보이는 곳으로 발길을 돌렸다. 불은 훤히 켜져 있는데 인기척이 없었다.

똑똑.

상담실 앞에 멈춰 서서 노크를 하고 기다렸지만 아무런 반응이 없었다. 다시 노크를 해도 여전히 답은 들려오지 않았다.

미간을 찌푸리며 시은이 문손잡이를 돌렸다. 조심히 연 문 사이로 실내가 보였다.

맨 처음 시야에 들어온 것은 테이블 위에 건방지게 올려진 새하얀 스니커즈였다. 문을 조금 더 열자 스니커즈를 신고 있는 긴 다리가 보였다. 점점 넓어지는 문틈 사이로 소파에 몸을 기댄 채 다리를 테이블 위에 올려 꼰 남자의 모습이 보였다.

의사 가운은 온데간데없이 남색 스웨터와 스카이블루 계열의 셔츠를 입은 남자는 워싱이 가미된 슬림진 청바지를 착용하고 있었다.

무척 편안해 보이는 차림으로 깊은 잠에 빠져든 듯, 강준이란 이름의 의사는 얼굴을 책으로 덮은 채 팔짱을 끼고 있었다.

"하아. 휴식이 필요한 건 나보다 이쪽인 거 같은데."

문을 닫고 안으로 들어선 시은이 소파로 다가갔다. 재호의 으름장이 있었으니 그냥 무시하고 갈 수는 없는 노릇이었다.

적당히 때우다 상담 시간이 끝나면 남자를 깨워 자신이 왔다 갔음을 어필하면 그뿐이라고 생각했다. 상담 시간에 잠이 든 건 그의 잘못이지 그녀 자신의 탓은 아니니까.

중앙을 차지한 남자의 옆에 시은이 자리를 잡고 앉았다.

한참을 무료하게 앉아 자세를 이리저리 바꾸며 시간을 때우던 시은은 문득 시선을 들어 잠든 그를 응시했다.

책 사이로 언뜻 보이는 날렵한 턱 선을 물끄러미 바라보다 팔걸이에 손을 올려 턱을 괬다. 그와 그리 멀지 않은 거리에 그녀의 얼굴이 머물러 있었다.

남자가 내쉬는 숨결에 따라 책장이 사르르 떨렸다. 들렸다 내려앉기를 반복하는 그 작은 움직임을 바라보던 시은은 저도 모르게 손을 뻗었다. 왠지 모르게 자꾸만 떨리는 책장이 신경 쓰였기 때문이다.

그가 더 편히 잘 수 있게 시은이 책을 들었을 때였다.

"아!"

그런 그녀의 손을 남자가 덥석 붙잡았다. 시은이 놀라 커진 눈으로 돌아봤지만 그는 여전히 눈을 감은 채였다.

들고 있던 책이 바닥으로 툭 떨어졌다. 그와 동시에 시은의 몸이 휘청거리며 앞으로 쏠렸다. 그가 그녀의 팔을 잡아당긴 탓이었다.

남자의 턱과 아담스애플, 그리고 셔츠 사이의 쇄골이 그의 움직임을 따라 뇌쇄적인 모습으로 시은의 시야에 들어왔다.

"으음."

남자의 입술 사이에서 흘러나온 나른한 숨결이 정수리로 내려앉았다. 시은은 천천히 고개를 들어 그의 얼굴을 확인했다.

그때, 그의 손이 시은의 머리 위에 나긋이 안착하더니 비비적비비적 머리카락을 가볍게 헝클었다.

"잠깐만. 눈꺼풀이 너무 무거워서."

잠에 취한 목소리가 시은의 귓가로 스며들었다.

"그다음에 얘기해요, 우리……. 천천히, 오래……오래."

시은은 그가 잠꼬대를 하는 거라 생각했다. 머리 위에 올려진 손과 제 손목을 잡은 손 중 어느 걸 먼저 떼 내야 할지 가늠하며 고개를 들었을 때였다. 그제야 시은의 시야에 남자의 얼굴이 보였다.

"서……강준?"

놀라 내뱉은 이름에 강준의 입가가 사르르 말려 올라갔다.

"으응."

그의 손이 다시 시은의 머리를 부드럽게 쓸었다. 혼란스러움에 그녀가 눈을 깜빡거렸다.

'뭐지? 이 남자가 왜 여기…….'

시은의 머릿속이 분주히 돌아갔다. 자신은 마술사가 아니라 의사라던 강준의 말을 곧이곧대로 믿지 않은 건 지금처럼 자유분방한 그의 모습 때문이었다.

의사로서의 신뢰를 청결한 백의의 가운에 결부하는 건 모순일 수도 있지만, 시은은 도저히 강준과 의사라는 직업을 매치할 수가 없었다.

게다가 신경정신과라니. 개업의라면 자신보다 한참 선배일 것이었다. 적어도 4~5년은.

복잡한 머릿속을 대변하듯 시은이 어지러운 시선으로 강준을 힐끔 올려다봤다.

그는 쓰다듬던 손길 그대로 그녀의 머리 위에 손을 두고, 손목을 잡은 채 머리를 시은의 어깨에 기대고 있었다. 마치 제 것인 양 너무도 편안히.

"저기요, 서강준…… 씨."

뭐라고 불러야 할지 몰라 머뭇거리다 그의 이름을 중얼거렸지만 그는 아무런 기척 없이 들숨과 날숨을 반복할 뿐이었다. 잘근 입술을 깨문 시은이 잡힌 손목을 빼내려 꼼지락거렸다.

그리 세게 잡은 것도 아닌 것 같은데 이상하게 손이 쉽게 빠지지 않았다. 조금 상체를 세워 다른 손으로 그의 손을 잡아 떼 내려 하자 조금 느슨해진다 싶더니, 순간 거짓말처럼 손이 풀려났다. 그리고 머리 위에 올려져 있던 손도 사라졌다.

천천히 움직이는 그의 손을 따라 시선을 옮긴 시은의 눈에 사르르 눈꺼풀을 들어 올린 강준의 얼굴이 들어왔다. 그는 두 팔을 머리 뒤에 받치고 지그시 그녀를 내려다보고 있었다.

잠시 그와 눈을 마주한 채 멈춰 있던 시은이 벌떡 상체를 일으켜 원래의 자리에 물러나 앉았다.

머쓱한 상황에 당황했는지 헝클어진 머리카락을 쓸어 넘기는 시은을 여유롭게 지켜보며 강준은 입가를 싱긋 끌어올렸다.

그가 하품을 하며 오른손을 뻗어 손목시계를 확인했다. 그리곤 길게 기지개를 켜고 발을 내려 벌떡 상체를 일으켰다.

"늦었네요?"

"네?"

"9시 45분. 약속 시간에서 한참 지났잖아요."

"아니에요. 전 정확히 9시에 왔어요. 선생……님이 잠드셔서 몰랐던 거죠."

다시 이름을 부르기가 민망했던지라 시은은 강준을 선생님이라는 호칭을 썼다. 어쨌든 자신의 슈퍼바이저로서 상담을 할 담당의이니 선생님이란 호칭이 맞았다. 같은 전공이라고 무작정 선배님이라 부를 만큼 시은의 넉살이 좋은 것도 아니었고.

"이런."

시은을 향해 몸을 돌려 앉은 강준이 한쪽 눈썹을 치켜세우며 싱긋 웃었다. 그리곤 혀로 볼을 굴리며 가늘게 눈을 떴다. 그에 무표정하던 시은이 미간을 꿈틀했다.

"미안해요. 내가 자는 모습이 워낙 매력적이라 깨우기 힘들었을 거라는 사실을 깜빡했어."

그의 능글맞은 말과 제스처에 시은의 눈과 입이 점점 크게 벌어졌다. 욕이 튀어나오지 않은 게 천만다행이었다.

"농담인데. 진담으로 받아들인 표정이네요."

그가 시은의 앞으로 불쑥 다가와 검지로 그녀의 턱을 들어 올려 입을 다물게 했다.

"먼지는 먹을 게 못 돼요. 입이 심심하면 차라도 마실까요? 커피? 녹차? 아니면 홍차?"

자리에서 일어나 상담실 한쪽에 있는 아일랜드식 테이블

로 걸어가며 강준이 물었다.

멍하니 앞을 바라보고 있던 시은이 눈동자를 굴려 강준을 응시했다. 사람을 다루는 것에 능수능란한 사람이란 생각은 했었지만 이 정도일 줄은 몰랐다.

자신은 세상이 무너져도 결코 동요하지 않고 제 할 일만 할 거라고 생각했었는데. 강준의 작은 행동 하나하나에 반응하고 있는 자신이 기가 막혔다.

불필요한 상담 따위 대충 시간만 때우면 그만이었다. 슈퍼바이저를 적당히 설득해 서로에게 유익한 시간이 되도록 제 페이스로 끌고 오는 것이 오늘 그녀의 목적이었다.

그런데 그 생각이 얼마나 허무맹랑한 것이었는지 시은은 강준을 보며 뼈저리게 깨닫고 말았다.

'정시은, 정신 바짝 차려야겠다.'

그녀는 낮게 한숨을 내쉬며 정신을 가다듬었다.

'휘말리지 말자. 휘말리지 말자.'

주문을 외며 한껏 힘이 들어간 눈으로 커피 머신에서 커피 내리는 그를 바라봤다. 테이블 위에 한 팔을 올리고 비스듬히 기댄 채 강준이 물었다.

"카페인 중독 같은 건?"

"없어요."

"그럼 커피와 불면증은 무관하단 말이네?"

"네?"

커피 두 잔을 들고 자리로 돌아온 강준이 시은의 앞에 잔을 내려놓으며 불시에 그녀의 눈 밑을 엄지로 쓸었다. 시은의 몸이 순간 얼음처럼 굳어 버렸다. 동그란 눈으로 저를 바라보는 시은을 지그시 응시하며 강준이 제 잔을 입술로 가져갔다.

"다크가 발등 여러 번 찍었을 것 같은데. 혹시 호러 영화 제작사에서 섭외 전화 오고 그러지 않아요? 하얗고 검은 게 귀신 콘셉트랑 딱인데."

커피를 머금으며 강준이 농담을 훅 던졌다. 시은으로선 쉽게 소화하지 못할 난해한 내용이었다.

"불면증이 저만 있는 건 아니죠."

"그럼 그 불면증의 원인에 대해 간단한 대화를 나눠 볼까요?"

"원인이라뇨?"

잔을 내려놓은 강준이 시은 쪽으로 상체를 기울였다. 그러자 건조하게 그를 바라보며 시은이 경계심이 깃든 날 선 목소리로 물었다.

"아니면 그 원인 불명의 불면증에 대해 같이 해결 방안을 연구해 보든지."

"저기요."

"저기요, 아니고 서강준이요. 아깐 잘도 부르더니. 강준 씨, 하고."

능구렁이처럼 말꼬리를 잡아 이리저리 잘도 대화를 이끌어 내는 강준의 능수능란한 말솜씨가 시은은 별로 달갑지 않았다. 그에게 휘말리지 말자는 다짐이 무의미해질 것 같아서였다.

불편한 심기를 드러내며 좁혀지는 시은의 미간을 물끄러미 바라보고 있던 강준이 검지를 뻗었다. 그 검지를 시은이 손으로 잡아 제지했다.

"건드리지 마세요."

"그 말에 모순이 있다는 건 알죠?"

"무슨 소리예요."

"지금 날 건드린 건 당신이란 소리?"

강준이 눈썹을 들썩이며 시은에게 잡힌 제 검지를 가리켰다. 잘근 아랫입술을 깨무는 시은을 응시하며 그가 부드럽게 입 끝을 말아 올렸다. 그리곤 목소리를 낮춰 천연덕스럽게 말했다.

"괜찮아요, 난 얼마든지 터치해도. 개방형 몸이니까."

그가 한쪽 눈을 찡긋거리자 시은이 기겁하며 손을 거뒀다. 허공에 머문 손을 유연하게 움직이며 강준이 말을 덧붙였다.

"하지만 여기엔 한 가지 제약이 따르죠."

"……."

제게로 다가오는 강준의 검지에 시은의 미간이 연신 꿈틀거렸다. 그녀의 미간을 다림질하듯 손으로 쓸어 내며 강준이 낮게 속삭였다.

"내 몸에 손대는 대신 당신도 몸의 일부분을 허용해야 한다는 것."

상담을 통해 내려놓아야 할 마음의 무게가 더 번잡스러워졌다. 대체 재호는 이 남자의 어떤 면을 보고 자신의 슈퍼바이저로 선택한 것일까.

재호가 뭔가 잘못 판단한 게 분명했다. 시은이 보기에 이 남자는 슈퍼바이저가 아니라 슈퍼바이러스였다. 온전한 정신마저 혼미하게 만드는 재주를 가진.

싱긋 말려 올라간 강준의 입매를 시은은 경계의 눈으로 바라보았다. 저 사람 좋은 미소가 얼마나 위험한 것인지 감으로도 알 수 있었다.

그녀의 미간에서 손을 거둔 그가 찻잔을 들어 커피를 머금었다.

"들어요, 커피."

강준의 말에 시은이 제 몫의 커피로 시선을 내렸다. 열기를 머금은 연기가 잔에 피어오르고 있었다. 물끄러미 보기만 할 뿐 잔에 손도 대지 않는 시은을 강준이 섬세한 눈길로 지켜보았다.

눈에 띄게 피곤이 깃든 얼굴은 며칠 전 보았을 때보다 많이 상해 있었다.

밤엔 불면에 시달리고 낮엔 몸을 혹사하는 이유. 아픔에 대한 다른 해석, 본인 나름의 치유 혹은 외면.

문득 강준은 시은의 내면이 궁금해졌다. 겉을 철인처럼 단단히 무장하고 제 몸이 망가질 지경까지 몰아붙이는 그 저의가 무엇인지.

그런 그녀를 향한 재호의 처방전이 강준 자신이라면, 그녀에겐 지금 대단히 강력한 충격 요법이 필요하단 말이었다.

"아이가 있어요."

옅은 블랙의 물빛으로 채워진 커피에 비친 제 모습을 보며 시은이 차분히 입을 열었다. 그를 강준이 지그시 응시했다.

"또래에 비해 조금 느린 편이에요. 그렇다고 생활하는 데 어려움을 겪는다거나 불편한 건 없죠. 그저 한 템포 느리게 반응하며 움직이는 것, 그게 다예요."

시은이 시선을 들어 강준을 마주했다. 그리곤 그의 잔잔한 눈을 바라보며 말을 이었다.

"그런데 부모는 안달을 해요. 다른 아이와 다른 게 무슨 병이나 되는 것처럼. 아니, 그러기를 바라는 것처럼. 아이가 빨리 평범해지기를 바라죠."

강준이 찻잔을 내려놓았다. 그리곤 팔걸이에 팔꿈치를 대고 상체를 기울여 턱을 괬다. 덕분에 시은과의 거리가 더욱 가까워졌다. 변함없이 엷은 미소를 띤 채 그가 시은을 바라보았다.

"당신이라면 이 부모에게 어떤 말을 해 주겠어요?"

말머리를 돌리시겠다. 거기다 이 맹랑한 아가씨는 강준의 능력까지 시험하려 들었다. 자기 문제에 대한 명백한 회피와 그에 대한 불신을 그대로 드러낸 것이다. 강준의 미소가 더 짙어졌다.

"흔히들 미꾸라지 한 마리가 물을 흐린다고 하죠."

뜬금없는 강준의 말에 시은의 고개가 모로 기울었다. 그런 시은을 부드럽게 응시하며 강준이 말을 이었다.

"처음부터 미꾸라지가 머문 바닥이 진흙탕이었다는 걸 묵인한 채 말이죠. 달팽이가 느린가요?"

"……."

"누구와 비교해서? 달팽이는 자신의 속도로 열심히 제 길을 달려가죠. 토끼는 토끼의 페이스로, 거북이는 거북이 나름의 속도로. 뭐가 잘못되었죠?"

그의 말이 계속될수록 시은의 눈빛은 점점 달라졌다.

"결국 각자 가고자 했던 길을 걸어 목적지에 도달할 텐데."

강준이 상체를 일으켰다. 그리곤 시은의 얼굴 앞에 제 얼굴을 기울이며 싱긋이 웃어 보였다. 길고 고운 손가락으로 제 입술을 쓸어내리는 그의 손길을 따라 시은의 시선이 움직였다.

그가 조금 더 가까이 다가왔다. 숨결이 느껴질 만큼, 서로의 눈동자에 비친 제 모습이 또렷이 보일 만큼. 조금만 더 다가서면 코끝이 닿을 만큼 아슬아슬한 거리였다.

강준의 매혹적인 입술이 달싹였다. 그 입술에서 시은은 시선을 뗄 수도, 고개를 돌릴 수도 없었다.

"나는 아이에게 이렇게 말할 거예요. 열심히 최선을 다해 노력하고 있구나. 그런 네가 나는 참 사랑스럽다, 라고."

잠시 뜸을 들인 강준이 속삭이듯 감미롭게 말했다.

"언젠가는 모두 너의 사랑스러움에 감탄할 날이 있을 거라고. 그러니 멈추지 말고 계속 너의 길을 걸어가라고."

강준이 시은의 이마 위로 흘러내린 머리카락을 귀 뒤로 넘겨 주었다. 무릎 위에 올려놓았던 시은의 손이 움찔거렸다.

"부모는 내버려 둬요. 자식 걱정은 모든 부모의 과제니까. 하지만 그 밑바탕엔 사랑이 깔려 있죠. 결국엔 찾아낼 거예요, 내 아이의 특별함을."

시은은 엉켜 있던 머릿속이 사르르 풀리는 것 같았다. 경계심 가득하던 불신의 눈빛이 조금 다른 빛깔을 담아내는 걸 흡족하게 바라보며 강준이 한쪽 눈을 찡긋거렸다.

"어때요? 나 꽤 괜찮죠. 이 남자 볼수록 매력 있네, 이런 생각 들죠?"

"……."

미세하게 움찔거리는 시은의 미간을 기분 좋게 바라보며 강준이 느긋이 팔짱을 꼈다.

"자, 어디든 만져도 돼요."

"……네?"

"세상은 공평해야 하니까. 원 터치에 원 터치."

매끄럽게 입 끝을 휘며 강준이 시은의 귀를 눈짓으로 가리켰다. 머리카락을 넘겨 주었던 행동을 말하는 모양이었다. 제가 몸에 손을 댔으니 시은이 제 몸에 손을 대도 좋다는 말이었다. 하지만 그건 그녀가 별로 원치 않는 일이었다.

"그런 건 공평이라고 하지 않죠."

"그럼?"

"도발이라고 하죠."

도도하게 눈빛을 바꾼 시은의 얼굴을 지그시 바라보며 강준이 살짝 아랫입술을 깨물었다. 웃음을 머금은 채 입술을 깨무는 그의 모습은 무척 섹시했다.

강준의 눈과 시은의 눈이 허공에서 맞물렸다. 의미심장한 눈빛을 띤 채 한동안 그들은 말없이 서로를 응시했다.

chapter 3

데이트 메이트,
어때요?

띠띠— 띠띠—

휴대폰 알람이 울렸다. 9시에서 정확히 한 시간이 흐른 후였다. 상담이 끝나는 시간에 맞추어 놓은 알람이 울리자 둘 사이에 흐르던 적막이 깨어졌다. 그에게서 시선을 거둔 시은은 핸드백에서 휴대폰을 꺼내 알람을 껐다.

"상담 끝났죠. 전 이만 가 볼게요."

서둘러 일어서는 시은을 강준은 말리지 않았다. 그도 자리를 정돈하며 일어섰다.

"상담 아니고 잡담. 상담은 이제부터 시작이죠."

먼저 입구로 걸어간 강준이 문을 열어 한쪽으로 비켜섰

다. 그를 지나치며 시은은 낮은 한숨을 내쉬었다. 그의 말이 맞았다. 오늘 상담한 건 하나도 없었다.

재호는 일주일의 휴가를 주는 대신 그 기간 동안 매일 한 시간씩 그와의 상담 일정을 잡아 놓았다. 이건 순전히 강제적인 권력 남용이었다.

하지만 시은은 거절하지 못했다. 언젠가 한번 된통 혼이 난 적이 있었기 때문이다. 그의 말대로 정말 옷을 벗을 지경에까지 이르렀던 적이. 재호는 한다면 하는 사람이었다.

"내일은 조금 이른 시간에 보죠."

고개를 절레절레 흔들며 로비를 걸어가는 시은의 옆으로 다가간 강준이 말했다. 시은은 그를 돌아보지 않고 고개만 끄덕였다.

상담을 하기에 9시는 확실히 너무 늦은 시간이었다. 그렇다고 사람들이 북적이는 낮에 개별 면담을 받는 것도 껄끄럽긴 마찬가지지만.

적당한 시간을 가늠하는 시은의 얼굴 옆으로 불쑥 길고 단단한 팔이 지나갔다. 그가 문에 부딪힐 뻔한 시은의 이마 앞에 한 손을 대고 다른 손으로 문을 열어 주었다. 시은은 그를 빤히 올려다보았다.

"이건 도발 아니고 배려. 닿은 게 아니니까 괜찮죠?"

강준의 말대로 그의 손이 피부에 닿은 건 아니었지만 뭔가 기분이 묘했다.

그의 손을 제 손으로 슬쩍 밀어내며 시은은 앞으로 나섰다. 손끝과 손바닥이 맞닿은 찰나의 순간일 뿐이었다. 그럼에도 시은의 손끝엔 그의 손에서 옮겨 온 따스한 온기가 여운이 되어 오래도록 남았다.

손가락을 손바닥 안에 감춘 시은이 주먹을 움켜쥐었다. 그리곤 아무렇지 않은 척 복도를 걸어 계단 앞에 섰다.

"시은 씨, 걷는 거 좋아하는구나. 나도 그런데."

"그냥 엘리베이터 기다리는 게 싫을 뿐이에요."

"오호. 성격이 급한 편?"

그녀의 속도에 맞춰 계단을 밟으며 강준이 바지 주머니에 엄지손가락을 가볍게 걸쳤다. 그걸 스치듯 본 시은이 시크하게 툭 내뱉었다.

"내 템포로 길을 가는 것뿐."

그리곤 빠르게 계단을 내려가기 시작했다. 그런 시은의 모습에 강준이 엷은 미소를 머금으며 턱을 가볍게 긁적였다. 습득과 응용이 빨랐다. 달팽이 얘기를 이렇게 써먹다니.

"그럼 난 그 길에 슬쩍 동참해 볼까?"

병원 건물을 나선 시은은 큰길이 있는 도로변으로 걸음을 옮겼다. 졸음운전을 할지도 몰라 차를 병원에 두고 온 터라

111

대중교통을 이용해야 했다. 그런 시은의 곁에 바짝 다가서며 강준이 물었다.

"배고프죠."

도대체 어디까지 배웅할 생각인 거지. 시은은 퉁명스럽게 대답했다.

"아니요."

꼬르륵, 꼬르륵.

답을 하기 무섭게 배에서 먹을 걸 달라는 신호를 보내 왔다.

'하필 이럴 때 왜!'

기절하듯 잠에 빠졌다 일어나 곧장 강준의 병원으로 온 길이었다. 저녁은 고사하고 하루 종일 아무것도 먹지 않았기에 어쩌면 너무 당연한 현상이었다. 살짝 얼굴을 붉힌 시은은 더욱 걸음을 빨리했다.

다행히 도로변에 빈 택시 하나가 정차 중이었다. 저걸 타면 되겠다는 생각에 시은은 손을 들었다.

그런데 그 손을 강준이 덥석 낚아챘다. 제 의사와 상관없이 잡힌 손을 기막히다는 듯 쳐다보던 시은의 시선은 그대로 손을 잡아끄는 강준의 얼굴 쪽으로 옮겨졌다. 귀밑머리가 깔끔하게 정리된 단정한 목덜미가 시야에 들어왔다.

"이봐요."

시은의 부름에 강준은 미동도 하지 않은 채 앞만 보며 걷기만 했다. 손을 빼려 힘을 주자 강준이 더 강하게 그녀의 손을 점령해 왔다. 마치 이 손을 절대 놓지 않겠다는 강한 의지를 드러내는 것처럼.

"하아."

짜증이 치밀었지만 화를 낼 기력이 없었다. 시은은 잡히지 않은 손으로 머리를 쓸어 넘기며 아랫입술을 잘근 깨물었다. 그가 원하는 게 뭔지 알지만 입이 쉽게 떨어지지 않았다. 이름 부르는 게 뭐가 그렇게 어렵다고.

그녀가 머뭇거리는 동안에 그는 목적지를 향해 무던히 걸어갔다. 다행스럽게도 강준은 그녀의 보폭에 맞춰 빠르지도 느리지도 않게 걸음을 옮기고 있었다. 뒤따르는 그녀가 지치지 않도록.

등 뒤로 시은이 호흡을 다스리며 깊게 숨을 들이쉬는 소리가 들리자 강준의 눈매가 부드럽게 휘었다.

"저기요, 강준…… 씨."

"네, 시은 씨."

그제야 강준이 시은을 돌아봤다.

"저 배 안 고파요."

"난 고파요."

그가 슬쩍 힘을 주며 시은의 손을 끌어 거리를 좁혔다. 그

리곤 그녀의 귓가에 얼굴을 기울이고 낮게 속삭였다. 시은
이 어깨를 움찔하자 그가 다시 고개를 들어 정면을 응시했
다.

"그럼 혼자 드시러 가세요."

"혼자 밥 먹는 거 엄청 싫어하는데."

"그건 댁 사정이고요. 난 다른 사람이랑 밥 먹는 거 불편
해요."

"시은 씨는 먹지 마요. 나만 먹으면 되지."

"하아, 이봐요."

남의 의사와는 상관없이 막무가내로 밀고 나가는 강준의
이기적이고 독단적인 행동에 시은은 화가 났다. 그녀가 단
호하게 거절을 하려는 찰나, 그가 걸음을 멈추고 문을 열었
다.

"이모, 우리 왔어요."

어느새 목적지에 도착한 모양이었다. 얼떨결에 그를 따라
안으로 들어선 시은은 멀뚱히 실내를 훑었다. 단조로운 열
다섯 평 남짓의 작은 가게였다. 주방에 있던 중년의 여자가
홀로 나와 반갑게 강준을 맞았다.

"아이고, 강준이 오랜만에 왔네?"

"그러게요. 제가 그동안 너무 소원했다. 그죠?"

"에이그, 뭘. 괜찮아. 죽집인데 자주 찾긴 뭐하고 가끔 오

면 좋지."

"네, 그럴게요."

"여기 앉아. 오늘은 어떤 것으로 줄까?"

사장으로 보이는 중년 여자가 자리를 권하며 부드러운 시
선으로 시은을 응시했다. 시은이 머쓱하게 고개를 살짝 숙
여 보이자 여자가 싱긋이 웃으며 고개를 끄덕였다.

먼저 그녀를 자리에 앉힌 강준이 맞은편에 자리를 잡았
다.

"소화 잘되게 녹두죽 주세요. 딱 하나만."

"하나? 그래, 알았어. 내가 최대한 부드럽게 만들어 줄게."

"부탁드려요."

주고받는 대화가 그냥 오다가다 들르는 죽집이 아닌 듯했
다. 돈독한 모습와 이모라는 호칭으로 봐선 가게와 상관없
이 가까운 사이거나, 오랜 단골인 것 같았다.

"우리라니요?"

주인이 주방으로 사라지자 시은이 그가 가게에 들어서며
한 말을 대뜸 걸고 넘어졌다. 당신과 내가 그렇게 묶일 관계
는 아니지 않느냐는 딱딱한 말투와 눈빛이었다.

그런 그녀를 덤덤히 바라보며 강준은 테이블 위에 한 팔
을 올려 턱을 괬다.

"당연히 우리지. 나 혼자 온 건 아니잖아요."

"그게 아니라."

"쉿. 나 지금 무지 배고파서 더 말했다간 아무거나 막 먹으려고 들지 몰라요."

검지를 세로로 제 입 앞에 세운 강준이 의미심장한 눈빛으로 시은을 응시했다. 마치 그 아무거나가 시은이라도 되는 것처럼.

시은은 입을 다물고 테이블 아래에서 두 손을 불끈 거머쥐었다.

정말 한 대 치고 싶을 만큼 강준은 너무 능청스럽고 제멋대로였다. 그런데 이상하게 거기에 반론을 제기하고 달려들 수가 없었다. 자칫 말을 잘못하면 또 그의 페이스에 말려들까 봐. 자꾸만 저도 모르게 빠져드는 깊고 깊은 늪처럼 강준이 위험스럽게 느껴졌다.

"여기 따끈따끈한 녹두죽."

"고맙습니다, 이모."

얼마 지나지 않아 따뜻한 온기가 감도는 죽 한 그릇이 두 사람 앞에 놓였다. 기대감 가득한 눈으로 죽을 바라보며 손을 비빈 강준이 자세를 바로 잡고 수저를 꺼내 들었다. 그것도 딱 하나만.

허기가 졌지만 그다지 먹고 싶은 생각은 없었던 터라 시은은 슬쩍 고개를 돌려 죽을 외면했다. 그저 그가 빨리 죽을 먹고 자신을 놔주기만을 바랐다.

"후우, 후."

입바람을 불어 뜨거운 죽을 식힌 강준이 그것을 후루룩 맛있게 입안으로 넣어 삼켰다. 두 숟갈, 세 숟갈. 횟수가 더해질수록 시은의 입안에 침이 감돌았다.

먹는 소리가 어찌나 감칠맛 나는지 사라졌던 입맛이 돌아올 지경이었다. 그럼에도 그녀는 꼿꼿이 고개를 옆으로 돌린 채 죽을 외면하고 쳐다보지 않았다.

"아, 이런."

강준이 낮은 탄식을 터트리자 시은은 저도 모르게 고개를 돌렸다. 그가 죽을 한 수저 뜬 채 반대쪽 그녀의 입으로 손을 뻗어 왔다.

"잠깐만 거기에."

검지로 그녀의 아랫입술을 살짝 눌러 입을 벌리게 한 그가 수저를 움직였다. 적당히 식은 채 숟가락의 반 정도만 차지한 녹두죽이 쉽게 시은의 입안으로 스며들었다.

"옳지."

아이를 어르듯 그가 그녀의 턱을 올려 입을 닫아 주었다. 시은은 반사적으로 입을 오물거렸다. 달콤하고 고소한 녹두죽이 순식간에 목을 타고 넘어가 버렸다. 아쉬움이 남은 시은의 입안에 다시 침이 고였다.

"너무 맛있어서 먹다 죽어도 모르겠다. 그죠?"

싱긋이 웃은 강준이 수저통에서 숟가락 하나를 꺼내 시은에게 내밀었다. 요란스럽게 먹는 소리를 내더니, 죽은 반 이상이 남아 있었다. 정작 강준이 먹은 것은 얼마 되지 않는다는 소리였다.

"지금이 딱 좋아. 뜨겁지도 않고 차갑지도 않고. 먹어요. 나만 죽으면 억울하잖아."

물끄러미 강준을 바라보다 죽으로 시선을 내린 시은은 제 입술에 남아 있던 죽의 잔해를 혀로 핥았다. 그런 그녀의 손에 직접 숟가락을 쥐어 준 강준이 죽 그릇을 슬쩍 밀었다. 힐끔 그를 곁눈질한 시은은 자세를 잡고 죽 그릇을 가까이 당겼다.

"고작 강제로 반 숟갈 정도만 먹고 죽으면 억울하니까."

시크하게 말하곤 죽을 떠 입으로 가져갔다. 입안에서 사르르 번지는 맛이 일품이었다. 걸리는 것 하나 없이 말 그대로 녹아내릴 만큼 곱게 갈린 녹두는 고소함과 달콤함만 느껴졌다.

빠르게 흡수되는 죽을 먹으며 시은은 가만히 생각해 보았다. 어제도 제대로 식사를 하지 못했다. 이런 때엔 위에 부담이 되는 밥보다 죽이 훨씬 나았다. 수저를 놀리며, 강준이 왜 자신을 억지로 이곳에 끌고 왔는지 깨달았다.

내 배가 고파서. 죽이 좋아서. 혼자 먹다 죽으면 억울하니까.

그는 거절하지 못할 말들만 골라 기어이 그녀 스스로 죽을 먹게 만들었다. 이쯤에서 인정해야겠다. 서강준, 이 사람은 설득에도 일가견이 있는 언변의 마술사라는 걸.

강준은 어느새 자세를 돌려 벽에 등을 기댄 채 뒤쪽 테이블에 놓여 있던 잡지를 펼쳐 보고 있었다. 그와 다소 어울리지 않는 여성 잡지였다. 신경 쓰지 말고 편하게 먹으라는 강준의 배려임을 시은은 알고 있었다.

죽집을 나서 왔던 길을 되돌아 택시 승강장 앞에 도착한 그녀가 택시에 올랐다. 그러자 그것을 지켜보던 강준이 차창을 두드렸다. 시은이 차창을 내리자 불쑥 죽이 들어 있는 종이 가방이 차 안으로 들어왔다.

"내일도 나랑 밥 먹고 싶음 안 받아도 돼요."

제 무릎 위에 안착하는 종이 가방을 가만히 바라보다 시은은 고개를 돌렸다.

"꾸역꾸역 먹고 올게요."

"오케이. 그럼 내일은 나랑 식후 차 한잔하는 걸로."

"네?"

"1시에 봐요. 2시까지 점심시간이니까 티타임 가지면서 상담합시다."

"그러죠."

"그럼."

뒤로 물러선 강준은 가볍게 손을 흔들다 미련 없이 돌아서 병원 건물로 향했다. 시은은 그를 말없이 지켜보다 창을 닫았다. 허벅지를 따스하게 데우고 있는 죽을 옆자리로 옮기고 또다시 창밖으로 시선을 던졌다.

"뭐든 제멋대로인 사람. 정말 싫다."

건조하게 쏟아 낸 말에 여운이 깃들었다. 실은 제멋대로인 강준의 행동에 숨겨져 있는 배려가 껄끄러워서였다. 무심한 듯 툭툭 던지는 그것들에 자신의 마음이 문득문득 열리는 것이 싫었다.

"티타임은 무슨."

강준이 그 시간대를 제시한 것 또한 시은을 배려한 것이었다. 남들과 마주치기 싫어하는 그녀의 마음을 읽은 게 분명했다. 굳이 그러지 않아도 되는 것을.

능글맞게 사람의 마음을 들었다 놨다 하며 어느새 안으로 스며드는 사람. 시은은 그런 그가 싫었다. 아니, 어쩌면 여태 그런 여지를 주지 않았던 견고한 자신의 방어막이 작은 균열을 일으키는 것처럼 느껴져 강준을 더 경계하는 것인지도 몰랐다.

"꾼이야, 꾼."

낮은 한숨과 함께 강준에 대한 결론을 내렸다. 묘한 인연, 우연 같은 만남. 하지만 절대 자신의 마음을 열지는 못할 사람.

의사, 의사라.

마음을 듣는 시크릿 Dr. 서강준.

그의 명함에 적혀 있던 소개말을 마음속으로 읊조리며, 어쩌면 그 말에 딱 어울리는 사람일지도 모른다고 생각했다.

서강준은 다른 사람의 마음을 듣고 읽을 줄 안다. 그것은 시은이 되고 싶은 바람직한 신경정신과 의사의 표본이기도 했다.

※ ※ ※

오랜만에 늦잠을 자 보려고 단단히 마음을 먹었다. 그래서 잠자리에 들기 전 작정하고 술까지 마셨다. 그러나 한 병을 다 비우고도 잠은 쉬이 오지 않았다.

새벽 내내 꼼지락거리며 몸을 뒤척이던 시은이 깊은 한숨과 함께 이불을 들췄다. 밖으로 드러난 그녀의 얼굴은 참혹했다.

술로 인한 두통과 오래 묵은 원수 같은 불면이 겹쳐지면서 그녀의 작전은 실패하고 말았다. 비척대며 욕실 거울 앞에

선 시은이 멍하니 제 얼굴을 응시했다. 몰골은 어제보다 더 나빠져 있었다.

6월로 들어서는 길목에 가까워지자 불면 증상은 더욱 깊어졌다.

"몰골 참."

거울 속 자신에 대한 평가를 내린 시은이 칫솔에 치약을 짜 입으로 가져갔다. 샤워를 해도 그다지 큰 변화는 없었다. 머리를 드라이어로 말리는 대신 대충 수건으로 물기를 닦아 내고 말았다. 모든 게 귀찮았다.

출근하는 것도 아닌데, 뭐.

평소 화장을 짙게 하는 스타일도 아니라 간단하게 스킨과 로션을 바르고 비비로 마무리했다. 딱히 누구에게 잘 보여야 할 일도 없었다. 일주일간은 환자를 대할 일도 없으니 저 편한 대로 지내자 싶었다.

벽시계를 보니 이제 겨우 10시 반을 조금 넘어서고 있었다. 그래도 나름 침대에 오래 누워 있는 것에는 성공했다 싶었다.

주방으로 가 습관적으로 커피포트에 물을 받던 시은의 눈에 식탁 위에 올려진 종이 가방이 들어왔다. 물끄러미 그것을 보다 커피포트를 내려놓고 식탁으로 다가섰다. 그리곤 종이 가방 안에 든 것들을 꺼내 놓기 시작했다.

차갑게 식은 죽 통을 열고 일회용 수저를 들었다. 그리곤 그것을 아무렇지 않게 떠 입에 넣고 오물오물 씹었다. '그의 성의를 무시하지 말자'에서 비롯된 행동이 아니라, 또다시 강준의 앞에서 빈속을 들켜 망신당하지 말자는 생각에서 나온 행동이었다.

죽을 꾸역꾸역 삼킨 시은이 식탁을 정리하려던 때였다. 침실에 놓아둔 휴대폰이 울려 댔다. 전화 올 데가 그렇게 많지 않은 데다 시간이 시간인지라 그저 스팸이려니 했다.

마저 식탁을 정리하고 침실로 갈 때까지 휴대폰은 울리고 끊기기를 반복했다.

참 끈질기다고 생각하며 침실로 가 휴대폰을 집어 든 시은의 눈살이 찌푸려졌다. 엄마였다.

"후우."

절로 한숨이 터져 나왔다. 딸을 남자와 엮지 못해 안달인 엄마의 용건이 뭔지 전화를 받지 않아도 알 것 같았기 때문이었다. 전에 파토 낸 선에 관한 것이겠지.

"네."

전화를 받자마자 예상대로 잔소리가 이어졌다. 출근도 안 했으면서 왜 전화를 받지 않느냐는 말부터 시작해 시간이 남아돌면 선 약속을 잡았어야 했다는 소리에 시은이 지끈거리는 관자놀이를 손끝으로 눌렀다.

"출근 안 한다고 한가한 거 아니에요."

—휴가라며. 그것도 일주일이나. 시간이 남아돌면서 무 슨.

"쉬라고 준 휴가가 아니니까 그렇죠. 일 있어."

—지금은 괜찮지? 당장 만나 봐.

"당장이라니. 누굴?"

—누구긴 누구야, 선볼 사람이지. 전에 말한 곳으로 가. 12시에 약속 잡아 놨어. 30분 정도 남았네. 점심 먹고 천천히 시간 보내다 와. 알았지?

"엄마."

뚝. 이번엔 엄마 쪽에서 먼저 전화를 끊었다. 시은은 신경 질적으로 머리를 쓸어 넘겼다. 흘러내린 머리를 입바람으로 불고 눈을 감았다 뜬 그녀가 전투적인 눈빛으로 휴대폰을 노려봤다.

좋아. 이렇게 막무가내로 나온단 말이지.

얼마나 변변찮으면 바람 맞춘 여잘 다시 만나겠다고 이렇 게까지 난리를 피울까. 시은은 성큼성큼 옷장 앞으로 걸어 가 청바지와 면 티를 꺼내 입었다. 그리고 긴 카디건을 걸친 뒤 야구 모자를 눌러쓴 채 집을 나섰다.

아주 진절머리가 나게 만들어서 다신 만나고 싶단 말이 나오지 않게 해야지. 단단히 다짐하며 시은은 약속 장소인 루야 호텔로 가는 버스를 탔다.

호텔 안으로 들어서자 사람들이 힐끔거렸지만 시은은 그 시선을 전혀 신경 쓰지 않았다.

이미 자신의 험악한 몰골은 버스 차창에 비친 모습을 통해 알고 있었다. 핏기 하나 없이 창백한 얼굴과 어둠이 깊게 자리한 눈 밑, 빗질을 하지 않은 형클어진 머리카락까지.

극적인 효과를 주기에 이보다 좋은 기회는 없을 듯했다. 때도 참 잘 맞춰서 만나자고 하니, 따로 떨쳐 낼 구실을 만들 필요도 없었다.

라운지로 들어서니 직원이 조심스럽게 그녀의 곁으로 다가섰다. 하지만 서슬 퍼런 시은의 눈빛과 예사롭지 않은 기운에 겁을 먹은 듯, 직원은 쉽게 말을 걸지 못하고 머뭇거리기만 했다.

"저, 저기 손님?"

"잠깐만요."

시은이 손을 들어 제지하자 직원이 순순히 입을 다물었다. 시은은 통화 목록을 뒤져 부재중에 걸려 왔던 낯선 번호를 찾아 눌렀다. 신호가 가고, 이어 전화를 받는 소리가 들렸다.

—네.

"어디에 계시죠?"

─왔어요?

"지금 도착했어요."

─입구? 아, 보이네요.

남자가 먼저 시은을 발견한 모양이었다. 시은은 자신을 알아챘다는 상대를 찾아 두리번거렸다. 실내 조경이 가려진 곳에서 누군가가 일어나 입구 쪽으로 걸어오고 있었다.

시은이 눈을 가늘게 떴다. 상대에게 기선 제압을 하기 위해서이기도 했고 좀 더 자세히 보기 위해서이기도 했다.

그런 그녀를 본 남자가 히죽 웃었다. 하지만 그가 다가올수록 시은의 얼굴은 굳어져만 갔다.

"오랜만이다, 정시은."

가까이 다가온 남자가 손에 든 휴대폰에 대고 말했다. 휴대폰을 쥔 시은의 손등에 힘줄이 툭 불거졌다.

거만할 만큼 자신만만한 얼굴로 남자가 시은을 내려다봤다. 그녀는 터져 나오려는 신음을 안간힘을 다해 속으로 집어삼켰다.

하나, 둘, 셋.

천천히 호흡을 다스린 시은이 한쪽 입매를 비스듬히 끌어올리곤 평온을 가장해 말했다.

"우리가 이렇게 볼 사인 아니지 않나?"

"왜, 안 돼?"

"그걸 말이라고 해?"

"이제 좀 편하게 볼 때도 됐지. 언제까지 우리가 형의 그늘에 짓눌려 살아야 되는데?"

"야, 김하늘."

참다못한 시은이 잇소리를 내며 남자의 이름을 불렀다. 그녀의 매서운 눈빛에도 하늘은 전혀 주눅 들지 않았다. 오히려 더욱 거만하게 그녀를 쏘아보았다.

옆에 선 직원이 한참을 대치 상태에 있는 그들을 어쩌지 못하고 눈치만 살폈다.

"입구 막고 이러지 말고 자리에 가서 얘기하자. 우리 할 얘기 많잖아. 5년 만인데."

하늘이 손목을 덥석 잡고 끌자 시은은 그 손을 거세게 뿌리쳤다. 그리고 성큼성큼 하늘이 앉았던 자리로 걸어갔다.

그가 자신이 사랑했던 사람의 동생이라고 해서 피할 것은 없었다. 5년 전이나 지금이나 하늘은 그저 동창생이었고, 그 사람의 동생일 뿐이었다.

털썩. 시은이 자리에 앉자 그 앞에 하늘이 앉았다.

"여기, 얼음물 좀 주세요."

시은이 손을 들어 말하자 하늘이 피식 웃었다. 자신을 만나자 긴장해서 속이 타는 모양이었다. 하긴 첫사랑의 동생

127

을 맞선 상대로 만나게 되었으니 놀라기도 했을 것이다.

직원이 얼음물을 가져올 때까지 시은은 단 한마디도 하지 않았다. 하늘도 편안히 의자에 몸을 기댄 채 그녀를 바라보기만 할 뿐 별다른 말은 하지 않았다.

직원이 얼음물이 든 잔을 앞에 내려놓자 시은이 시선을 옮겼다.

유리잔의 겉면을 타고 물방울이 떨어져 내렸다.

"마셔. 시원하게."

시켜 놓고 물끄러미 바라보고 있기만 하자 하늘이 턱으로 잔을 가리키며 말했다. 혹여 마시는 것을 잊고 딴생각에 빠진 건가 해서.

"내가 마실 게 아닌데."

"뭐?"

시은이 잔을 그의 앞으로 밀며 손끝으로 튕겨 소리를 냈다.

"마셔. 마시고 속 좀 차리는 게 좋을 것 같다."

하늘이 제 앞에 놓인 잔을 힐끗 보며 헛웃음을 터트렸다. 그리곤 시선을 들어 시은의 차가운 얼굴을 뚫어져라 응시했다.

"속은 네가 차려야지. 아직도 죽은 형의 그늘에서 벗어나지 못하고 그 몰골로 지내는 거 미친 짓이야. 알아?"

"속단하지 마. 형의 그늘에서 벗어나지 못하고 어린애처럼 구는 건 너지, 내가 아니니까."

"정시은."

"너 부르라고 있는 이름 아니야."

하늘의 예상과 달리 화를 내며 흥분하는 건 시은이 아니라 오히려 그 자신이었다. 시은은 너무도 평온하게 말을 이어 가고 있었다. 지독하게 차갑고 냉혹할 정도로.

따르릉─

휴대폰 벨 소리가 날카로운 신경전의 한가운데를 침범해 왔다. 쥐고 있는 휴대폰이 요란하게 울려 대자 시은은 손을 들어 무심히 화면을 응시했다. 얼마나 꽉 쥐고 있었는지 손바닥이 아렸다.

모르는 번호였지만 확연히 눈에 들어온 시간에 전화를 건 사람이 누구인지 알 것 같았다. 시은은 하늘을 응시한 채 통화 버튼을 눌러 휴대폰을 귀로 가져갔다.

─내 시간은 금인데. 방금 5분이 훅 날아가 버렸어요.

상큼한 강준의 목소리에 불타올라 까맣게 재가 되어 버릴 것 같던 가슴이 조금 가라앉는 것 같았다. 숨이…… 쉬어졌다.

"제 시간도 금이에요."

─으흠. 그 금쪽같은 시간을 지금 어디다가 흘리고 있는

중인데요?

휴대폰 너머로 봄바람 같은 강준의 웃음소리가 들렸다.

"도둑맞는 중이에요."

—오호. 그거 참 안됐네요.

"덩달아 당신 시간도 도둑맞는 셈이죠. 지금."

—이런. 그런 손해를 볼 순 없는데. 어쩐다?

"여기서 가지죠, 티타임."

—훗. 그럴까요? 거기 어디?

장소를 가르쳐 주기 무섭게 전화가 끊겼다. 강준과의 통화가 이어지는 내내 하늘의 표정은 굳어 있었고 그런 그를 시은은 차갑게 응시했다. 하늘의 입술이 비틀리듯 올라갔다.

"뭐하는 거야?"

"선약이 있었거든."

"……하아."

거짓말이라고 생각하는 모양이었다. 뭐, 그러든지. 하늘의 착각 따위, 이제 신경조차 쓰기 싫었다. 헛웃음을 터트리며 천장에 시선을 두던 그가 이내 벌겋게 핏발이 선 눈을 내려 시은을 직시했다.

"또 우리 사이에 누굴 끼우려고?"

"너와 나, 처음부터 우리라고 부를 것도 없는 사이니까

네 말은 틀렸어."

"야, 정시은."

자리를 박차고 일어선 하늘이 시은의 팔을 잡으려 손을 뻗었다. 하지만 그 손은 시은에게 미처 닿기도 전에 저지당하고 말았다.

"후우. 여기 피니시 라인은 이건가? 고마워요, 환영해 줘서?"

격한 숨을 토해 내며 테이블 앞에 선 강준이 하늘의 손을 덥석 잡아 그의 손바닥에 제 손바닥을 부딪쳤다. 마치 바통 터치를 하는 것처럼.

강준의 등장에 날카롭게 벼려졌던 공기의 균형이 깨어졌다. 놀람과 불쾌함을 드러내며 하늘이 강준을 향해 눈을 매섭게 치떴다.

"당신 뭐야?"

"잠깐만. 숨 좀 돌립시다."

한 손을 허리에 올린 강준이 테이블 위 얼음물을 들어 벌컥벌컥 들이켰다.

"보여요, 나 아직 실력 죽지 않은 거? 내가 중학생 때 잠깐 육상을 했거든요. 여기까지 정확히 9분 42초 걸렸네. 휘우우."

강준이 이마에 맺힌 땀을 닦는 제스처를 취했다.

"빠르네요. 좀 더 걸릴 줄 알았는데."

"금값 떨어질까 봐 미친 듯이 뛰었거든요."

강준이 시은을 돌아보며 한쪽 눈을 찡긋거렸다. 눈치 빠른 그가 지금 상황에 대해 눈치채지 못했을 리 없었다.

보통의 남자라면 이런 일엔 절대 끼어들지 않겠지만 강준은 오히려 능청스럽게 그들 사이로 쑥 들어왔다. 하늘의 살벌한 눈빛에도 전혀 주눅 들지 않고 시은을 향해 윙크까지 날리는 대범함을 보이며.

"이봐요!"

예전에도 그랬지만 하늘은 여전히 참을성이 없었다. 그가 강준의 어깨를 잡아 거칠게 돌렸다. 휘청거리는 강준을 보고 시은이 자리에서 벌떡 일어섰다.

"김하늘, 그 손 놔."

시리도록 차가운 그 말에 하늘이 빠득 이를 갈았다. 강준은 어깨에 올려진 하늘의 손에 제 손을 겹치며 싱긋이 웃었다.

"그러라는데요?"

하늘의 시선이 강준에게로 옮겨졌다. 지그시 손에 가해지는 압력이 만만찮았지만 그럼에도 강준의 표정은 무척 여유로웠다. 하늘이 손에 힘을 빼자 강준이 그 손을 곱게 잡아내리곤 톡톡 손등을 두드려 주었다. 잘했다는 듯이.

"내가 누군지 그렇게 궁금한가? 죽은 사람 소원도 들어준 다는데 산 사람 소원쯤이야."

강준이 성큼 시은의 곁으로 다가서 그녀만 알아챌 정도로 팔뚝을 살짝 건드렸다. 괜찮느냐는 물음이었다.

시은은 강준을 가만히 올려다보았다. 부드럽게 말려 올라 가는 그의 입매가 마음을 편안하게 만들었다.

"나로 말할 것 같으면 지금 정시은 씨가 가장 보고 싶어 하는 사람?"

시은과 지그시 눈을 맞추며 강준이 능글맞게 눈썹을 들썩 였다. 그 눈엔 장난기가 스며들어 있었다. 덥석 자신을 끌어 당기는 손길에 시은이 눈을 동그랗게 떴다.

"미안, 내 약속이 먼저라."

강준이 하늘을 돌아보며 콧잔등을 찡그렸다. 그리고 그 대로 몸을 돌려 걸음을 옮겼다. 몇 걸음 가던 강준이 뭔가를 깜빡했다는 듯 '아차차!' 하며 고개만 돌려 하늘을 바라봤 다.

너무 기막히고 어이가 없어 멍해졌던 하늘이 강준을 향해 눈을 부라렸다. 그 눈빛을 천연덕스럽게 받아 내며 강준이 말했다.

"다음엔 새치기하기 없기. 그것도 경범죄 적용돼서 범칙 금 나오니까 조심. 오케이?"

그리곤 다시 걸음을 옮기며 시은에게 너스레를 떨었다.

"아우. 나 너무 친절한 거 같지 않아요? 게다가 박학다식하기까지. 완전 퍼펙트. 어떻게 이런 남자가 있을 수 있지? 세상은 정말 너무 불공평한 거 같아. 그죠?"

"……"

잘난 척의 최고봉이 있다면 바로 서강준이 아닐까 싶었다. 그의 거침없는 입담에 시은은 절로 고개가 저어졌다. 이런 남자가 정신과 의사라는 게, 어제 잠깐 그의 말에 감동을 받았다는 사실이 믿을 수가 없었다.

밖으로 나온 두 사람은 거리를 걷다 자연스레 근처 공원으로 들어섰다. 강준이 음료를 사기 위해 매점으로 가자 벤치에 앉은 시은은 쭉 뻗은 다리의 발끝을 멍하니 응시했다.

하늘을 급작스럽게 만나는 바람에 감정이 격해지고 말았다. 너무 매몰차게 대한 건 아닌가 생각하다 이내 고개를 저었다. 하늘의 끈질긴 집착을 떨쳐 내려면 그 정도로도 모자랐다. 형의 죽음으로도 끊어 내지 못한 미련이었다.

왜 자신이어야 했을까, 김하늘의 첫사랑이.

"미친 거지. 나쁜 자식. 넌 친구도 아니야."

깊은 한숨이 터져 나왔다. 마음이 시리거나 아파서 그런 건 아니었다. 지독하게 하늘이 미워서도 아니었다.

그는 가슴에 진 응어리였다. 사랑했던 사람이 그의 형이었기에, 단 한 번도 그를 남자로 생각해 본 적이 없기에 조금 전 일이 당황스럽고 화가 나 한숨이 나온 것뿐이었다.

"사랑이 죄는 아니지. 단지 교통정리를 제대로 못 하면 사고가 날 뿐."

잘근 아랫입술을 깨무는 시은의 이마에 뭔가가 닿았다.

"앗, 차거."

고개를 들자 강준이 눈앞에 캔 맥주를 흔들고 있는 것이 보였다. 햇살을 등지고 서서 싱긋이 웃던 그가 그녀의 옆에 나란히 앉았다.

"차보다 이게 더 필요할 거 같아서."

피식 웃으며 시은이 팔을 뻗자 강준이 캔 맥주를 도로 가져갔다. 시은의 미간이 살짝 찌푸려졌다.

"뭐예요."

"뭐긴 뭐야. 선배 우선이지."

"선배요?"

"나이순으로 내가 먼저."

그가 맥주를 입으로 가져갔다. 그 모습을 보자 속이 더 타는 것 같았다. 당장 시원하게 들이켜고 싶었다.

"노티 내고 싶으면 다른 때 해요. 지금은 내가 먼저."

시은이 손을 뻗어 맥주를 쥔 그의 손을 덮쳤다. 때 아닌 맥주 쟁탈전이 벌어졌다. 이리저리 흔들려 생긴 맥주 거품이 밖으로 흘러넘쳤다. 손등을 타고 흘러내리는 거품에 둘이 동시에 입술을 맥주 캔의 입구에 가져다 댔다.

간발의 차이로 시은이 먼저 거품을 후루룩 삼켰다. 아슬아슬한 거리를 두고 강준이 멈칫했다. 자칫 입술이 부딪힐 뻔한 아찔한 순간이었다. 정신없이 거품을 삼키던 시은도 뭔가 이상함을 느꼈는지 눈동자를 굴려 제 코앞에 머문 그의 입술을 응시했다.

시은은 그제야 살며시 입술을 떼고 뒤로 물러났다. 그런 시은을 지그시 응시하던 그의 입술이 말려 올라갔다. 시은은 그의 검지가 자신의 입술을 향해 다가오는 것을 의아하게 쳐다봤다.

"졌다. 얼마나 먹고 싶었으면 이렇게 허겁지겁. 다 묻었네."

맥주를 시은에게 양보하며 강준이 그녀의 입술을 손끝으로 가볍게 쓸었다. 손끝이 스치고 지나간 자리에 열꽃이 피었지만 시은은 고개를 돌려 정면만 주시했다. 강준은 아무 말 없이 맥주를 벌컥벌컥 들이켜는 시은을 손에 턱을 받친 채 느긋이 바라보았다.

그녀가 단숨에 맥주 한 캔을 비워 내자 그가 다른 캔을 내밀었다. 순순히 받아 들고 다시 맥주를 기울이자 강준이 입술을 달싹였다.

"시은 씨, 나랑 연애할래요?"

"푸읍! 컥컥!"

입 밖으로 흘러나온 맥주를 손등으로 닦으며 시은이 그를 돌아봤다. 찌푸려진 시은의 미간에 검지를 뻗어 쓱쓱 문지르며 강준이 말했다.

"데이트 메이트란 말 알아요? 친구보다 가깝고 그렇다고 애인은 아닌, 그런 관계."

"무슨 소리예요."

"부담 없는 연애해 볼 생각 없어요? 지금 시은 씨한테 가장 필요한 것 같은데."

시은은 강준이 지금 무슨 말을 하는 건지 알아듣지 못했다. 엉뚱한 건 알았지만 데이트 메이트라니. 왜 이런 터무니없는 말을 꺼내는 걸까. 그의 의중을 알 수가 없었다.

그가 손을 옮겨 그녀의 앞머리를 살짝 잡아당겼다.

"줄게요, 나. 마음껏 이용해 봐요. 그런 자리 나가지 않아도 되게."

"……."

"딱 당신 연인 생기기 전까지만 애인 해 줄게요. 세상에서 가장 깔끔한 연애. 데이트 메이트, 어때요?"

시은의 머리카락을 조르듯 당기며 강준이 그녀의 눈을 지그시 응시했다.

오늘 시은과 하늘의 만남이 맞선이었다는 것은 누구나 유

추해 볼 수 있었다. 강준의 말은 다시는 억지로 선을 보지
않아도 되게 자신이 가짜 애인이 되어 주겠다는 뜻이었다.

"나랑 할래요?"

건조하게 자신을 바라보는 시은을 향해 강준이 싱긋이 미
소를 지어 보였다.

chapter 4

지나간 것은
지나간 대로

서로 사랑하자는 말을 한 것이 아니었다. 그저 연애, 그것
도 가벼운. 서로에게 부담되지 않게 제시했을 뿐이었다. 강
준이 생각하기에 그건 가장 깔끔한 남녀의 교류 방법이었고
시은이라면 이해하고 동조해 주리라 생각했다.

　하지만 돌아온 답은 전혀 예상치 못한 것이었다.

　강준을 직시한 채 그녀가 천천히 맥주를 들이켰다. 마지
막 한 방울까지 탈탈 털어 비워 낸 시은이 시니컬하게 말했
다.

　"너 진짜 병맛이다."

　그리곤 빈 캔을 떨어트려 발로 뻥 차 버렸다. 시원하게 곡

선을 그리며 곧장 쓰레기통으로 날아간 캔을 보고 강준은 잠시 갈등했다. 나이스 샷이라고 박수를 쳐야 할지, 아니면 가만히 있어야 할지.

강준의 선택은 후자였다. 그는 시은이 성큼성큼 공원을 걸어 나가는 모습을 멀뚱히 쳐다봤다. 어쩐지 쓰레기통에 버려진 맥주 캔이 자신인 것만 같았다. 시은이 완전히 보이지 않을 때까지 멍하니 뒷모습만 바라보던 강준은 휴대폰을 꺼내 검색창에 '병맛'이라고 쳤다.

인터넷 신조어로 '병신 같은 맛'의 줄임. 주로 대상을 조롱할 때 쓰며 '맥락 없고 형편없으며 어이없음'을 뜻한다.

액정을 바라보던 강준의 눈썹이 일그러졌다. 미간에 주름이 잡힌다 싶더니, 입술에서 피식 싱거운 웃음이 흘렀다.

"병신 같은 맛이라."

시은이 병맛이라고 했을 때 망치로 한 대 얻어맞은 것처럼 멍해졌던 이유를 이제야 알 것 같았다.

강준은 두 팔을 쭉 뻗어 기지개를 켠 뒤 자리를 털고 일어섰다. 일단 시은은 그가 제시한 데이트 메이트에 대해 아주 시원하게 거절 의사를 밝혔다.

맞선 자리치곤 시은의 의상은 꽤 후줄근했다. 게다가 대놓고 자신을 불렀다. 그건 명백한 퇴짜였다. 상대가 아주 기분 나쁠 만큼 예의 없는.

"그렇다면 그저 그런 첫 대면의 맞선 상대는 아니란 소린데. 왜 내 제안을 거절했지?"

터벅터벅 공원을 걸어 나가며 강준은 가만히 제 입술을 손으로 쓸었다. 자신의 말대로 한다면 그런 자리에 더 이상 억지로 나가지 않아도 될 텐데.

"흐음."

골똘히 생각에 빠진 강준이 머리를 모로 기울였다. 그러다 우뚝 걸음을 멈추고 휴대폰을 들어 번호를 눌렀다. 한참을 기다리자 상대방이 전화를 받는 소리가 들렸다.

—뭐죠?

화나서 안 받을 줄 알았더니 그래도 받긴 받는다.

"궁금한 건 본인한테 직접 묻는 편이 제일 좋다는 게 제 평소 소신이라서요."

—그래서요?

"제가 병맛이 된 이유에 대해 듣고 싶은데요."

—그쪽보고 한 말 아닌데요.

"설마."

—……후우.

길고 낮은 한숨 소리. 욱하고 화가 치밀어 입바람으로 앞머리를 날리고 있을 것이 분명했다. 그녀의 모습이 마치 눈앞에 있는 듯 선명하게 떠올랐다. 아랫입술을 깨문 강준의 입가에 옅은 미소가 번졌다.

그가 다시 걸음을 옮겼다. 그녀가 이동했던 길을 그대로 걸어 나가며 대화를 이어 갔다.

"내가 살짝 억울해지려고 해서."

—뭐가요?

"선의를 가지고 한 말을 상대가 곡해해 이상한 사람 취급하면 누구라도 억울하지 않겠어요? 적어도 마음을 듣고 이해하는 정신과 의사라면 이런 식으로 끝내면 안 되죠."

공원 입구를 나서자 가로수 길에 선 시은의 모습이 보였다. 예상대로 한 손을 허리에 척 올리고 연신 입바람을 불어 앞머리를 휘날리고 있었다.

아직 시은은 그를 발견하지 못했다. 웃음을 머금은 강준이 발소리를 죽여 그녀의 곁으로 다가섰다.

—그래서 뭘 어쩌자는 거예요?

"술 한잔합시다."

"엄마야!"

그가 그녀의 귀에 대고 말함과 동시에 어깨를 가볍게 툭툭 두드렸다. 화들짝 놀란 시은이 소리치며 반사적으로 물러섰다. 자세를 낮춰 동그랗게 커진 시은의 눈을 마주한 그가 말갛게 웃었다.

제 코앞에 머문 강준의 얼굴을 본 시은은 눈을 깜빡거렸다. 그러다 이내 눈에 한껏 힘을 주며 그를 툭 밀쳤다.

"뭐예요, 사람 간 떨어지게."

"이런. 죄송."

두 손을 들어 보이며 뒤로 한 발 물러서는 강준의 입가엔 여전히 미소가 머물러 있었다. 병맛이란 말에 억울해 쫓아온 사람치곤 표정이 꽤 밝았다.

"대낮에 무슨 술이에요."

"필요하면 낮이고 밤이고 상관없이 마셔야죠."

"음주 진료 하시려고요?"

"오늘 오픈데."

"네?"

"진료 없는 날이라고요. 시은 씨는 특별 우대로 휴무 상관없이 상담."

시은은 멀뚱히 강준을 응시했다. 휴무라면 굳이 자신을 따로 만날 필요가 없었다. 그런데도 강준은 1시가 티타임이라 명시했다. 불필요한 상담을 왜 쉬는 날까지 할애해 가면서 하려는 걸까.

재호와 강준, 둘 다 이해할 수가 없었다.

"왜 왔어요?"

시은의 두서없는 질문에 강준이 싱긋이 웃었다.

"당신이 불렀으니까."

그녀가 무엇을 묻고 있는지 강준은 알고 있었다. 호텔로 불러낸 것을 말하는 것이었다.

"오지 않아도 됐는데 굳이."

"SOS는 위급한 상황에만 치는 거니까요."

"SOS요?"

"지금 난 당신이 필요해. 시은 씨의 말이 내 귀엔 그렇게 들렸는데. 아닌가?"

강준의 눈빛은 진지했다. 시은은 한숨을 푹 내쉬며 손을 올려 머리카락을 쓸어 넘겼다. 그 손을 강준이 덥석 붙잡았다.

"뭐, 뭐예요?"

그가 성큼성큼 시은을 이끌며 걸었다.

"우린 좀 더 솔직한 대화가 필요해요. 서로를 신뢰하지 않는다면 상담도 치료도 모두 소용없는 거니까."

"이봐요."

"허심탄회하게 툭 까 봅시다. 그래야 뭐든 될 것 같으니까."

낮 시간에 편하게 술을 마실 곳은 딱히 없었다. 그래서 강준은 편의점에서 캔 맥주를 산 뒤 시은을 에스코트해 강변으로 향했다. 강이 훤히 내려다보이는 계단 중간에 멈춰 선 그가 뒷주머니에서 뭔가를 꺼내 바닥에 깔았다.

"앉아요."

시은이 판판하게 깔아 놓은 생활 정보지를 보고만 있자, 강준이 그녀의 어깨를 가볍게 눌러 앉혔다. 그리곤 저는 아무렇지 않게 바닥에 털썩 주저앉아 비닐봉지를 뒤적였다. 시원한 맥주를 꺼내 따서 먼저 시은에게 내민 그가 자신의 맥주 캔을 시은의 캔에 부딪치며 덧붙였다.

"시은 씬 나보다 두 캔 먼저 비웠으니까 천천히 마셔요."

"그 정도로 안 취해요."

"이런, 아쉽다."

"뭐가요?"

취하면 무슨 짓을 하려고? 시은이 날 선 시선으로 쳐다보자 강준이 대수롭지 않다는 듯 어깨를 으쓱했다.

"그냥 주사가 보고 싶어서. 이런 성격의 여잔 어떤 주사를 부리나 궁금해서요."

"제 성격이 어때서요?"

시은이 눈을 흘기며 묻자 강준이 빙긋이 웃으며 캔을 입에 댔다.

"알면서."

"더럽게 까칠하다고요?"

딱딱하게 내뱉는 시은의 말에 강준은 눈을 동그랗게 뜨고 그녀를 마주했다.

"그래요? 몰랐네. 난 도도하고 시크하다고 생각했는데. 더럽게 까칠한 성격이구나."

시은의 손에 절로 힘이 주어졌다. 대번에 캔이 우그러져 맥주가 왈칵 밖으로 흘러내렸다. 강준은 재빨리 입을 대고 그것을 후룩 들이켰다. 제 얼굴 아래로 불쑥 들어왔다 물러나는 그의 머리를 시은이 멍하니 바라봤다.

"아깐 시은 씨가 마셨으니까."

강준이 입술을 혀로 핥으며 중얼거렸다. 그 모습에 왜 볼이 달아오르는지 모를 일이었다. 그저 흘러넘친 맥주를 조금 마신 걸 가지고.

"쳇, 쪼잔하게."

유난스럽다 생각하며 시은은 일부러 아무렇지 않은 척 캔을 입으로 가져갔다. 막 그녀가 맥주를 한 모금 들이켰을 때였다.

"아, 미안. 거기 내 입술 닿았어요."

"풋!"

머금었던 맥주를 뿜고 말았다. 입술 아래로 흐르는 맥주를 손등으로 닦아 내며 시은이 강준을 흘겨보았다.

그러나 돌연 그를 보던 시은의 눈에서 힘이 빠져나갔다.

강준이 그녀의 입술을 지그시 바라보고 있었기 때문이었다.

시은은 서둘러 고개를 반대로 돌렸다. 그녀의 얼굴에 또다시 살짝 홍조가 깃들었다.

"나는 남녀 사이의 연애에 꼭 사랑이, 혹은 결혼이 전제가 되어야 한다고는 생각하지 않아요."

그녀에게서 시선을 거둔 그가 맥주를 기울이며 차분히 말했다.

"단지 상대에게 호감이 생겼다는 이유만으로 굳이 그런 부담을 지울 필요가 있을까 하는 거죠."

"부담이 아니라 책임이죠."

조금 편해진 말투로 시은이 입을 열자 강준이 그녀를 보며 맥주를 들이켰다. 시은은 말을 이었다.

"데이트 메이트, 말은 좋죠. 부담 없이 깔끔한 관계. 하지만 세상 모든 연인들이 그런 식으로 관계를 맺는다면 진실한 사랑은 없어지게 되겠죠. 네가 아니어도 돼. 그런 무책임함이 난무하지 않을까요?"

"반대로 올가미가 될 수도 있죠. 평생을 단 한 사람과 살아야 한다는 전제로 결혼이란 걸 하죠, 보통의 사람들은. 하지만 사랑엔 유효기간이 있고 결국 환상은 현실 앞에 무너지게 되어 있어요. 그럼 그들은 올가미가 점점 옥죄어 온다고 생각해요. 스스로 선택한 결과인데 말이죠. 그러다 미워하고 원망하는 마음이 커지면 헤어지게 되죠."

"그래서 사랑엔 책임이라는 게 따르죠. 상대를 책임지지 못할 것 같으면 시작도 하지 말아야 하는 게 연애 아닌가요?"

"사랑하다 헤어질 수 있죠. 결혼해서도 헤어지는 게 일상다반사가 되어 버렸는데. 차라리 서로에게 솔직할 수 있는 데이트 메이트 같은 관계가 좋지 않나? 편하게 자신을 전부 내보이고, 그래도 좋으면 믿음과 신뢰가 쌓여 조금 더 깊은 관계를 맺을 수 있는 거 아닌가?"

시은은 어쩌면 그의 생각이 옳을 수도 있다고 생각했다. 맥주를 마시는 그를 물끄러미 바라보다 비운 제 캔을 그의 손에 건넸다. 강준은 아무렇지 않게 그것을 받으며 새 캔을 내밀었다.

"사랑이나 결혼에 관해 트라우마 같은 게 있는 모양이에요."

새 캔을 입으로 가져가며 시은이 무심히 말했다. 시원하게 맥주를 넘기는 그녀를 가만히 지켜보던 강준이 고개를 끄덕였다. 그리고 길게 한숨을 내쉬며 시은이 건넨 캔을 바닥에 내려놓고 새 캔을 하나 더 꺼냈다.

"인정."

"인정?"

"그때 놀이동산 기억해요?"

"네."

"아이스크림도?"

"끝내주게 맛있는 아이스크림이라고 했죠, 아마."

강준은 고개를 끄덕이며 자신이 한 말을 떠올리는 시은을 부드럽게 응시했다. 엷은 미소를 머금은 그의 입술에서 후우, 조금은 가벼운 숨이 내쉬어졌다.

"일곱 살 때 처음 거길 갔어요. 엄마랑 단둘이."

시은은 갑자기 화제를 전환하는 그의 말을 가만히 들었다.

"그때 처음 그 아이스크림을 먹었어요. 엄마가 아이스크림을 사 주면서 그랬죠. '준아, 저거 보고 있어. 엄마 잠깐 화장실 다녀올게'. 나는 처음 맛본 달콤한 아이스크림과 하늘이 뻥 뚫릴 것처럼 속 시원히 질러 대는 사람들의 괴성에 정신이 팔려 그저 고개만 끄덕였죠. 엄마가 가는 것도 보지 않고."

시은은 저도 모르게 입술 안 여린 속살을 깨물었다. 미소가 머물러 있는 그의 얼굴은 조금 서글퍼 보였지만 그는 아주 담담히 자신의 이야기를 이어 갔다.

"이런 이야기의 결말이 늘 그렇듯, 난 그날 엄마에게 버려졌고 하늘에선 비가 내리기 시작했죠. 아껴 먹던 아이스크림이 다 녹고 사람들의 목소리가 더 이상 들리지 않는 어두운 밤이 될 때까지도 엄마는 돌아오지 않았어요. 나는 엄마 말대로 그 자리에서 엄마가 돌아오길 아주 오래도록 기다렸는데."

"……"

"엄만 아버지의 외도로 우울증을 앓고 있었어요. 그로 인해 싸움이 잦아졌고 결국은 버림을 받았죠. 그 충격에 자신이 낳은 아이조차도 남편의 혼외 자식이라 믿게 되어 버렸어요. 원망은 아이에게 쏟아졌죠. 아이는 날마다 맞고 시시때때로 굶었어요."

"……"

"그래도 미워할 수 없었어요. 엄마가 날 아주 많이 사랑한다는 걸 알았으니까. 내 기억엔 그랬어요. 아버지와 그런 일이 있기 전까진 넘칠 만큼 무한한 사랑을 받았었죠. 그날 이후로 엄만 영영 돌아오지 않았어요. 아니, 돌아오지 못했죠."

아무렇지 않은 듯한 그의 모습에 오히려 더 가슴이 아팠다. 일곱 살. 판단은 되지만 감당은 힘든 나이였다. 자신의 트라우마에 대한 이야기를 강준은 지나간 추억을 되새기듯 담담히 말하고 있었다.

"그렇다고 엄마를 원망하는 건 아니에요. 사랑했으니까 때렸어도 날 살려 준 거라고 믿어요. 이것도 위선이라고 한다면 할 말은 없어요. 남들이 어떻게 보든 난 그러니까. 내 마음이, 내 생각이 중요하니까. 트라우마라고 하는 건 결혼에 대한 내 가치관이 엄마로 인해 바뀌었기 때문이에요. 왜 한 여자를 그런 잔인한 상태까지 몰아넣었을까. 사랑이, 결혼이 뭐기에."

그날 놀이공원에서 만난 강준은 너무도 평온해 보였다. 아니, 오히려 장난스럽기까지 했다. 어쩌면 우연히 마주친 그날이 그가 버려진 날이자 그의 모친이 죽은 날이었을지도 모르겠다는 생각이 들었다.

아팠을 텐데. 감당하기 버거웠을 텐데. 저렇게 되기까지 얼마나 긴 시간을 아픔에, 슬픔에, 혼자라는 두려움에 힘들어했을까.

어떤 말을 해야 할지 몰라 선뜻 입을 열지 못하는 시은의 머리 위로 강준이 손을 뻗었다. 장난스럽게 앞머리를 부스스 헝클이며 그가 옅게 웃었다.

"그날은 엄마가 고통에서 해방된 날이자 내가 살 기회를 얻은 날. 난 그렇게 정리했으니까 다른 생각은 말아요. 측은지심 불러일으키려고 한 말 아니니까 그런 표정도 짓지 말기."

"내가 뭘요."

그의 손을 쳐 내는 대신 맥주를 입으로 가져가며 시은이 시큰둥하게 말했다. 그런 시은을 다정히 바라보다 캔 하나를 따 시원하게 비워 낸 강준이 한쪽 눈을 찡긋했다.

"그러니까 오해하지 말라고요. 단지 내 생각이 그래서 데이트 메이트라는 말을 꺼낸 거니까."

"뜬금없이 그런 말 꺼내는 사람, 그다지 믿음직스럽지 못하네요."

"믿음직스럽지 못하다……."

"보통은 작업을 건다고 생각하죠. 그런 관계는 실컷 데리고 놀다 싫증 나서 버려도 전혀 죄책감을 느낄 필요가 없으니까."

그 말에 강준이 그녀의 손을 덥석 붙잡았다. 움찔한 시은은 커다란 손에 감싸인 제 손을 내려다보다가, 이윽고 시선을 들어 그를 응시했다.

"좋아서 그런 거예요."

"……네?"

"좋다, 싫다. 둘 중 하나면 난 좋다. 시은 씨가 싫지 않으니까, 호감이 가서 그런 말 꺼낸 거지 장난은 아니었어요. 이건 믿어 줘요. 오해하지 말고 있는 그대로의 내 마음만 알아주면 돼요."

손으로 전해지는 온기에 시은이 진지한 그의 눈을 마주했다.

"그러……죠."

강준의 입매가 사르르 말려 올라갔다. 그가 부드러운 미소를 머금은 채 와락 그녀를 껴안았다.

"이러니까 좋지. 이렇게 시원시원하니까."

귓가를 감미롭게 물들이는 그의 목소리와 따스한 숨결에
시은이 멀뚱히 눈을 깜빡거렸다. 저를 꼭 끌어안은 손길과
달리 그녀의 손은 맥주 캔을 든 채 허공에 엉거주춤 머물러
있었다.

✖ ✖ ✖

맥주 두 캔 정도는 아무것도 아니라고 호언장담하던 시은
은 네 번째 캔을 홀짝 비우곤 그대로 강준의 다리를 베개 삼
아 드러누워 버렸다. 덕분에 여유롭게 맥주를 들이켜던 강
준은 마시던 것을 쏟을 뻔했다.

"어어, 이러면 곤란한데."

사랑을 해 보고 그에 대해 논하라고 주절주절 잔소리를
해 대더니 그게 다 술주정이었던 모양이다. 어쩐지 평소와
달리 말이 많다 싶었다. 강준의 허벅지가 편한지 시은은 냠
냠 입맛까지 다시며 단잠에 빠져들었다.

"내 다리가 이런 용도로 쓰일 줄은 몰랐네. 아무리 편해
도 침은 흘리지 맙시다, 정시은 씨."

낮은 웃음을 흘리며 강준은 몸을 뒤로 비스듬히 기댔다.

살랑살랑 부는 강바람이 머리카락을 기분 좋게 흩날렸다. 그가 제 휴대폰 벨 소리를 흥얼거리며 발끝으로 가볍게 리듬을 탔다. 입에서 흘러나오는 '비와 당신'의 감미로운 선율이 잠든 시은의 귓가로 잔잔히 스며들었다.

느긋이 맥주를 비워 낸 강준은 제 허벅지에 얼굴을 비벼 대는 시은을 가만히 내려다보다 바람에 헝클어진 그녀의 머리카락을 쓸어 넘겼다.

그 손길에 시은이 나른한 숨결을 흘려보냈다. 잔뜩 경계하며 날을 세우던 평소의 모습과는 사뭇 달랐다. 무방비한 얼굴은 곤한 잠에 빠진 아이처럼 순수했다.

"힘들 때 힘들다고 투정 부릴 사람이 당신 곁에도 없는 모양이야."

가만가만 머리를 쓸어 넘기던 강준의 시선이 회오리 모양의 가마에 닿았다. 그가 손끝으로 가마의 중앙을 따라 맴을 그렸다.

"귀엽네."

손끝에서 느껴지는 솜털 같은 두피의 부드러운 촉감이 좋았다.

"사랑, 사랑, 사랑이라."

작은 동그라미를 그리던 강준이 나긋하게 속삭였다. 꼭 그녀의 머릿속 작은 소용돌이가 그에게 최면을 거는 것처럼 느껴졌다.

"그러니까 사랑을 해 보고 후회를 하든 질주를 하든 선택해야
죠. 자신의 문제점을 알면서 아무것도 하지 않는 건 무책임한 거
라고요. 가 보지도 않은 길을 어떻게 판단하죠? 가 봐요. 그러고
나서 손 놓아도 늦지 않으니까."

야무지게 자신을 나무라던 시은의 얼굴이 떠오르자 입가
에 절로 매혹적인 미소가 새겨졌다.
"그럼 당신이 책임질 거야? 그 사랑에 대해?"
"흐응."
때를 맞춰 시은이 작은 콧소리를 냈다. 강준의 미소가 더
욱 짙어졌다.
"오케이? 그럼 확 밀고 가요. 진짜 그런다?"
쌔근거리며 시은이 고른 숨소리를 냈다. 끝없이 이어질
것 같던 불면의 밤이 오늘 강준의 무릎 위에서 종지부를 찍
었다. 비록 술에 취해 곯아떨어진 것이었지만 어쨌든 그녀
를 괴롭히던 불면은 해결되었으니 강준은 그걸로 만족했다.
"이봐요, 아가씨. 그렇다고 여기서 계속 잘 순 없잖아. 집
이 어딥니까. 응?"
그녀의 볼을 가볍게 톡톡 두드리며 다정히 물었지만 잠이

든 그녀는 대답이 없었다.

"조금 늦으면 어때. 어차피 쉬는 날인데."

강준은 그녀가 숙면을 취할 수 있도록 오래도록 그 자리에 앉아 있었다. 바람에 날린 머리카락이 얼굴에 닿으면 조심히 걷어 내고, 봄볕이 내리쬐면 손바닥으로 가려 주었다.

날이 기울기 시작하자 기온이 떨어졌다. 혹여 감기에 걸리진 않을까 걱정된 강준이 그녀를 흔들어 깨우기 시작했다.

"시은 씨, 시은 씨."

한참을 흔들고 나서야 시은이 무거운 눈꺼풀을 들어 올렸다. 멍하니 앞을 응시하던 그녀가 갑자기 벌떡 상체를 일으켰다. 시야가 흐린지 고개를 흔들며 미간을 찌푸렸다.

"아, 왜 이렇게 어지럽지?"

"머리를 그렇게 흔드니까 어지럽죠."

강준이 시은의 머리를 잡아 제게 고정했다.

"어라라?"

"뭔 라라?"

"당신이…… 왜 여기에 있어요?"

"그러게, 내가 왜 여태 여기 있었을까. 나도 그게 참 궁금한데. 아마 다리에 쥐가 나서 움직이지 못해 그런 게 아닐까 싶네요."

"쥐, 쥐?"

눈빛이 몽롱하고 말이 느릿한 게 아직 완전히 정신을 차리지 못한 모양이었다. 이대로는 제대로 된 대화를 하기 힘들다 판단한 강준은 그녀의 양 볼을 감싸 제 얼굴 가까이 끌어당겼다. 맞닿은 코끝으로 시은이 내쉰 나른한 숨결이 강준의 입술 위로 흩어졌다.

"헤이, 집중."

입술을 간질이는 그녀의 숨결에 강준이 낮게 웃으며 장난스럽게 시은의 얼굴을 흔들었다. 그에 시은의 미간이 살짝 찌푸려졌다.

"집 어디에요?"

"집? 우리 집?"

"응. 시은 씨 집."

몇 번이나 시선을 맞추고, 정신을 집중하게 하고 나서야 집 주소를 알아낼 수 있었다. 안 그래도 경계심이 심한 시은이었다. 취했다고 제 집으로 데려갔다간 어떤 오해가 생길지 알 수 없었다. 할 수 있는 한 최선을 다해 그녀를 집으로 무사히 돌려보내는 게 관건이었다.

강준은 더 어두워지기 전에 서둘러 그녀를 부축해 택시를 잡아탔다.

가파른 길의 어귀에서 택시가 멈췄다. 오른쪽 차창 밖으로 길게 이어진 계단이 보였다. 택시를 타고 오는 동안 얻은 정보로 유추해 보건대 계단의 중간쯤에 보이는 작고 아담한 집인 것 같았다.

"여기 맞아요?"

"네, 맞는 것 같습니다. 감사합니다."

택시에서 내린 강준은 길게 이어진 계단을 보며 낮게 휘파람을 불었다. 이쯤 되면 깰 거라 생각했는데 그녀는 중간중간 겨우 정신을 차려 말을 한 것 외엔 죽은 듯이 잠만 잤다. 얼마나 수면 부족이었으면 이럴까 싶었지만, 한편으론 그녀를 추슬러 계단을 오를 일이 걱정이었다.

"나 방금 전에 엄청 오해받은 거 알아요? 취한 여자 납치해 가는 파렴치한 될 뻔했다고요. 제발 정신 좀 차려 봐요."

택시를 타고 오는 동안 백미러로 쏟아지던 택시 기사의 의심 가득한 눈초리를 애써 모른 척해야 했다. 시은을 깨워 재차 주소를 확인하지 않았다면 차의 종착지는 경찰서가 됐을지도 몰랐다.

"와아, 집이다."

시은이 히죽 웃으며 계단 중간에 있는 작은 대문을 손가락으로 가리켰다. 그리곤 이내 강준을 골탕 먹이기로 작정한 사람처럼 푹 쓰러지고 말았다. 고개를 절레절레 흔든 그는 그녀를 힘들게 둘러업으며 자신을 탓했다.

"내가 잘못했네, 잘못했어. 이렇게 약한 여자한테 맥주를 네 캔이나 먹이고. 잘못해도 한참을 잘못했네."

숨을 깊게 들이쉬었다 내쉬며 강준이 계단에 발을 올렸다. 잠이 얼마나 중요한 것인지 또 한 번 절실히 깨닫고 말았다. 불면이 계속된 상태에서 술을 마시면 더 빨리 취한다는 사실도.

"다음엔 두 캔에서 땡. 절대 더는 안 줘."

축 늘어진 시은을 업고 집 앞까지 올라선 강준은 낮게 숨을 내쉬며 흐느적거리는 그녀의 손을 잡아 도어록 번호 키 위에 올렸다.

"비밀번호 눌러요. 그건 할 수 있죠?"

제 손을 가볍게 흔드는 강준의 손을 시은이 덥석 잡아 마구 휘저었다.

"어딜! 남의 손을 자꾸 막 잡고 그럼 안 되지이."

"아아, 잠깐만. 이건 아니지. 아!"

조심히 시은을 대문에 기대앉히며 강준이 손을 빼냈다. 하마터면 손이 꺾일 뻔했다. 언제 그랬느냐는 듯 또 까무룩 잠든 시은을 보며 강준이 허탈한 숨을 내쉬었다. 술주정 반 잠꼬대 반. 이런 경험은 처음이었다.

"하아, 힘도 세다."

시은의 옆에 털썩 주저앉으며 강준이 그대로 널브러지다

시피 사지를 뻗었다. 그런 강준을 계단을 내려가던 행인이 힐끔거렸다. 그러거나 말거나, 강준은 호흡을 가다듬으며 하늘을 응시했다.

"처음이네. 그 얘기 다른 사람한테 내 입으로 직접 한 건."

그의 고개가 시은에게로 돌려졌다. 가만히 그녀를 바라보던 그가 엷은 미소를 머금었다.

"참 신기해. 정시은 당신."

※　　　※　　　※

정말 오랜만에 단잠을 잔 것 같았다. 일어날 때 뻐근함 대신 개운함이 느껴진 것도 얼마 만인지 몰랐다. 몇 번 눈을 깜빡이며 흐린 시야를 바로잡던 시은의 눈이 순간 부릅떠졌다.

"뭐야?"

벌떡 상체를 일으킨 시은은 분주하게 주변을 두리번거렸다. 시야에 보이는 모든 것들이 낯설었다. 헝클어진 머리를 더욱 헝클어뜨리며 그녀가 잘근 아랫입술을 깨물었다. 두뇌가 빠르게 돌아갔다. 필름을 돌리듯 정신을 잃기 전으로 계속 거슬러 올라갔다.

드문드문 떠오르는 기억 속에 한 사람이 나타났다.

"서강준."

"용케 내 이름은 기억하네요?"

작게 읊조린 혼잣말에 곧장 다른 목소리가 이어졌다. 중 얼거린 이름의 장본인이 주방 나무 기둥에 비스듬히 기대선 채 커피를 마시고 있었다. 시은의 눈이 그의 모습을 위에서 아래로 빠르게 스캔해 내려갔다.

방금 샤워를 마친 듯 머리가 촉촉이 젖은 채 헝클어져 있 었다. 지나치게 편해 보이는 화이트 톤의 브이넥 티셔츠에, 흐르듯 유연한 선이 돋보이는 면바지는 누가 봐도 홈웨어였 다. 게다가 그는 양말도, 실내화도 신지 않은 맨발이었다. 그로 유추해 보건대 여긴 서강준의 홈그라운드가 분명했다.

사태 파악을 끝낸 시은은 감으로 제 상태를 점검하기 시 작했다. 여기서 눈을 내리깔고 제 옷을 살피는 유난을 떤다 면 낯 뜨거움을 감당하기 버거울 것 같았다. 다행히 복장은 전날 입은 그대로였다.

"커피 맛있어요?"

"과테말라 원두인데, 한 잔 줘요?"

당황한 기색 없이 강준이 들고 있는 잔을 눈짓으로 가리 키며 시은이 물었다. 고개를 끄덕이는 그녀를 뒤로하고 그 가 몸을 돌려 주방으로 들어섰다. 강준이 커피를 잔에 따르 는 동안 시은은 헝클어진 매무새를 가다듬었다.

결론은 간단했다. 강준이 술에 취해 잠든 자신을 이곳으로 데리고 왔다. 물론 그 과정은 무척 복잡하고 힘들었을 것이다. 드문드문 떠오르는 기억 속에 자신을 집으로 돌려보내기 위해 무던히 노력하는 강준의 모습이 남아 있었다.

비밀번호를 누르라고 손을 흔들던 것이 어렴풋이 기억났다. 그 손을 자신이 무작스럽게 휘저었던 것도. 그래서 무턱대고 왜 자신을 여기로 끌고 왔는지 따져 물을 수가 없었다.

햇살이 따스하게 스며드는 통유리 벽 안쪽 커다란 침대를 혼자 차지하고 누운 것만으로도 그녀는 강준에게 미안해해야 했다. 침대를 양보한 탓에 그는 아마 아주 불편한 밤을 보냈을 테니까.

"식혀서 마셔요. 조금 전에 내린 거라 뜨거우니까."

어느새 다가온 강준이 그녀의 앞에 커피 잔을 내밀었다. 잔을 받아 들며 시은이 고개를 끄덕였다.

"고마워요."

"잠자린?"

"편했어요."

"다행이네요. 그쪽이나마 편했다니."

잔을 입에 물던 시은이 힐끔 그를 올려다봤다. 그가 의미심장한 눈빛으로 그녀를 내려다보고 있자 시은은 또 제가 기억 못 하는 어떠한 일이 있었는지 곰곰이 머리를 굴렸다.

강준이 입술을 느릿하게 손끝으로 쓸었다. 그러자 보기 좋던 입술이 한껏 부풀어 있는 것이 눈에 들어왔다.

"입술이 부었네요?"

"그렇죠? 그것도 아주 많이."

어찌 된 일이냐고 물을 수가 없었다. 묘한 뉘앙스를 풍기며 혀로 입술을 핥는 강준 때문에.

그가 자세를 낮춰 시은의 앞에 한쪽 무릎을 세워 앉았다. 그리고 그녀와 시선을 맞춘 후 느긋하게 커피를 머금었다. 커피의 잔해가 묻어 유독 반짝거리는 입술 끝이 야릇하게 말려 올라가자 시은은 저도 모르게 마른침을 꿀꺽 삼켰다.

"어젯밤에 와일드한 암고양이 한 마리가 날 덮쳤거든요."

"……암고양이요?"

"아우, 어찌나 물고 빨고 놓지를 않던지."

능청스럽게 말하며 그가 또 부풀어 오른 입술을 손끝으로 천천히 쓸었다. 그 손을 따라 시은의 시선도 움직였다.

"물고, 빨아요?"

아무리 술에 취했어도 자신이 그런 짓을 했을 리가 없었다. 눈앞에 확실한 증거를 두고도 시은은 그것을 부정하며 고개를 가로저었다.

"이 개날라리 바람둥이 자식아. 너 내가 그렇게 쉬워 보여?

데이트 메이트? 웃겨. 그러면 마음대로 키스하고 섹스하고 뭐 그러자는 거야? 그래 놓고 정당한 거니까 헤어져도 토 달지 마라, 그러려고? 이리 와 봐. 확 그냥 그놈의 주둥아리를."

　자신을 고이 침대에 눕히고 한숨 돌리는 강준의 멱살을 움켜잡고 뒤흔들던 모습이 어렴풋이 머릿속에 떠올랐다. 그녀의 미간이 꿈틀거렸다. 진정하라고 말하는 강준을 침대에 눕히고 그 위에 올라타 그의 입술을 앙 하고 문 것이 기억나서였다.

　미쳤나 봐.

　근래에 이렇게 심하게 취해 본 적은 처음이었다. 예전엔 술고래라고 불릴 만큼 강했기에 맥주 몇 캔쯤은 가볍게 생각했다. 자신의 몸 상태를 전혀 고려하지 않은 어리석은 행동에 쥐구멍이 있으면 숨고 싶은 심정이었다.

　하지만 시은은 잘못을 시인하는 대신 커피를 머금었다. 그런 그녀를 응시하며 강준도 마저 커피를 비우고 빈 잔을 사이드 테이블 위에 올려놓았다. 그 작은 동작에 시은이 저도 모르게 움찔거렸다.

　"머리 뻗쳤다."

　강준이 아무렇지도 않게 시은의 머리로 손을 뻗어 삐죽 튀어나온 앞머리를 정돈해 주었다.

"다행히 감성 넘치는 소녀가 나타나서 그렇게 무섭진 않았어요."

"감성…… 소녀?"

그건 또 뭐야? 시은의 얼굴에 의아함이 떠오르자 강준이 싱긋이 미소를 지었다.

"그런 고해는 살아생전 처음이었어. 완전 감동 제대로 받았어요, 나."

그녀의 얼굴에 낭패감이 깃들었다. 망했다. 그것도 아주 처절하게.

"내 사랑은요, 예뻐요. 봄 햇살보다 더 따사로웠다고요. 배꽃 알아요? 소담하고 고운데 엄청 귀여운. 내가 그 꽃을 닮았거든요. 그렇게 예뻤다고, 내가. 나이가 무슨 상관이야? 꽃은 매년 곱게 피는데. 안 그래요, 아저씨?"

횡설수설 주절거린 말들은 온통 제 자랑이었다. 낯짝이 두꺼워도 어떻게 그 정도로 두꺼울 수 있을까. 취했어도 할 말, 안 할 말 구분은 했어야 했다.

시은의 얼굴이 화끈 달아올랐다. 그 말을 하며 강준의 옷에 눈물을 닦았던 것도 같다. 그런 추잡스런 청승을 왜 하필 서강준 앞에서 떨었을까. 지금에서야 뼈저리게 후회한들 어제의 일이 없던 게 되지는 않았다.

시은은 잘근 아랫입술을 깨물었다. 그러자 강준이 그녀의 입술을 검지로 누르며 만류했다.

"이러니 남의 입술도 그렇게 거침없이 깨물지."

강준은 시은의 손에서 아슬아슬하게 흔들리는 커피 잔을 빼 들어 제 잔 옆에 두었다. 그리고 그녀의 입술을 부드럽게 쓸었다.

"기억해요?"

"……또 뭐가 있어요?"

"가장 중요한 게 남았죠."

"뭐죠?"

이왕 팔린 쪽이었다. 자신이 기억하지 못하는 추태가 남았다면 완전히 다 털어 내자 싶었다. 시은이 결심한 듯 도도하게 눈빛을 바꾸자 그의 입술이 매혹적인 곡선을 그리며 올라갔다.

"원 터치엔 원 터치로."

"네?"

"내 몸을 자유롭게 취하되 자신도 내주어야 한다."

그의 말이 이어질수록 시은의 눈동자가 흔들리기 시작했다. 강준의 손이 그녀의 뒷머리를 감싸 부드럽게 끌어당겼다. 얼굴이 가까워지자 시은은 심장이 동요하는 것 같았다.

미세하게 꿈틀거리는 그녀의 미간을 즐겁게 바라보며 강준이 고개를 살짝 틀었다.

강준의 입술이 시은의 입술 앞에서 달싹였다.

"이번 도발은 당신이 먼저 한 거야."

입술을 간질거리던 숨결이 사라지고 따스하고 부드러운 것이 겹쳐졌다.

"배꽃을 닮아 예쁜 정시은. 당신을 사랑했던 그 사람의 기억 속엔 늘 그 모습 그대로일 거예요. 그러니까 당신도 지나간 사랑을 그때의 아름다웠던 기억으로 가슴속에 남겨요. 사랑이 지나갔다고 없어지는 건 아니니까."

울먹이던 자신의 어깨를 다독이며 강준이 했던 말이 키스와 함께 아릿하게 시은의 가슴을 물들였다.

chapter 5

사랑이란 걸
좀 해 보려고요

병원 로비를 가로지르는 시은의 기세가 너무 드세 인사를 건네려던 필주가 손을 든 채 어설프게 웃었다. 필주를 본척만척 스친 시은이 곧장 계단을 뛰어올라 신경정신과 교수실로 향했다.

노크도 없이 벌컥 열리는 문에 느긋이 입에 잔을 대고 있던 재호가 깜짝 놀라 차를 조금 쏟았다. 턱을 타고 흐르는 차를 티슈를 이용해 닦으며 재호가 성큼성큼 들어서는 시은을 흘겼다.

"뭐냐? 그 예의 없는 들어섬은?"

씩씩거리며 재호 앞에 멈춰 선 시은의 주먹 쥔 손이 부들

부들 떨렸다. 손등에 도드라진 뼈마디를 보고도 짐짓 모른 척 시치미를 뗀 재호가 소파에 등을 기댄 채 물끄러미 시은을 올려다봤다. 할 말이 있으면 해 보라는 듯 빤히 자신을 쳐다보는 재호의 모습에 시은이 잘근거리던 입술을 열었다.

"그 개또라이 자식 다신 안 봐요. 상담이니 뭐니 나한테 그런 말도 꺼내지 마요. 알았어요?"

으르렁거리며 토해 내는 시은의 말에 재호의 한쪽 눈썹이 치켜 올라갔다. '그 개또라이'가 시은의 슈퍼바이저 강준을 의미한다는 걸 즉시 알 수 있었기 때문이다.

재호가 두 손을 펼쳐 맞대곤 손가락을 붙였다 떼기를 반복했다. 가늘게 눈을 뜬 채 시은을 응시하는 것이, 머릿속으로 계산기를 두드리고 있는 게 분명했다.

그의 손가락이 딱 멈췄다. 그 손끝을 은근히 의식하며 시은이 재호를 도전적으로 마주 보았다. 절대 물러서지 않겠다는 강한 의지를 담아낸 채.

"왜, 놈이 너한테 입이라도 들이댔냐?"

예고 없이 푹 찔러 오는 말에 시은이 움찔하며 미간을 찌푸렸다. 그에 재호의 눈이 예리하게 빛났다.

오호! 이놈 봐라.

"아무튼 난 그런 사람이랑 더 이상 엮이고 싶지 않으니까 이걸로 끝내요."

강하게 자신의 의지를 고찰시킨 시은이 휑하니 돌아섰다. 일방적인 통보를 하고 돌아서는 그녀의 등 뒤로 낮게 깔린 재호의 근엄한 목소리가 들려왔다.

"전공의 1년차가 어디서 건방지게 교수한테 이래라저래 라야."

우뚝. 시은의 걸음이 멈췄다. 확실히 재호의 말처럼 지금 자신의 태도는 상당히 건방졌다. 레지던트 1년차로서는 감히 상상조차 할 수 없는 짓을 뭔가에 씐 사람처럼 거침없이 저지른 것이다.

재호의 일침에 순간 시은의 정신이 번쩍 들었다. 그제야 개인적인 친분을 빌미로 이런 짓을 저지른 자신이 부끄럽게 느껴졌다.

"앉아."

재호의 말에 숨을 깊게 들이쉰 시은이 마음을 가라앉히고 다시 돌아섰다. 그리고 고분고분하게 그가 가리킨 자리에 앉았다.

"강준이가 진짜 강제로 키스했어?"

시은이 눈에 한껏 힘을 주며 재호를 흘겼다. 표현이 너무 직설적이라 듣기 거북했다.

"아니야? 똑바로 말을 해야 어떻게 할지 정하지."

딱히 강제적이었다고 말하기도 뭐해 시은은 잘근 아랫입

술을 깨물었다. 입을 맞추는 순간 자신이 그를 저지하며 거부한 게 아니었으니까. 하지만 입맞춤 뒤에 찾아든 감정은 그녀를 몹시 혼란스럽게 만들었다.

반사적으로 들어 올린 손을 강준이 붙잡아 손바닥에 지그시 입술을 눌렀을 때, 그녀의 내면에서 뭔가가 폭발하듯 터져 버렸다. 오래도록 눌러 왔던 낯선 감정이 소용돌이치며 심장을 들썩이게 했다. 너무 놀라 강준을 밀치고 그대로 그의 집을 뛰쳐나왔다.

집으로 향하는 내내 불안했다. 그 불안이 주체할 수 없는 화를 불러일으켰고 결국 강준을 자신에게 붙여 놓은 재호에게로 화살이 돌아갔다.

"정상 아니에요, 그 인간. 같이 있다간 내가 돌아 버릴 것 같아."

"그러는 넌 지극히 정상이냐?"

"오빠!"

"오빠 아니고 교수님. 여기 병원이야. 사리 분별 못 해?"

무릎 위에 놓인 시은의 손이 꽉 쥐어졌다. 고작 입맞춤 한 번에 왜 이렇게 화가 나는지 자신도 모를 일이었다. 그저 이상한 놈에게 입술을 도둑맞았다, 재수 더럽게 없다, 그렇게 여기고 넘어가면 될 것을 기어이 재호에게 화풀이를 하고 있었다.

"성인이야. 추행이라고 생각하면 고발하고, 아니면."

잠시 말을 멈춘 재호가 눈빛을 조금 유순하게 만들며 다독이듯 말을 이었다.

"내가 대체 왜 이러나 차분히 생각해 봐. 흔들렸으면 왜 흔들렸는지, 왜 이렇게 화가 나는지 자신을 이해해 보라고."

"흔들리긴 누가 흔들려요. 기분 더러워서 그러지."

"그럼, 강준이 놈 흠씬 두들겨 패고 오든지."

"어떻게 패요. 말이 되는 소릴 하세요."

"왜 못 패. 잘못했음 애고 어른이고 혼나야지."

"몰라. 아무튼 나 더는 그 인간한테 안 가요."

"3일 남았어. 그것도 못 참으면 의사 짓거리도 하지 마."

"교수님!"

"실수건 뭐건 둘이 만나서 해결해. 감정 찝찝하게 남겨 두지 말고."

별 시답잖은 일로 티타임을 방해했다는 듯이 재호가 손을 휘저으며 축객령을 내렸다. 더는 시은의 말을 듣지 않겠다는 뜻이었다. 단호하게 시선을 거두고 다시 찻잔을 드는 재호를 얄밉게 쳐다보던 시은이 길게 한숨을 내쉬며 자리에서 일어섰다.

그녀의 뒷모습을 물끄러미 바라보다 문이 닫히는 걸 확인한 재호가 바로 휴대폰을 꺼내 들었다. 번호를 누르고 귀에

댄 지 얼마 안 돼 상대의 목소리가 들렸다.

　―이른 아침부터 웬일?

　걱정과 달리 강준의 목소리는 밝았다.

　"생사 확인차 걸었다."

　―엉덩이가 살짝 아프긴 하지만 다른 곳은 멀쩡해요.

　"망할 놈."

　―아침부터 무슨 악담? 흥해라 해야지. 망한다 하면 어떡
해.

　장난스런 강준의 말에 재호의 한쪽 눈썹이 치켜 올라갔
다. 여자 입술을 허락 없이 훔친 놈치곤 너무 당당했다.

　"이 도둑놈. 너 시은이 입술 훔쳤다며?"

　―자기 입으로 그래요? 내가 훔쳤다고?

　"딱 보면 모르냐? 머리 뚜껑 열려서 왔더라. 개또라이랑은
상종도 하기 싫다고."

　전화기 너머로 강준의 상큼한 웃음소리가 들렸다. 분위기
로 봐서 그렇게 상황이 나빴던 건 아닌 모양이었다. 아직 강
준이 건재하니 시은이 폭력을 행사한 것 같지도 않고. 뺨이
아니라 엉덩이가 아프다는 게 좀 아이러니하지만.

　―와우, 멘똘보다 강한데?

　"좋냐? 좋아? 여자한테 개또라이라고 불리는 게?"

　―친구들이 멘탈 또라이라 부르는 거나 그거나 마찬가지지.

"그래서 뭐야. 왜 갑자기 시은이 입술을 훔쳤어? 홀렸냐?"

탕탕. 전화기 너머로 뭔가가 부딪치는 소리가 들렸다. 조금 가쁜 숨을 흘리며 강준이 기분 좋게 말했다.

—받은 대로 돌려준 거야.

"뭐?"

—그 여자가 먼저 내 입술을 강탈해 갔거든.

"풋! 뭐?"

한입 머금었던 차를 그대로 쏟아 내며 재호가 놀라 물었다. 말 그대로라면 정시은이 서강준의 입술을 먼저 뺏었다는 건데. 곧이곧대로 믿기 어려웠지만, 상대는 서강준이었다. 곧 죽어도 거짓말은 하지 않는 솔직한 놈.

—걱정 붙들어 매세요. 이제부터 진심이 되어 볼 생각이니까.

티슈로 차의 잔해를 처리하던 재호의 손길이 멎었다. 그리고 멍하니 눈을 깜빡거리다 휴대폰을 불끈 쥐었다.

"진심?"

—어, 진심.

"어쩌려고."

—어쩌긴, 정면 돌파해야죠.

"쉽지 않을 텐데."

—그게 또 묘미거든. 철벽 방어막 뚫기.

빠르게 공을 튕기는 소리와 강준의 숨소리가 겹쳐 들려왔다. 재호가 느긋이 소파에 등을 기대며 입술 끝을 올렸다.

"어디가 좋았냐? 우리 시은이."

뚝. 답을 듣기도 전에 전화가 끊겼다. 이제부터 조금 놀려 볼 요량이었던 재호의 속을 간파한 강준이 일방적으로 전화를 끊은 것이었다.

뚜뚜.

기계음만 들리는 얄미운 휴대폰을 흘긴 재호가 테이블 위에 툭 던지곤 그것을 물끄러미 바라보았다. 그의 눈과 입술이 호선을 그리며 웃음기를 머금고 있었다. 모든 게 계획대로 순조롭게 흘러가고 있었기에.

"올해 국수를 쌍으로 얻어먹을 수 있으려나?"

흡족하게 웃은 재호가 자리에서 일어났다. 책상으로 걸어가는 그에게서 절로 콧노래가 흘러나왔다.

바닥을 튕기는 단조로운 공 소리가 일정한 리듬을 타고 울렸다. 강준은 가볍게 공을 튕기며 마루 재질의 바닥을 맨발로 뛰어다니고 있었다. 햇살이 적당했고 바람도 기분 좋게 불었다. 혼자 드리블을 하며 한바탕 몸을 푼 강준이 공을 한 손으로 잡은 채 바닥에 벌렁 드러누웠다.

"하아. 하아."

가빠진 숨소리가 허공으로 흩어졌다. 곧장 내리쬐는 햇살에 팔을 들어 눈을 가렸다. 이내 호흡이 차분해지면서 그의 입가에 엷은 미소가 떠올랐다.

가벼운 키스를 하고 조금 물러선 그를 놀란 눈으로 바라보던 시은의 얼굴이 떠올랐다. 잠시 눈을 느릿하게 깜빡이다 볼이 빨갛게 달아오르더니 이내 눈동자가 흔들렸다.

그녀가 손을 들어 올리자 강준은 그 손을 잡아 입술에 가져다 댔다. 혼란이 깃든 얼굴로 시은이 그를 밀치고 집을 빠져나간 건 순식간이었다.

덕분에 뺨 대신 엉덩이가 얼얼했다. 대리석 바닥이라 엉덩이에 가해지는 아픔의 강도가 더 했다.

"제법 귀엽다니까."

성격대로 화끈하게 뺨을 때릴 줄 알았는데 시은은 당황한 나머지 그대로 튀어 버렸다. 분명 그는 그녀에게 말했었다. 자신의 몸을 허하되 그녀도 그만한 대가를 지불해야 한다고.

"내가 좀 더 손해 본 건 아나 몰라."

그는 아직 붓기가 남은 입술을 만지작거렸다. 정신을 못 차릴 정도로 휘몰아치던 그녀의 저돌적인 키스에 속수무책으로 당할 수밖에 없었다. 키스로 인한 쓰라림이 오래도록 그의 입술에 남아 있었다. 하지만 그 느낌이 싫지 않았다. 그때의 기억이 새록새록 떠올라 오히려 좋았다.

"이만하면 이유는 되는 거지."

눈을 가린 팔을 거두고 그가 옆에 두었던 공을 들었다. 그리고 태양을 향해 겨누며 곱게 눈살을 찌푸렸다.

"서강준이 정시은에게 진심이 될 이유."

손목의 스냅을 이용해 가볍게 공을 날리자 눈을 자극하던 햇살이 가려졌다가 다시 드러났다.

탕탕.

바닥으로 떨어져 경쾌하게 튀는 공 소리를 들으며 강준이 기분 좋게 웃었다. 자리에서 일어나 집 안으로 걸어 들어간 그는 곧장 샤워실로 향했다. 시원한 물줄기에 땀에 젖은 몸을 씻어 내리며 콧노래를 흥얼거렸다.

그동안 늘 그렇고 그런 일상을 최대한 즐겁게 보내려 애썼다. 그런데 이제 그럴 필요가 없어졌다. 그냥 즐거웠다. 시은을 떠올리는 것 자체만으로도.

❈ ❈ ❈

집 안을 치우는 시은의 손길은 분주했다. 빨랫거리를 모아 세탁기에 넣고 이불을 걷어 통에 담아 세제를 풀었다. 청소기를 돌리고 바닥을 걸레로 빡빡 문질러 닦는 내내 그녀는 입을 꾹 다물고 있었다. 다른 생각이 머릿속을 잠식하지 못하게 집 안을 깨끗이 쓸고 닦는 것에 몰두했다.

재호에게 한바탕 쏟아 내고 돌아서 나온 이후로 그녀의 마음은 무겁게 가라앉아 있었다. 왜 당사자인 강준에게 직접적으로 화를 내지 못하고 엉뚱한 곳에 화풀이를 했을까. 그가 입을 맞췄을 때 뺨이라도 때렸어야 했다. 평소 성격대로라면. 하지만 잠시 멈칫한 시은은 그를 밀쳐 내고 달아났다.

걸레질을 하던 손이 느릿해졌다. 꾸밈없이 웃던 강준의 얼굴이 떠올랐고, 듣기 좋은 목소리가 귓속을 맴돌았다. 도톰하게 부풀어 올라 있던 그의 붉은 입술이 선명하게 그려졌다. 제법 섹시해 보였던 그 입술은 시은의 작품이었다.

자신을 너무 놓아 버렸다. 철저하게 자신을 컨트롤하고 단속해 왔던 지난 시간들이 순식간에 물거품이 되어 버렸다. 어떻게 이럴 수가 있지?

걸레질을 멈춘 시은의 입에서 낮은 한숨이 새어 나왔다.

"참 한심하다, 정시은."

허기가 지는 것도 모른 채 종일 열심히 집 안을 치웠다. 잠깐의 틈만 생기면 떠오르는 강준에 대한 생각에 시은은 좁은 방 안 곳곳을 뒤집고 다닐 수밖에 없었다. 그럼에도 시시때때로 그는 무의식 속을 점령해 나갔다. 쉼 없이 몸을 혹사

해도 정신은 가끔씩 그녀의 의지를 벗어났다.

딩동, 딩동.

멍해 있던 그녀의 의식을 초인종 소리가 깨웠다. 흠칫 놀란 시은이 현관 쪽을 쳐다보다 자리에서 일어났다.

"누구세요?"

"접니다."

간략한 답이었지만 그 한마디가 주는 여파는 컸다. 시은은 눈을 깜빡였다. 자신이 들은 것이 환청인지 현실인지 헷갈렸다. 그녀가 머뭇거리는 사이 또다시 강준의 목소리가 들렸다.

"문 좀 열어 주시죠?"

또렷한 강준의 목소리에 시은의 입이 서서히 벌어졌다.

"여긴 어떻게 알았어요?"

손잡이를 꽉 붙잡은 채 시은이 문을 사이에 두고 취조하듯 다그쳐 물었다.

"시은 씨랑 같이 문 앞까지 왔잖아요, 어젯밤에."

어젯밤? 그러고 보니 그가 비밀번호를 누르라고 손을 흔들어 댔었지. 어렴풋이 떠오르는 듯했다. 결과적으로 강준에게 집만 알려 준 꼴이 되고 말았다. 하지만 이렇게 무턱대고 찾아오는 건 무척 예의에 어긋나는 행동이라는 생각에 다시 목소리를 높였다.

"왜 왔어요?"

"밖에 계속 세워 둘 겁니까? 얼굴 보고 얘기하죠."

"외간 남자를 어떻게 집에 들여요."

"뭐야. 지금 와서 남녀칠세부동석 같은 말을 들먹이려는 건 아니죠?"

"여자 혼자 사는 집이에요. 보는 눈도 있고."

"보는 눈이라. 여기 듣는 귀도 엄청 많을 텐데, 그건 상관없으려나?"

절대 이 문을 통과해 강준을 안으로 들이는 일은 없으리라. 시은은 굳게 다짐했다. 하지만 그 다짐은 불과 1분도 안 되어 깨지고 말았다.

"와아, 엄청난 모순인 건 알고 있죠? 나도 혼자 사는데. 그래도 집에 들여서 재워 줬는데, 곤히 자는 사람 막 덮쳐서 입술……."

찰칵. 잠금이 풀리는 소리가 들린다 싶던 순간, 안에서 손이 나와 강준을 잽싸게 끌어당겼다. 안으로 들어선 그의 등 뒤로 문이 쾅 하고 닫혔다.

강준의 양옆을 짚어 가두며 시은이 매섭게 눈을 치떴다. 그리곤 낮게 으르렁거렸다.

"지금 뭐하자는 거예요. 여기저기 소문 다 내서 남의 혼삿길 막을 일 있어요?"

다다다 쏟아 내는 말에도 강준은 부드러운 시선을 시은에게 건넸다. 장난스럽게 입가를 끌어 올리는 그의 태도에 시은이 미간을 찌푸렸다.

"내가 그렇게 만만해요? 우스워요?"

"아니요, 떨려요."

"……뭐라고요?"

작게 달싹인 강준의 입술에서 나온 말은 전혀 뜻밖의 것이었다. 떨린다니, 뭐가? 의아함에 한쪽만 치켜 올라가는 시은의 눈썹을 가만히 바라보며 강준이 고개를 살짝 기울였다. 그리고 그녀의 귀 가까이에 입술을 가져다 대 속삭이듯 말했다.

"여자한테 밀치기 당한 건 처음이라."

"……"

단호하게 자신의 뜻을 어필하기 위한 행동이었다. 어찌해 볼 요량으로 문에 밀쳐 가둔 건 절대 아니었다. 시은은 얼른 손을 떼고 뒤로 훌쩍 물러났다. 그런 그녀를 강준이 즐겁게 바라보았다.

"자아, 그럼 이제 안으로 좀 들어가도 되는 거죠?"

신발을 벗고 그가 안으로 들어섰다. 밖에서 보이는 것처럼 작고 아담한 집이었다. 거실에서 모든 구조물이 다 보일 정도로 가구가 많지 않은 집 안은 무척이나 단조롭고 아기

자기했다.

거실에 들어서서 주변을 휘둘러보는 강준의 곁으로 뒤늦게 다가온 시은이 그의 시야를 막아섰다.

"아직 제대로 된 답을 못 들은 것 같은데요. 느닷없이 왜 찾아온 거예요?"

"가정방문?"

"무슨 방문이요?"

"원활한 커뮤니케이션을 위해서라고 해 두죠. 여기 앉아요?"

"아니요, 저쪽."

그의 물음에 본능적으로 반대편 자리를 권한 제 손을 시은이 원망 서린 눈으로 쳐다봤다. 망할. 이로써 그에게 자신의 집에 머무는 것을 허락한 셈이 됐다. 더는 그를 내몰지 못하게 된 것을 인정하며 시은은 소리 없는 한숨을 내쉬었다.

"시원한 차 한 잔 주세요."

바닥에 털썩 주저앉아 천연덕스럽게 말하는 그를 물끄러미 응시하다 툭 내뱉듯 말한 시은이 주방으로 향했다.

"뜨거운 커피밖에 없어요."

"괜찮아요. 천천히 식혀 먹으면 되죠."

포트에 물을 받아 스위치를 켜며 시은은 작게 안도했다. 아침 일찍부터 집을 치운 게 천만다행이었다. 엉망진창인 집을 그가 봤다면 창피해서 어쩔 뻔했나 하고 생각하다 헛웃음을 터트렸다.

신경 쓰지 않는다더니. 은근히 그를 의식하고 있는 자신이 어이없었다.

커피 잔을 작은 테이블 위에 올려놓은 시은이 그의 맞은편에 앉았다. 잔에서 모락모락 연기가 피어올랐다.

"용건이 뭐예요?"

커피가 식기를 기다리는 듯 잔을 들지 않고 있는 강준에게 시은이 다급하게 물었다.

"상담이죠."

"상담을 왜 집에서 해요?"

"오늘 안 올 거 같아서."

잔을 손끝으로 톡톡 두드리며 강준이 엷은 미소를 띠었다. 시은이 말없이 그를 응시했다. 그의 생각이 적중했다. 시은은 남은 3일 동안 그를 볼 생각이 없었다. 입을 꾹 다물고 있는 그녀를 향해 강준이 상큼한 미소를 지으며 물었다.

"어때요?"

"뭐가요?"

"내 입술."

"네?"

뜻밖의 말에 마음이 놀라 찔끔했다. 마치 자신이 강준의 입술을 시시때때로 떠올렸단 걸 알고 묻는 것처럼 들렸다.

강준은 선뜻 답을 하지 못한 채 자신의 입술만 힐끔거리는 시은을 느긋이 응시했다.

"뜨거운 걸 마셔도 괜찮을까 싶어서 물어본 거예요."

다분히 의도적인 물음이었다. 얄밉게.

"마셔 보면 알겠죠."

농락을 당한 것 같다는 생각에 말이 딱딱하게 나갔다. 잔을 입술에 댄 강준이 짧은 신음을 터트렸다.

"아."

그에 시은은 저도 모르게 반사적으로 손을 내밀어 커피잔을 든 그의 손을 잡았다. 겹쳐진 손에 두 사람의 시선이 머물렀다. 그녀의 볼이 서서히 발갛게 달아올랐다.

시은은 짐짓 아무렇지 않은 척하며 그의 손에서 잔을 빼앗아 테이블 위에 내려놓았다.

"좀 더 식혀서 마셔요."

"그럴게요."

시은은 순순히 자신의 말에 따르는 그를 슬쩍 쳐다봤다. 강준의 편안한 얼굴을 마주하자 긴장이 사르르 풀리는 것 같았다. 그렇게 자리한 침묵이 조금 어색해질 무렵 시은이 입을 열었다.

"할 말이 뭐죠?"

"말은 시은 씨가 해야죠. 난 그걸 들어 주고 같이 고민하는 거고."

그의 말에 이대로는 아무것도 해결되지 않는다는 것을 깨달은 시은이 자신의 문제점에 대해 어렵게 입을 뗐다.

"불면은 5년 전부터 시작됐어요. 원인은⋯⋯ 죄책감이겠죠. 아마도 그럴 거예요."

비교적 차분히 말을 내뱉는 듯했지만 목소리엔 떨림이 깃들어 있었다. 그 작은 떨림을 강준은 쉽게 간파했다.

"사랑을 지키지 못한 죄책감. 화재로 사랑하는 사람을 잃었거든요."

담담한 말속엔 아직 많은 것이 숨겨져 있었다. 내 병의 원인은 내가 잘 알고 있으니 너무 깊게 파고들지 말라는 일종의 경고도 들어 있는 것 같았다.

고개를 끄덕이며 강준이 테이블 위에 두 팔을 올려놓았다. 그리곤 상체를 앞으로 기울인 채 상큼하게 말했다.

"좋아요. 지금 시은 씨에게 가장 맞는 치료법은 사랑이에요."

"사랑?"

식상한 답에 시은이 시큰둥하게 되물었다. 그러나 강준은 개의치 않고 편하게 말을 이어 갔다.

"받는 사랑 말고 주는 사랑. 뭔가를 키우면서 억눌렀던 사랑의 감정을 키워 나가는 게 좋겠어요."

시은은 전에 강준이 말했던 데이트 메이트를 떠올렸다. 그러다 뭔가를 키워 보란 말에 자신이 너무 앞서 나갔다는 것을 깨달았다.

그가 의사라는 사실을 잊고 작업을 하려 든다고만 여겼다. 괜히 오해한 것 같아 그에게 미안해졌다.

"AAT*를 말씀하시는 건가요?"

시은이 진지하게 말했다.

"음. 동물은 동물이니까 그렇게 말할 수도 있죠."

"전 털 알레르기가 있는데요."

"괜찮아요. 이놈 털은 알레르기를 일으키지 않으니까."

"털이 없나요."

"아니요, 풍성하죠. 보시다시피."

강준이 손가락으로 자신을 가리켰다. 시은이 고개를 갸웃하며 무슨 말인지 못 알아듣겠단 표정을 짓자 그의 입꼬리가 매끄럽게 말려 올라갔다.

"저한테 주세요, 시은 씨의 사랑."

역시. 그녀의 생각은 틀리지 않았다. 버럭 소리를 치고 화를 내야 마땅했다. 지금 장난하는 거냐고 그를 몰아세워야

---

*AAT:Animal Assisted Therapy. 동물 매개 치료법.

했다. 그런데 어쩐지 입이 떨어지지 않았다.

자신을 담아낸 말간 눈동자와 순수해 보이는 미소를 마주하자 차마 그런 말을 할 수가 없었다. 그는 진심이었다.

"제가 난생처음으로 사랑이란 걸 해 보려고요."

"⋯⋯."

"시은 씨와."

강준이 잔을 들어 커피를 마시는 동안에도 시은은 아무런 말을 하지 못했다. 그저 그를 바라만 볼 뿐.

두근두근.

입을 열면 가늘게 떨리는 심장의 변화를 그에게 들켜 버릴 것 같았다.

감미로운 그의 향기가 커피 향과 묘하게 어우러져 마음속으로 스며들었다. 그와 더불어 부드럽고 달콤했던 그의 입술 맛이 다시금 떠올랐다.

미쳤다, 정시은. 너 지금 뭐하는 거니.

"너무 그렇게 빤히 쳐다보지 마요."

"네?"

"그러다 내 심장 터져 버리면 감당 못 하니까."

"⋯⋯무슨."

커피 잔을 내려놓은 강준이 그녀의 손을 덥석 붙잡아 끌어당겼다. 순식간에 그의 얼굴이 앞에 다가와 있었다. 내리뜬 강준의 눈이 그녀의 입술에 머무르는 것을 느끼며 시은은 저도 모르게 입술 사이로 가는 숨결을 흘려 냈다. 입안이 바짝 마르는 것 같았다.

두근두근.

강준의 두 눈동자가 강렬하게 직시하자 올가미에 걸린 듯 시은은 아무것도 할 수가 없었다. 심장이 미친 듯이 뛰어 댔다. 그에게 잡힌 손바닥이 땀으로 간질거렸다.

고개를 조금 비튼 강준이 더 가까이 다가왔다. 닿을 듯 말 듯 아슬아슬하게 머문 그의 입술이 위험하게 달싹였다.

"조심해요. 확 덮쳐 버릴지도 모르니까."

시은의 눈동자가 심장과 같이 어지럽게 흔들렸다.

chapter 6

사랑은,
상대의 보폭에 나를 맞춰 가는 것

꼬르륵.

긴장감 가득한 묘한 기류가 흐르는 가운데 정적을 깨트리는 소리가 우렁차게 들려왔다.

"훗."

강준의 옅은 웃음이 시은의 입술 위로 흩어졌다. 입술이 간질거리고, 얼굴이 화끈 달아올랐다.

"자꾸 이러면 정말 성희롱으로 고발할 거예요."

아닌 척 시치미를 떼며 시은이 그를 밀쳐 냈다. 새침하게 톡 쏘며 고개를 모로 돌린 시은의 붉어진 볼을 강준이 귀엽다는 듯 쳐다봤다.

"그럼 난 맞고소해야겠네요."

"네?"

"날 먼저 덮쳐서 눕혀 놓고 문 건 당신이니까."

어쩜 이렇게 능청스러울 수 있을까 싶을 만큼 천연덕스런 표정으로 강준이 제 입술을 가만히 쓸었다. 그를 돌아보며 뭐라 쏘아붙이려던 시은은 그대로 입을 닫아 버렸다. 언변에 능한 사람이었다. 말로 그를 이겨 보리라 생각했던 게 잘못이었다.

시은은 낮게 한숨을 내쉬고는 고개를 절레절레 흔들며 자리를 털고 일어섰다.

"상담 끝났으면 가시죠. 별 소득도 없이 시간 낭비만 한 꼴이지만."

"그거 알아요?"

축객령을 내린 시은을 올려 보며 강준이 물었다. 또 무슨 헛소리를 하려나 싶어 날이 서 있는 그녀의 시선을 서슴없이 받아 내며 강준이 자리에서 일어섰다.

"나 만날 때마다 당신은 항상 굶주려 있다는 거."

"……."

"위도 굶주리고, 사랑도 굶주리고."

그 말에 시은의 미간이 꿈틀거렸다. 그녀의 미간을 바라보며 강준이 손을 들어 올렸다. 이어질 그의 행동을 예견한 시은이 손바닥으로 제 미간을 가렸다. 하지만 강준의 손은 그녀의 머리 위로 사뿐히 내려앉았다.

부스스 헝클이는 손끝에 머리카락이 흔들렸다. 건드리기만 해 봐. 잔뜩 경계하며 날을 세웠던 것이 부질없을 정도로 그녀의 심장은 그의 손길에 흔들리고 있었다.

"위험하다고요. 굶주린 여자는 아주 많이."

덥석. 눈만 말똥거리며 서 있는 시은에게 은밀한 저음으로 속삭이듯 말한 그가 그녀의 손목을 낚아챘다.

"갑시다. 잡아먹히기 전에 배부터 채워 줘야지."

"어디를요."

몸이 끌려가자 시은은 본능적으로 잡힌 팔을 제 쪽으로 당겼다. 이번엔 그가 시은의 손을 따라 움직였다.

"어디긴요. 굶주린 배 채우러 가는 거죠."

"내 배는 내가 알아서 해요. 가려면 당신 혼자 가요."

싱긋 웃으며 돌아선 강준이 그녀에게로 한 발 가까이 다가섰다. 그에 시은이 눈썹을 찌푸리며 눈에 한껏 힘을 줬다.

"거기 서요."

좁은 방 안, 그의 존재감은 크기만 했다. 그가 걸음을 내딛을 때마다 두 사람의 거리는 점점 가까워졌다. 딱 한 걸음의 여유를 두고 시은은 잡히지 않은 손을 펼쳐 보이며 그를 저지했다. 그것이 스톱 사인이라도 되는 듯 강준이 멈춰 섰다.

"좋네요."

벌어진 손가락 사이로 그가 그녀를 말갛게 바라보았다. 다가오지 말라는데도 뭐가 좋다는 건지 모르겠다. 시은이 불퉁하게 물었다.

"뭐가요?"

"당신이란 말이요."

그는 항상 포인트를 벗어나 그녀의 경계를 허술하게 만들었다.

"그게 뭐가요?"

"강준 씨보다 가깝게 느껴지잖아요. 당신이란 말 앞에 '나의'란 말이 생략되어 있는 것 같아요."

"아니에요, 그런 거!"

발끈한 채 소리치는 시은을 보고 강준은 편안하게 웃음을 머금었다. 그리곤 그녀의 손을 놓아주었다.

"나가기 싫어요?"

"네."

"그럼 여기서 먹죠."

"이봐요, 서강준 씨!"

"먹을 거 있어요?"

강준이 주방 쪽으로 걸어갔다. 잘근 입술을 깨물며 시은은 빠르게 걸어가 그의 앞을 가로막았다.

"지금 뭐하자는 거예요. 남의 집에서 주인 허락도 없이 이렇게 함부로 굴어도 되는 거예요?"

치켜뜬 시은의 눈매는 매서웠다. 그 눈을 가만히 내려다보던 강준이 불쑥 고개를 내렸다. 눈앞으로 바짝 다가온 그의 얼굴에 시은의 눈이 동그랗게 커졌다.

"안 먹을 거잖아, 당신."

"뭐, 뭐요?"

"챙겨 먹이지 않으면 또 굶을 거잖아."

"그게 강준 씨랑 무슨 상관이죠?"

당황한 것도 잠시, 시은이 다시 눈에 쌍심지를 켜고 잔뜩 경계하며 날을 세웠다. 아무리 그가 슈퍼바이저라도 이렇게까지 남의 사생활에 깊이 관여할 이유는 없었다. 사랑, 그 따위 것에 시간을 낭비하고 싶지 않았다. 그녀에게 사랑은 필요치 않았다.

그의 발이 그녀의 다리 사이로 들어왔다. 시은이 놀라 뒷걸음질하자 강준이 다른 발을 그녀의 옆으로 옮겨 놓았다. 그렇게 주춤주춤 뒤로 물러서다 보니 그녀의 등 뒤로 딱딱하고 차가운 것이 닿았다. 싱크대가 그녀의 걸음을 막아섰다.

"뭐하는 짓이에요. 비켜요."

그러나 바람과 달리 그는 팔을 뻗어 싱크대 위를 짚고 그녀를 가두었다.

"비키지 않으면 폭력을 쓰겠어요. 이건 엄연한 정당방위 예요. 알죠?"

절대 그에게 휘말리지 않겠다, 굳게 다짐하며 그녀가 도도하게 턱을 치켜들었다. 하지만 뒤로 휜 허리를 곧게 세우지는 못했다. 그럼 그의 얼굴에 스스로 제 얼굴을 가져다 대는 꼴이 되어 버리니까.

"해 봐요. 내가 어떻게 대응하나."

"못 할 거 같아요?"

"그러니까 해 보라고요."

속삭이듯 작은 목소리가 그의 입술을 통해 귓속으로 스며들었다. 도발하는 것 같은 그의 입술을 시은이 얄밉게 쏘아보았다.

"하라면 못 할 줄 알아요?"

"대신."

그 짧은 말 한마디에 묘한 긴장감이 일었다. 시은이 마른 침을 넘기는 순간 강준이 다시 입을 열었다.

"난 다른 방식으로 갚아 줄 거예요."

"무슨 소리예요?"

"폭력은 싫으니까 사랑으로 되받아칠 거예요. 딱 두 배로 응징할 생각인데."

"……."

강준이 고개를 숙여 그녀의 귓가에 입술을 가져다 댔다. 그리곤 은밀하게 속삭였다.

"지금 공격 가능한 곳이 딱 한 군데인 것 같은데. 돌려받을 걸 생각해서 잘 움직여요."

그의 말대로 그녀의 두 손과 몸은 자유롭지 못했다. 대신 발은 움직일 수 있었다. 강준의 생각처럼 그녀는 그의 중심부를 걷어차려 했었다. 이미 예견한 공격이 과연 얼마나 큰 효과를 발휘할까. 그 뒤에 이어질 앙갚음도 생각하지 않을 수 없었다.

꿍. 그녀의 입에서 절로 앓는 소리가 새어 나왔다.

"어쩔래요? 밥 먹을래요, 이렇게 계속 대치할까요?"

"하아, 서강준 씨. 원래 이렇게 막무가내에 제멋대로인 사람이에요?"

"으응, 아니죠."

"아니긴."

"이건 아껴 주는 거예요."

"……."

"내가 사랑하게 될 정시은이 아프지 않게."

그가 장난스럽게 한쪽 눈을 찡긋했다.

"더불어 배고픈 그녀에게 먹히지 않게."

움찔. 놀리는 듯한 그의 말에 시은이 미간을 꿈틀했다. 이

내 그녀가 그를 정면으로 마주하며 의미심장한 말을 꺼냈다.

"판단 미스예요."

"응?"

"공격할 곳이 거기만 있는 건 아니죠."

빡!

골이 깨지는 소리를 직접 들은 건 이번이 처음이었다. 강렬한 통증에 강준이 머리를 짚은 채 뒤로 비틀거리며 물러서자 그 틈을 타 시은은 여유롭게 주방을 벗어났다. 현관으로 성큼성큼 걸어간 시은이 문을 열어젖힌 채 머리를 감싸 쥐고 있는 강준에게 통보했다.

"나가요."

강준이 인상을 구긴 채 한쪽 눈만 떠 그녀를 돌아봤다. 그녀의 머리가 얼마나 단단한지 확실히 알았다. 다음엔 그것도 경계해야겠다고 생각하며 정신을 차리기 위해 눈을 질끈 감았다 떴다.

"후우."

가볍게 입바람을 불며 정신을 가다듬은 강준이 눈을 떠 그녀를 쳐다봤다. 도도한 콧대가 하늘을 찌를 듯 높게 솟아 있었고, 어디서 함부로 나대느냐는 의미가 눈 속에 담겨 있었다.

얼마 되지 않는 거리를 그가 단숨에 좁혀 오자 시은은 고개를 돌리며 외면했다. 그리곤 밖으로 어서 빨리 꺼져 주기를 바라며 차게 얼굴을 굳혔다.

그가 더욱 가까이 다가왔다고 느낀 순간, 문이 쾅 소리를 내며 거칠게 닫혔다.

시은은 한참 만에야 자신의 허리가 그의 팔에 휘감긴 채 바짝 당겨져 있다는 걸 깨달았다. 그가 문을 짚은 손을 거둬 그녀의 뒷머리를 받쳤다.

"헉."

안은 팔에 힘이 실리자 그녀의 입술에서 놀란 숨이 새어 나왔다. 빈틈없이 맞닿은 몸에 단단한 그의 육체가 느껴졌다. 시은이 동그랗게 커진 눈으로 그를 올려다보았다.

"난 미리 경고했어요."

뜨거운 숨결이 얼굴 위로 흩어진다고 느낀 순간, 그녀의 입술은 그의 입술에 갇혀 버렸다.

※　　　　※　　　　※

"그런 좋은 자리가 너한테 또 찾아올 줄 아니? 왜 이렇게 정신을 못 차려. 언제까지 이런 선 자리가 들어올 거라고 생각해? 너도 이제 제값 받긴 글렀어. 늙어서 처녀 취급도 못 받는다고. 너 좋다는 사람 있을 때 잽싸게 못 이기는 척 잡아야 하는 거야. 알아?"

거침없이 쏟아져 나오는 잔소리에 시은은 한숨을 푹 내쉬었다. 집으로 오겠다는 엄마를 겨우 말려 근처 카페에서 만남을 가지는 중이었다. 엄마의 눈에 차지 않을 궁색하기 짝이 없는 집과 살림살이로 잔소리거리를 보태기 싫었다.

이번엔 꽤 오래 참는다 싶었다. 하지만 그것도 며칠을 넘기지 못하고 달음질쳐 와 또 폭탄을 터트리고 말았다. 결혼이 뭐라고 저리 안간힘을 쓸까. 좋은 집안에 목매는 엄마를 시은은 이해할 수가 없었다.

그까짓 게 뭐라고. 돈과 명예가 사랑까지 잠식해 버릴 정도로 좋은 거라면 엄마가 직접 그 결혼 전선에 뛰어들면 될 일이었다. 딸을 이용해 신분 상승을 노릴 것이 아니라.

끊임없이 이어지는 잔소리에 시은은 귀를 닫고 다른 생각을 했다. 엄마가 열을 올리고 있는 그 최고의 신랑감 집안에 대해. 그리고 그녀가 모든 것을 제쳐 두고 만났던 그 집안의 장남에 대해.

누구보다 순수하고 열정적이었던 자신의 첫사랑. 자신을 둘러싼 그 어떤 배경보다 빛나던 사람. 그게 바로 하열이었다.

시은이 그를 만난 건, 그녀가 갓 고등학생이 되던 해의 봄이었다. 싱그러운 초록이 세상을 물들이던 계절. 같은 반 골

칫덩이 문제아의 형으로 그를 마주했다.

성적 때문에 원치 않게 반 대표를 맡았던 우등생 시은과 학교 최고의 꼴통이라 불리던 하늘.

학기 초부터 말썽을 부려 대던 하늘은 끝내 무단결석까지 하고 말았다.

담임의 부탁으로 숙제를 걷어 교무실로 들어서던 시은과 부모님을 대신해 상담을 마치고 나오던 하열이 부딪쳤다. 그 바람에 그녀가 들고 있던 공책들이 바닥에 떨어졌다. 그것을 줍기 위해 상체를 숙이던 시은과 하열이 또 한 번 부딪치고 말았다. 정확히는 그의 가슴에 시은이 머리를 박은 것이었지만.

"미안합니다."

밝고 꾸밈없는 정중한 목소리에 시은이 고개를 들자 내려 다보던 그와 시선이 맞물렸다. 시은은 첫눈에 반한다는 말을 믿지 않았다. 눈부신 그의 미소가 그녀의 눈동자에 맺 히기 전까진. 그가 커다란 손을 뻗어 시은의 이마를 부드럽 게 문질렀다.

"괜찮습니까?"

시은의 가슴이 미친듯이 뛰기 시작했다. 이게 사랑이란 거구나. 그때 깨달았다. 이렇게 사랑이 찾아올 수도 있다는 걸.

그녀의 짝사랑이 종지부를 찍은 건 고등학교 졸업식 날이었다. 아직은 어리다고, 조금 더 크면 그때 다시 생각해 보라고. 정말 이 사람이 내 사랑이 맞는지, 그때도 생각이 변하지 않으면 자기도 한번 생각해 보겠다던 약속을 그가 지켰다. 마음을 담은 키스로.

그렇게 2년을 열렬히 사랑하는 연인으로 지냈다. 그런 일이 일어나기 전까지.

그는 부모님의 반대를 무릅쓰고 소방공무원의 길을 택했다. 자신의 일에 무한한 애정과 자긍심을 가진 그를 그 누구도 만류하지 못했다. 시은은 그의 선택을 누구보다 열렬히 응원했다.

의예과에 들어간 시은은 공부로 바빴고, 하열은 일에 바빴다. 그럼에도 둘은 서로를 배려하며 변함없는 사랑을 약속했다. 굳건할 것만 같던 그들의 사랑에 균열이 일어나기 시작한 건 하늘 때문이었다.

시은은 하늘이 자신을 좋아하고 있다는 걸 알았지만 곧 다른 사랑을 찾을 거라 생각했다. 그의 집착이 얼마나 강한지 그때는 알지 못했기에.

"형 요즘 소방 요원이랑 썸 타던데, 몰랐냐?"

"어제도 같이 술 마시고 늦게 들어왔더라. 너한테 회식이라고 했다며."

"그 여자 집이 꽤 빵빵한 모양이더라. 우리 부모님이 제대로 한번 추진해 볼 모양이던데. 결혼 말이야."

하늘이 둘 사이를 이간질하고 싶어 한다는 것을 모르지 않았다. 시은이 그의 말을 귓등으로 흘리자 하늘은 방향을 틀어 자신의 형을 타깃으로 삼았다.

제가 먼저 시은을 사랑했다며 형이 포기하라는 말도 안 되는 생떼를 써 댔다. 그리고 그것이 통하지 않는다는 걸 하늘은 얼마 가지 않아 깨달았다.

그때 하늘에게 조금 더 신경을 썼어야 했다. 그가 그런 일을 벌이기 전에. 그랬다면 그날 하열이 시은을 구하기 위해 장비도 없이 불 속으로 뛰어드는 일은 없었을 것이다. 뜨거운 불길 속에서 혼자 쓸쓸히 죽음을 맞이하는 일도 일어나지 않았을 것이고.

느닷없이 찾아온 하늘이 자신의 휴대폰을 가져갔다는 것도 당시에는 알지 못했다.

〈나 뉴타운이야. 오빠 올 때까지 기다리고 있을게.〉

시은의 휴대폰으로 하늘이 하열에게 보낸 문자였다.

그날은 하루 종일 비가 내렸다. 시은은 비 오는 날엔 곰처럼 이불을 돌돌 말고 꼼짝없이 집에 누워 있는 것을 좋아했지만 하열은 그런 그녀를 군이 불러내 비 오는 거리를 걷곤 했다.

"직접 몸으로 느껴 봐. 비가 주는 즐거움과 고마움을. 그럼 생각이 바뀔 거야."

"됐거든요. 난 화창한 날이 더 좋네요."

그렇게 투정을 부리면서도 시은은 그의 손을 놓지 않았다. 좋았다. 그와 함께 걷는 비 오는 거리가.

그날도 아침부터 내리는 비를 보며 시은은 하열을 떠올렸다. 또 좋다고 비 맞고 다니겠다. 그렇게만 생각했다. 수술 과정을 모니터하러 병원에 가 있었기에 뉴타운에 불이 났다는 것을 알지 못했다.

하열이 시은을 만나러 뉴타운에 간 시간에 맞춰 절묘하게 불이 났다. 방화로만 추정될 뿐 워낙 많은 사람들이 출입하는 곳이라 결국 누가 왜 그랬는지에 대한 것은 밝혀내지 못했다.

속수무책으로 번진 화마가 뉴타운을 통째로 삼켜 버렸다는 뉴스를 병원 대기실을 지나며 봤지만 시은은 그 속에 하열이 있을 거라고는 생각조차 하지 못했다.

비 내리는 날도 불은 나는구나. 우리 하열 씨 같은 사람이 이럴 때 꼭 필요한 거지. 그렇게 혼자 뿌듯해했다. 거기서 무슨 일이 벌어지고 있는지도 모른 채.

소방관이 죽었다. 하지만 근무 중이 아니었기에 순직이 될 수 없었다. 정말 최악이었다.

"네가 죽인 거야, 우리 형."

뜨거운 열기가 남아 있는 뉴타운의 가장 안쪽 자리에서 연기에 질식한 그가 죽은 채로 발견되었다. 그의 사망 소식에 정신없이 달려간 영안실에서 그녀를 막아선 하늘이 잔인하게 말을 내뱉었다.

"너만 아니었으면 형은 죽지 않았어."

그랬던 하늘이 어떻게 뻔뻔하리만치 자신의 앞에 나타날 수 있는지 시은은 믿을 수가 없었다.

세영산업의 유일한 후계자. 하늘의 이름 앞에 붙은 그 잘 난 명분 때문에 그녀의 엄마는 이렇게 목을 매고 안달을 하고 있었다.

길지도 짧지도 않은 5년의 시간이 흘렀고 그동안 참 많은 것이 변했다. 시간의 흐름 탓인지 하열을 떠올려도 더 이상 가슴 찢기듯 아프지 않게 되었다.

하열의 죽음을 모두 시은의 탓으로 돌리던 하늘도 많이 변해 있었다. 모든 걸 용서해 줄 테니 자신에게 오라고 두 팔 벌려 손짓했다. 가증스럽게.

하지만 하늘은 그녀에 대해 제대로 알지 못했다. 그때도 지금도 시은은 그렇게 순진하지 않았다. 뻔히 보이는 하늘의 술수에 속을 만큼 어리석지도 않았다. 그래서 그녀는 모든 것들이 참으로 가소로웠다. 연극을 하려면 시나리오부터 제 대로 썼어야지. 이렇게 허접한 것으로 뭘 하겠다는 건지.

"그 사람이랑 결혼만 하면 모든 게 네 것이 되는 거야. 이 게 얼마나 좋은 기회인지 아직도 모르겠어?"

엄마는 아마 다 알고 있을 것이다. 그가 시은이 온 마음을 다해 사랑했던 하열의 동생이라는 걸. 그래서 그녀가 얼마나 끔찍해하는지도. 하늘이 스토커처럼 그녀의 곁을 맴돈 것도 전부.

직접 시은을 공략하는 것보다 엄마를 포섭하는 게 더 유리

하다고 판단한 하늘이 얼마나 많은 물량 공세를 펼쳤는지 알
고 싶지 않았다. 딸 팔아 호강하겠다는 속물근성에 맞춰 줄
만큼 착한 효녀도 아니었다.

"그렇게 좋으면 엄마가 가져요."

"얘! 어떻게 말을 해도."

"왜, 요즘은 연상 연하가 대세라잖아요. 엄마도 고치기 전
엔 나랑 많이 닮았었잖아. 물론 돈이라면 물불 안 가리는 건
정반대지만."

"어머, 얘가. 내가 뭘 얼마나 고쳤다고."

"아, 참. 그건 꼭 닮았네."

얼음이 다 녹아 버린 음료를 단숨에 비운 시은이 일어서
며 덤덤하게 말했다.

"지랄 맞은 성격."

"이 계집애가 못 하는 소리가 없어!"

표독스럽게 찢어지는 엄마의 눈을 시은은 무심하게 내려
다봤다.

엄마가 지금보다 조금만 더 젊었다면 이렇게 매달리지도
않았을 것이다. 영감 하나 제대로 물어 진작 팔자를 고쳤을
지도 모르지. 죽어도 속물근성은 사라지지 않을 테니까.

"그러니까 헛물 그만 켜요. 내 인생은 내 거지, 엄마 게 아
니니까."

"배은망덕한 계집애. 낳아 주고 키워 줬더니 한다는 소리 봐."

"낳아 준 건 고마워. 하지만 엄마가 키워 준 건 아니잖아."

"뭐?"

"낳아서 버렸지."

"버리긴. 네 아빠가 데려간 거라니까. 너 뺏어 간 거야."

"말은 바로 해요. 돈 받고 넘긴 거잖아. 그 돈으로 한 10년 잘 먹고 잘살았지. 안 그래요?"

짝! 자리에서 일어선 엄마가 그대로 시은의 뺨을 갈겼다. 화끈거리는 볼을 무시하고 시은은 헝클어진 머리카락을 쓸어 넘겼다.

"나한테 신경 꺼요. 여태 그래 왔잖아."

"어떻게 모른 척해. 네 아빠 딴 년한테 미쳐서 미국으로 떠나고 너 혼자 남겨졌을 때, 이 엄마 가슴이 얼마나 사무쳤는지 알기나 해?"

"하아."

시은의 한쪽 입꼬리가 비스듬히 치켜 올라갔다. 내내 혼자 시은을 키우다 늦게 재혼을 한 아빠는 미국으로 이민을 가면서 그녀에게 같이 가자고 했었다.

하지만 시은은 그때 하열을 사랑하고 있었다. 사랑하는 사람 곁에 남겠다는 시은의 결단을 아빠는 이해하고 믿어 주었다. 그래도 걱정스러웠던지 엄마에게 연락해 시은을 가끔씩 살펴 달라고 부탁까지 했다. 그렇게 끔찍이 싫어하는 여자였는데 말이다.

7년 전부터였다. 엄마와 시은이 함께 살게 된 것은. 그때부터 엄마는 아빠에게 시은을 핑계로 돈을 받아 냈다. 그걸 시은이 모를 리 없었다. 그럼에도 엄마는 아빠를 욕하며 깎아내리기에만 급급했다.

"나 성인이에요. 내 인생은 내가 알아서 해요. 더는 이런 일로 불러내지 말았으면 좋겠어요."

흔들림 없는 시선으로 엄마를 직시하며 시은이 똑 부러지게 말했다. 엄마의 안하무인 앞에서 이게 얼마나 무의미한 말인지 잘 알고 있었지만 그녀로서는 정말 예의를 차려 마지막으로 한 말이었다.

다시는 엄마의 부름에 응하지 않을 생각이었다. 이대로 인연을 끊어야 한다면 그럴 작정이었다. 하늘과 엄마. 둘 다 다시는 마주하고 싶지 않았다. 진심으로.

자리를 벗어나 멀어지는 시은의 등에 대고 엄마는 악을 써 댔다. 그 말이 날카로운 비수가 되어 가슴에 박혔지만 시은은 아무렇지 않은 듯 무표정하게 카페를 나섰다.

해가 저문 거리 위로 긴 그림자가 드리워졌다. 가로등 불빛이 집으로 가는 길목 곳곳을 밝히며 그녀의 그림자를 만들어 냈다.

터벅터벅. 힘없이 걷는 발걸음이 무딘 소리를 자아냈다.

슬프지 않다. 아프지 않다. 슬퍼하지 않는다. 아파하지 않는다. 나는 그럴 자격이 없다.

시은은 내딛는 걸음에 무심히 주문을 걸었다. 5년 내내 읊어 대던 말이었다. 집으로 이어지는 계단 가까이 다가섰을 때, 작게 흥얼거리는 노랫소리가 들렸다.

'비와 당신'. 감미로운 멜로디를 타고 흐르는 노랫말에 심장이 서걱거렸다. 계단 앞에 멈춰 서자 집 앞 계단을 오르내리며 폴짝거리고 있는 강준의 모습이 보였다.

빗속에 버려졌는데도 아이스크림이 너무나 좋았던 꼬마 아이. 더 이상은 과거가 그립지도 아프지도 않다고 말하는, 이제는 훌쩍 커 버린 강준이 희미한 웃음을 머금은 채 장난스럽게 계단을 밟고 있었다.

같은 노래라도 사람에 따라 다른 의미를 담을 수 있구나. 시은은 가만히 고개를 끄덕였다.

계단을 폴짝폴짝 밟아 내려오던 강준이 시은을 발견하고 우뚝 멈춰 섰다. 그리곤 환하게 웃으며 단숨에 그녀 앞으로 뛰어 내려왔다.

"왜 아직도 여기 있어요?"

"할 일이 남아서요."

"왜요. 한 대 더 맞으려고요?"

"때리면 맞죠, 뭐."

"그리고 또 되받아치고?"

"으응."

"장난할 기분 아니에요. 오늘은 그만하죠."

시은이 한숨을 내쉬며 그를 스쳐 계단에 발을 올리려고 할 때였다. 불쑥 강준이 얼굴을 들이밀었다.

"깜짝이야!"

"내가 더 깜짝이야."

"뭐하는 거예요."

시은의 볼을 양손으로 감싸며 강준이 눈을 동그랗게 떴다. 시은은 손을 떼어 내려 했지만 그의 손은 접착제를 붙인 듯 꼼짝도 하지 않았다. 노력이 무색하게 강준은 시은의 얼굴을 제게로 돌리며 고개를 숙여 시선을 맞췄다.

"갚아 줬어요?"

"네?"

"한쪽이 뜨거운데. 맞은 거 아닌가? 받은 대로 돌려줬냐고요. 내가 폭력엔 두 배로 갚아 줘야 한다고 했죠."

그 말에 시은의 얼굴이 화끈 달아올랐다. 아직 붓기가 다 빠지지 않은 모양이었다. 남에게 보이고 싶지 않은 이런 모습을 하필이면 강준에게 딱 들켜 버렸다.

"놓죠?"

아무리 힘을 써도 떼어지지 않는 그의 손을 놓고 시은이 싸늘하게 말했다. 하지만 강준에겐 그녀의 으름장이 전혀 먹히지 않았다.

"조금만. 내 손 차가워서 대고 있으면 괜찮을 거예요."

그의 말대로 손은 몹시 차가웠다. 분명 엄마의 전화를 받고 나오면서 집에 가라고 했는데 그때부터 줄곧 여기서 기다린 모양이었다.

"차라리 집에 들어가서 얼음찜질하는 게 나을 것 같은데요."

"그것도 좋은 방법이네요."

"아주 좋은 생각이죠. 그럼 이제 좀 놓죠?"

"하나만. 아직 답 안 했잖아요. 갚아 줬어요?"

"나도 키스로 갚아 줘야 해요? 그렇다면 못 했네요. 아쉽게도 상대가 여자라."

"아, 이런. 그럼 맞따귀라도 때려야죠."

예상치 못한 말에 시은이 멍하니 그를 바라보며 눈을 깜빡거렸다. 폭력은 나쁜 거라고 하던 입에서 맞따귀라는 말이

218

나오다니. 남자도 아니고 여자라는데 그런 말을 저렇게 진지한 표정으로 할 줄이야.

저도 모르게 씰룩거리는 입술을 억지로 내리누르며 시은이 한참 만에 입을 열었다.

"엄만데요."

"……아아."

처음이었다, 강준의 당황한 얼굴은. 터져 나오려는 웃음을 참으려 시은은 입술을 꽉 깨물었다. 볼을 놓고 물러서서 머리를 긁적이던 강준이 히죽 웃으며 그녀를 응시했다.

"이미 맞은 건 어쩔 수 없지만 다음엔 정시은 표 철벽 방어막 완벽하게 펼쳐서 막아요."

"무슨 방어막이요?"

"천하무적 정시은 표 방어막이요."

"하아. 뭐예요, 그건? 아니, 됐어요. 그냥 좀 가 줘요. 쉬고 싶으니까."

시은이 미간을 찌푸렸다. 그러자 습관처럼 그것을 제 손끝으로 쓱쓱 문질러 펴며 강준이 고갯짓으로 계단 위를 가리켰다.

"일단은 내 용무를 끝내야 하니까 올라가죠."

"무슨 용무요?"

말이 끝나기 무섭게 그가 그녀의 손을 잡아끌며 계단을 올랐다. 집 앞에 도착하자 바닥에 놓인 종이 가방이 보였다. 눈에 익은 것이었다.

"이번엔 몸보신용 전복죽으로 준비했어요. 다 먹을 때까지 절대 집에 안 갈 거니까 그렇게 알아요."

엄포를 놓으며 종이 가방을 들고 문 앞으로 간 강준이 시은의 손을 도어록 위에 올려놓았다.

"안 볼 테니까 눌러요."

손바닥으로 제 눈을 가리는 강준을 빤히 쳐다보다 시은은 고개를 절레절레 흔들며 번호를 눌렀다. 보기보다 고집이 셌다. 옥신각신 다투며 시간을 보내느니 빨리 죽을 먹고 보내는 게 좋은 방법일 것 같았다.

"들어와요."

집으로 들어오자마자 강준은 시은을 식탁 의자에 앉혔다. 그리곤 제집처럼 능숙하게 움직여 금세 상을 차려 냈다. 한 거라곤 종이 가방에서 죽을 꺼내 데우고 수저를 챙기는 것뿐이었지만, 왠지 그에게 대접받는 기분이 들었다.

"적당히 데웠으니까 먹기 편할 거예요."

연기가 모락모락 피어오르는 죽을 보며 시은이 숟가락을 들었다. 죽을 떠 입에 넣자 따스한 온기가 입안 가득 스며들었다. 내내 서늘하던 가슴이 이제야 제 모습을 찾아가는 듯했다. 죽은 심장이 다시 뛰는 것처럼 온몸이 따스해졌다.

바스락거리며 냉장고에서 뭔가를 꺼내 꼬물거리던 강준이 그녀의 뒤로 다가왔다. 시은은 톡톡 볼을 두드리는 차가운 손의 감촉에 고개를 젖혀 등 뒤를 올려다봤다. 그런 시은을 부드럽게 내려다보며 강준은 손에 든 것을 흔들었다.

"얼음팩. 볼에 댈 거니까 놀라지 말라고요."

수건으로 감싼 얼음 봉지를 그가 부어 오른 그녀의 볼에 댔다. 적당한 차가움이었다. 시원하다고 느낄 만큼의.

"마저 들어요."

그녀의 볼에 팩을 지그시 누르며 그가 말했다. 시은은 말 없이 고개를 내려 다시 죽을 떴다. 이런 보살핌을 받아 본 적이 언제였는지 가물거렸다.

딱 한 사람. 진심으로 그녀를 걱정하고 사랑했던 하열이 그랬던 것처럼, 강준은 등 뒤에 커다란 거목처럼 버티고 서서 시은의 아픔을 달래고 있었다.

죽이 어른거렸다. 눈시울이 붉어지고 시야가 흐릿해졌다. 시은은 최대한 느릿하게 숟가락을 움직였다. 기계적으로 죽을 떠 입으로 가져가며 눈물을 참으려 안간힘을 썼다. 하지만 포화 상태가 된 눈물은 기어이 눈을 떠나 볼을 타고 흘러내렸다.

뚝.

어깨 위에 살포시 올려놓았던 강준의 손가락 끝을 적시며 뭔가가 떨어졌다. 시은이 고개를 숙이고 있는 탓에 그녀의 눈을 볼 수 없었지만 연이어 떨어지는 액체가 눈물이란 건 알 수 있었다.

멈추지 않고 죽 그릇과 입을 오가는 숟가락을 바라보던 강준이 그녀의 손에서 숟가락을 빼냈다.

"죽도 억지로 먹으면 체해요."

손바닥으로 시은의 눈을 덮어 준 그는 손바닥이 젖어 드는 걸 느끼며 아랫입술을 잘근 깨물었다.

"뭐하는 거예요."

울음을 억지로 삼키며 시은이 물었다. 일부러 아무렇지 않은 척하는 그녀가 애처로웠다. 얼마나 더 자신을 혹독하게 몰아붙여야 만족을 하려는지. 강준은 그녀가 알지 못하게 천천히 한숨을 내쉬었다.

"흠. 내가 지금부터 좀 닭살 돋는 말을 할 거라서요. 듣기만 해요. 나 보지 말고."

눈을 가린 이유를 일부러 그렇게 둘러대며 강준이 크게 심호흡했다.

"나는 시은 씨랑 나란히 걸어갈 거예요. 빠르지도 느리지도 않게. 시은 씨의 보폭에 맞춰서. 뒤도 아니고 앞도 아닌 바로 옆에서요."

시은이 눈을 깜빡이자 손바닥이 간질거렸다. 엷은 미소를 머금고 그가 말을 이었다.

"흔히 평행선을 끝까지 서로를 만나지 못하는 불행한 선이라고 하죠. 평생을 나란히 걷기만 할 뿐이라고."

"……"

"내 사랑은 달라요. 손을 빼지 못하게 깍지를 끼고 마주 보고 걸을 거거든요. 다른 곳은 보지 못하게. 평생 나만 바라볼 수 있게. 시은 씨가 빨리 달리면 나도 달릴 거고, 느리게 걷다 멈추면 나도 그럴 거예요. 당신이 무엇을 바라보고 무엇을 향해 걷고 있는지, 언제 웃고 우는지, 무엇에 즐거워하고 어떤 것에 행복해하는지 모두 알아 가며 거기에 맞춰 갈 거예요."

시은의 눈이 파르르 떨리는 것이 느껴졌다. 그와 함께 강준의 가슴도 떨려 왔다. 깊게 숨을 몰아쉰 강준이 고개를 숙였다. 빨려 들듯 회오리치는 귀여운 가마에 입술을 지그시 누르며 다정하게 속삭였다.

"당신의 행복이 내가 줄 수 있는 최고의 사랑이니까."

chapter 7

눈물은 마르는 게 아니라
스스로 가두는 것

주말의 거리는 사람들로 북적거렸다. 강준은 사람들 사이를 기분 좋게 거닐며 약속 장소로 향했다. 가끔 쇼윈도에 비친 제 모습을 확인하며 머리를 다듬기도 했다. 그의 손길엔 약간의 설렘이 담겨 있었다.

　"마지막은 상담 말고 다른 걸 하죠."
　"다른 거라뇨?"
　"데이트해요, 우리. 마지막이니까 기념으로."

　강준의 제의에 잠시 머뭇거리던 시은이 가볍게 고개를 끄덕였다.

　"그래요, 그럼. 마지막이니까."

　흔쾌히 답하는 그녀의 말속에는 분명 강준과는 다른 의미
가 담겨 있었다.
　"누구 마음대로."
　싱긋이 웃으며 약속 장소인 복합 상가의 입구로 들어서는
발걸음이 경쾌했다. 상담은 마지막이지만 제대로 된 연애는
이제부터 시작이었다. 슈퍼바이저가 아닌 남자로 시작하는
거다. 정확히 오늘부터.
　시은은 3층 북 카페에서 만나기를 원했다. 주말인 만큼 건
물 안은 오전부터 인산인해를 이루고 있었다. 이런 곳에서 그
녀를 발견하는 게 과연 쉬울까 싶었지만 강준은 에스컬레이
터를 오르며 단번에 시은을 찾았다.
　통유리 벽으로 이루어진 건물의 내부는 에스컬레이터를 오
르내리며 각 매장 안을 들여다볼 수 있는 도넛 형태의 구조로
되어 있었다. 아무리 그렇다고 해도 이 많은 사람들 속에서
어떻게 단번에 그녀를 알아볼 수 있었을까. 주변 사람들이 모
두 배경 화면이라고 여겨질 정도로 그녀만 뚜렷이 눈에 들어
왔다.

이런 게 사랑에 눈먼 자의 시각이란 건가? 스스로 생각해도 참 신기한 노릇이었다. 단 한 번도 누군가를 향해 이렇게 모든 감각이 집중되었던 적은 없었다. 시은을 사랑해야겠다고 마음먹은 순간부터 그는 그녀만 생각했다.

시은은 그녀와 전혀 어울리지 않는 분야에 서서 책을 들척이고 있었다. 옆으로 다가선 강준이 그녀가 읽고 있는 책의 제목을 슬쩍 곁눈질했다. 미간을 꿈틀거린 그가 다시 눈을 크게 뜨고 자세히 살폈다.

배꼽 잡는 화장실 유머―똥간에서 읽으면 효과 직방. 변비 해결 완결판. 웃으며 힘주다 변 봤네.

잘못 본 게 아닌가 싶었다. 강준은 시선을 들어 시은의 얼굴을 봤다. 마치 전공 서적을 대하듯 무척이나 진지한 표정이었다.

"풋."

일부러 그런 건 아니었다. 저도 모르게 터져 나온 웃음이었다. 얼마나 심각했으면 저렇게 정신을 푹 빠트리고 볼까 생각하다 끙끙거리며 화장실에서 사투를 벌이는 시은의 모습까지 떠올랐다.

그 작은 웃음소리에 시은이 자신을 알아차릴 거라고는 생각하지 못했다. 한데 시은은 어느새 책에서 시선을 떼고 그를 바라보고 있었다. 집중해서 보느라 사람이 오는 것도 모르더니, 그 작은 소리는 어떻게 들었을까.

참 절묘한 타이밍이었다. 들고 있던 책 아래로 고개를 비스듬히 기울이고 있는 강준의 눈과 시은의 눈이 딱 마주쳤다.

또르르. 눈동자 굴러가는 소리가 들리는 것 같았다. 책과 강준을 번갈아 보던 시은의 시선에 당혹감이 깃들었다. 그에 강준이 슬그머니 미소를 머금으며 상체를 세웠다. 얼굴을 살짝 붉히던 시은이었지만 당황스러움도 잠시. 곧 그녀답게 평정심을 찾으며 아무렇지 않은 얼굴로 그의 눈을 마주했다.

"언제 왔어요?"

"한 5분쯤 됐나?"

"왔으면 말을 하죠. 왜 그러고 있어요."

태연히 책을 덮은 시은이 그것을 얼른 책장에 꽂아 넣었다. 그러자 강준은 다시 책을 빼내 원래 자리로 보이는 곳에 그것을 꽂았다. 그녀가 돌아보자 그가 싱긋이 웃었다.

"왜 웃어요?"

"난 늘 스마일인데. 지금 유독 거기에 초점을 맞추는 이유가 뭘까?"

혼자 뜨끔해서 쏘아 댔다는 생각에 시은은 아차 싶었다. 시치미 떼는 김에 끝까지 무심하게 굴 걸 그랬다 생각하며 속으로 한숨을 내쉬었다.

"변비는 아니에요."

대뜸 그렇게 말한 그녀는 이건 아니다 싶어 아랫입술을 깨물었다. 강준이 그녀를 응시한 채 고개를 끄덕였다.

"부족한 유머를 배우려 그랬다고 해 두죠."

"해 두다니요? 그리고 제가 유머가 부족해요?"

"설마 자신이 유머러스한 편이라고 생각하는 건 아니죠?"

"편이 아니라 유쾌해요, 전."

"와아, 진정 나만 몰랐다는 건가요? 시은 씨의 그런 성격을?"

"우리가 그렇게 즐거운 관곈 아니었으니까요."

"그랬구나. 그래서 몰랐구나."

강준이 상체를 숙여 시선을 맞추고 시은의 얼굴을 빤히 바라봤다. 시은은 새침하게 눈을 흘기며 저 능글맞게 웃는 입술을 딱 한 대만 때리면 좋겠다고 생각했다.

"왜 그렇게 봐요?"

"왜 보는지 몰라요?"

불퉁한 시은의 물음에 강준이 되물었다. 강준의 시선이 자신의 미간에 닿자 시은은 눈썹을 꿈틀거렸다. 그리고 그의 손으로 시선을 옮겼다. 늘 그렇듯 그가 검지를 뻗어 제 미간을 펼 거라는 생각에서였다.

후우. 바람이 불었다. 부드러운 실바람이 이마 위로 사뿐히 내려앉았다 흩어졌다. 그에 시은은 눈을 감았다.

그녀의 미간으로 따스한 마시멜로 같은 무언가가 닿았다. 감은 시은의 속눈썹이 파르르 떨렸다. 그것이 무엇인지 안 순간 심장이 떨려 왔다. 천천히 눈을 뜬 시은의 시야에 강준의 가슴이 들어왔다.

상큼하고 시원한 그의 스킨 향이 콧속으로 스며들었다. 언제부턴가 이 향기에 익숙해져 있었다.

"예뻐서."

솜털처럼 간지러운 그의 입술이 그녀의 미간 위에서 달싹였다. 그가 입술을 떼고 조금 물러나 그녀를 지그시 내려다봤다.

"날아가기 전에 알은 낳아 주고 가요."

"네?"

얼굴이 화끈거려 차마 고개를 들지 못했던 시은이 그제야 그를 쳐다봤다. 강준은 그녀의 손을 잡아 위로 올리곤 그녀의 재킷 소매를 살짝 걷어 내렸다. 갑작스런 행동에 놀라 시은은 눈을 동그랗게 떴다.

"뭐하는 거예요?"

손을 더 바짝 당기며 그가 검지로 그녀의 드러난 손목을 쓸었다. 낯선 감촉에 시은이 저도 모르게 흠칫거렸다.

"닭살 돋았잖아요. 닭 돼서 날아가기 전에 미리 알부터 받으려고요."

시은의 시선이 제 손목에서 강준의 얼굴로 옮겨졌다.

"설마, 지금 이걸 농담이라고 하는 거예요?"

"왜요. 맘에 안 들어요? 흐음. 나름 신선한 농담인데 안 먹히네."

"이봐요, 서강준 씨."

인상을 쓰고 저를 부르는 시은의 손을 강준이 놓아주었다. 그리곤 그녀의 얼굴을 두 손으로 감싸며 낮게 속삭였다.

"으응, 보고 있어요."

코끝이 닿았다. 숨결이 맞닿을 만큼 가까운 거리에 시은이 눈을 크게 떴다. 강준은 그런 그녀를 바라보며 싱긋이 미소를 머금었다.

오늘따라 그가 유독 능글맞고 적극적이라는 생각이 들었다. 자신을 이렇게 마구 휘두를 수 있는 사람이 있을 거라고는 전혀 생각지도 못했는데. 시은은 강적을 제대로 만난 기분이었다.

"그거 알아요?"

"응?"

"요즘은 웃는 낯에도 침 뱉는다는 거. 재수 없어서."

차게 쏘아붙이는 시은의 말에 강준이 미간을 꿈틀거렸다.

당장 얼굴을 놓지 않으면 정말 그럴 수도 있다는 듯 시은이 단호한 표정으로 그를 응시했다. 얼굴을 조금 물린 그가 고개를 갸웃이 틀었다.

"흐음. 그럼 이왕이면."

뭔가를 생각하는 듯 잠시 틈을 두더니, 그가 단숨에 그녀의 입술 위로 제 입술을 겹쳤다.

"입안에 뱉어 줘요."

겹친 입술 안으로 그가 달콤하게 속삭였다.

사람이 많은 복합 상가였다. 그것도 에스컬레이터가 훤히 보이는 통유리 벽 바로 앞이었다. 완벽하게 노출된 곳에서 강준은 아무 거리낌 없이 키스를 했다. 이 여자는 내가 찜했다고 세상에 알리기라도 하려는 듯.

'미쳤어.'

강준은 불끈 주먹을 쥔 시은이 그 손을 들어 어퍼컷을 날리기 전에 떨어지며 그녀의 손목을 잡았다.

"일단은 우리 차부터 마셔요."

"……."

모든 것을 다 알고 능수능란하게 대처하는 이 능구렁이를 어쩌면 좋을까. 시은은 제 손을 잡아끄는 강준의 너른 등을 얄밉게 쏘아보았다.

상가가 한눈에 내려다보이는 자리로 이동한 그가 의자를

빼고 그녀에게 권했다.

"앉아요."

"아니요. 이게 먼저예요."

그를 돌아보며 그녀가 시크하게 말했다. 그리고 이내 발을 휘둘렀다. 정확하게 그의 정강이를 향해서.

"아윽!"

폴짝폴짝 뛰며 맞은 부위를 문지르는 강준의 모습에 시은은 그제야 자리에 앉았다. 아픔에 미간을 잔뜩 찌푸린 강준은 천연덕스레 메뉴판을 펼치는 시은을 내려다봤다. 그녀의 입가에 머물러 있는 엷은 미소를 본 강준도 싱겁게 웃고 말았다.

"연인은 닮아 간다더니, 그 말이 딱이네요."

맞은편에 앉으며 강준이 말하자 시은이 메뉴판 너머로 그를 바라보았다. 시선이 마주치자 그는 태연하게 테이블 위에 팔을 올려 턱을 괬다.

"연인이라니, 누가요?"

"그러게 왜 닮아 가요. 받은 대로 돌려준다. 그거 내 거잖아."

"닮다니, 누가 누구를요?"

"정시은이 서강준을."

당연한 거 아니냐는 듯 강준이 시은과 저를 손가락으로 번

같아 가리켰다. 메뉴판을 탁 내려놓은 시은이 강준을 도전적으로 직시하며 시리게 경고했다.

"말도 안 되는 소리 그만하죠? 데이트 시작도 하기 전에 끝내고 싶지 않으면."

살벌하기 그지없는 말에도 강준은 웃기만 했다.

"왜 그렇게 웃어요. 내 말이 농담 같아요?"

강준이 자세를 바로하며 고개를 저었다. 가늘게 늘어진 시은의 눈을 바라보며 그가 또다시 환한 미소를 지어 보였다.

"이것도 닮았으면 좋겠어서요."

"무슨 말이에요?"

"당신도 늘 이렇게 환하게 웃었으면 좋겠어. 진심으로 행복하게."

그 말에 날카롭던 시은의 표정이 사르르 풀어지며 눈동자가 흔들렸다. 달아오르는 얼굴을 모른 척 시치미를 떼며 다시 메뉴판을 응시했다.

"여름이 빨리 오나 봐. 날이 덥네. 난 시원한 레모네이드로 할게요."

"그래요. 내가 주문하고 올게요."

자리에서 일어나는 강준을 보며 시은은 그제야 낮은 한숨을 쉬었다. 잠깐 틈을 보인 사이, 그가 곁을 스쳐 지나며 그녀의 머리를 부드럽게 쓸었다. 그 짧은 순간, 단순하기 그지

없는 행동에 시은의 가슴이 쿵 하고 내려앉았다.

강준이 자신의 얼굴을 보지 못한 게 천만다행이었다. 화끈거리는 것으로 보아 분명 빨갛게 달아올랐을 것이니까. 메뉴판을 들어 얼굴을 가린 시은은 그가 돌아오기 전에 얼굴이 식기를 바라며 열심히 손부채질을 했다.

"이거 마시고 영화 한 편 어때요?"

어느새 음료를 들고 나타난 강준이 그녀의 볼에 잔을 대며 물었다.

"앗, 차거."

얼음이 담긴 잔의 차가움에 시은이 깜짝 놀라 움찔거렸다. 볼에 묻은 물기를 닦는 시은을 사랑스럽게 바라보며 강준이 레모네이드 잔을 놓고 자리에 앉았다.

"무슨 영화요?"

"어떤 종류 좋아해요? 액션? 스릴러? 공포?"

"왜 로맨스는 빼요?"

"그럼 로맨스로 결정할까요?"

"로맨스가 좋다는 건 아니었어요. 그냥 그것만 뺐기에 물어본 거죠."

"역시 좋아하는 장르는 로맨스를 뺀 나머지란 거죠?"

"그건."

그럴 줄 알았다는 듯 강준이 고개를 끄덕이자 시은은 입을 꾹 다물었다. 로맨스를 좋아하는 건 아니었지만, 싫어하는 것도 아니었다. 아니, 취향을 따지기 전에 영화를 본 게 도대체 언제인지조차 기억나지 않았다. 같이 볼 사람도 없었고 그럴 시간도 없었다. 마지막으로 본 영화가 뭐였는지도 모를 지경이었다.

"코미디는 실생활에 잘 녹아들었다니까 따로 볼 필요 없을 테고. 상영하는 것 중에서 한번 골라 보죠."

딴생각에 빠져 있던 시은이 톡톡 테이블을 두드리는 소리에 고개를 들었다.

"그게 그렇게 맛있어요?"

"뭐가요?"

"레모네이드."

"네, 뭐."

시은은 무심결에 얼음을 휘젓고 있던 빨대를 멈추고 고개를 끄덕였다. 그 대답이 끝나기 무섭게 강준이 상체를 기울여 그녀의 손에 있는 빨대를 물었다. 빨대를 따라 그의 입속으로 사라지는 레모네이드를 시은이 멍한 눈으로 바라봤다.

"이거 제가 먹던 건데요."

시은의 말에 강준은 물었던 빨대를 놓고 물러나며 혀로 입술을 핥았다.

"그러니까."

"네?"

"뭔가 특별해 보였는데, 맛있는 이유가 그거였어."

"……저기요."

"아, 잘 마셨다. 이제 영화 보러 갈까요? 시간이 빠듯해. 빨리 움직입시다."

시은의 표정이 굳어지기 전에 자리에서 일어나며 그가 재촉했다. 그런 강준을 기막힌 듯 바라보던 시은이 실없이 웃기 시작했다.

서강준을 상대로 이겨 보겠다고 신경전을 펼치는 게 얼마나 힘 빠지는 일인지 이미 알고 있었다. 그럼에도 지지 않으려고 파닥거리는 자신이 우스웠다. 이겨서 뭘 어쩌겠다고. 참 부질없는 짓이다 싶었다.

"그래요. 마지막인데, 딱 하루 희생하지 못할 이윤 없죠."

시은이 벌떡 일어나 그를 스쳐 걸어갔다. 씩씩하게 걷는 시은의 뒷모습을 물끄러미 바라보던 강준이 히죽 웃으며 곧장 따라붙었다.

두 사람은 나란히 에스컬레이터를 타고 4층 영화관으로 향했다. 오전 시간대임에도 번잡했다. 지금 시간에 맞춰 영화를 보는 건 어려울 것 같았다. 영화 시간표를 둘러보던 시은이 살짝 고개를 기울여 말했다.

"거의 다 매진인 것 같은데요?"

"로맨스 빼면 다 되는 거 아니었어요? 아직 매진되지 않은 것 중에서 골라 봐도 무관하지 않을까요?"

이건 분명 은근한 '디스'였다. 그가 이렇게 말꼬리를 물고 늘어지는 걸 좋아하는 줄은 미처 몰랐다. 시은이 미간을 좁히며 돌아보자 그가 싱긋이 웃으며 영화 하나를 가리켰다.

"저건 바로 볼 수 있겠네. 저걸로 하죠."

고개를 돌려 강준의 손끝이 가리키는 곳을 봤다. 하필이면 공포 영화였다. 장르를 가리는 건 아니었지만 공포 영화는 조금 그랬다. 남자와 단둘이 공포 영화라니. 무슨 꿍꿍이가 있는 것처럼 느껴져 괜스레 꺼려졌다.

"그냥 다른 거 보죠."

"왜요. 보고 싶은 영화라도 있어요?"

"딱히 그런 건 아니지만."

"그럼 저거 봐요."

시은은 강준이 왜 굳이 저 영화를 보려 하는 건지 이해되지 않았다. 표를 끊기 위해 매표소로 향하는 그의 옷자락을 붙잡았다.

"자리 남은 거 봐요. 재미없단 소리잖아. 그걸 왜 굳이 돈 들여가면서 봐요."

"정말 몰라서 물어요?"

의외라는 듯 묻는 강준을 향해 시은이 고개를 저었다.

"모르겠는데요?"

불퉁하게 입을 모으던 그가 이내 싱긋이 웃어 보였다. 그리곤 시은의 눈을 지그시 응시하며 말했다.

"어떤 영화라도 상관없단 소리잖아요."

"네?"

"왜냐하면 난 영화를 핑계로 시은 씨를 대놓고 볼 거니까."

"무슨 말이에요?"

"오늘 내가 볼 영화는 정시은이란 말?"

그 말을 끝으로 강준은 매표소로 향했다. 잡았던 그의 옷자락을 놓쳐 허공에 손을 둔 채 시은이 눈을 깜빡였다.

대체 저런 닭살 멘트는 어디서 배우는 거지? 아니, 능글맞은 성격은 원래 타고나는 건가?

다른 사람이 저렇게 말했다면 아마 시은은 진저리를 치며 당장 자리를 벗어났을 것이다. 하지만 그러지 않았다. 표를 끊고 간식거리를 사러 이동하는 그의 뒷모습을 그저 지켜볼 뿐이었다.

원래 닭살 돋는 말은 끔찍이 싫어하는데 이상하게 강준이 하는 말은 거부감이 들지 않았다. 세뇌된 건가? 어쩌면 그에게 최면이 걸린 건지도 몰랐다.

시은은 스스로도 이해하지 못할 자신의 태도에 이유를 덧붙였다. 그리고 오늘 딱 하루만이라는 전제를 붙이며 마지못

241

해 그의 곁에 붙어 있는 거라고 나름의 정당성을 부여했다.

그래야 했다. 그래야 마음이 들썩이는 이유를 부인할 수 있을 테니까.

"가죠?"

양손에 음료와 팝콘을 들고 강준이 다가왔다. 시은은 고개를 끄덕이며 그가 이끄는 대로 따랐다. 조금 전과 다르게 그녀가 순순히 받아들이자 강준이 의아한 표정을 지었다. 쏘아붙이진 않아도 곱지 않은 시선으로 한 번 흘겨볼 줄 알았는데 아니었다. 무슨 생각을 하는지 고개를 숙인 채 제 발끝만 보고 걷는 그녀가 이상했다.

"잠깐."

다른 상영관의 영화가 끝난 것인지 복도로 사람들이 우르르 몰려나왔다. 앞을 보지 않고 있던 시은이 누군가와 부딪히려 하자 그가 그녀를 안듯이 감싸 보호했다. 그의 가슴에 콩 하고 부딪힌 시은이 고개를 들었다. 양팔을 든 채 방패처럼 선 그의 등 뒤로 사람들이 우르르 지나갔다.

웃는 낯으로 연신 고개를 숙이는 강준을 물끄러미 바라보던 시은은 그의 재킷 안으로 손을 넣어 허리를 잡았다.

"조금 더 뒤로 와요."

시은이 벽 쪽으로 뒷걸음질하며 강준을 잡아끌었다. 등 뒤로 차가운 벽이 느껴지는 동시에 그와 바짝 몸이 붙었다.

시은은 자신을 빤히 바라보는 강준의 시선을 피하지 않고
마주했다.

음료와 팝콘을 들고 있는 터라 그의 손은 자유롭지 못했
다. 시은은 그의 허리를 잡은 손을 거두지 않았다. 손끝이
긴장으로 작게 떨리는 것을 강준은 고스란히 느낄 수 있었
다. 그녀의 손이 움직일 때마다 셔츠 안쪽 살이 간질거렸다.

"후우우."

강준이 흘려 낸 낮은 숨결에 시은의 눈이 사뿐히 감겼다
떠졌다. 시선 안으로 살짝 긴장한 듯한 그의 얼굴이 들어왔
다. 마른침을 삼키느라 천천히 올라갔다 내려가는 그의 목
울대가 무척이나 섹시해 보였다.

하나둘 영화를 보기 위해 관객들이 들어서기 시작하자 강
준은 엷은 미소를 띠며 고개를 까닥했다.

"갈까요?"

"그래요."

시은은 손을 물리며 발을 뗐다. 상영관 앞에 도착한 강준
이 팔을 펼치며 말했다.

"이 안에서 표 좀 꺼내 줘요."

재킷 안주머니에 표를 넣어 둔 모양이었다. 시은은 아무
렇지 않게 그의 재킷 주머니에 손을 넣어 표를 꺼냈다.

그다지 인기가 없는 것 같더니 역시나 자리가 꽤 많이 비

어 있었다. 표를 확인한 시은이 좌석을 살피며 아래로 내려 갔다.

"여기네요."

아래층 입구 바로 위쪽 자리였다. 난간 앞에 자리한 딱 두 개의 좌석. 시은이 안쪽으로 들어가고 강준이 바깥쪽에 앉았 다.

영화는 무척 재미없었다. 한 번씩 급습하듯 갑작스럽게 등 장하는 흉측한 귀신조차도 식상했다.

그럼에도 영화가 상영되는 두 시간이 길게 느껴지지 않았 던 건 나란히 앉은 강준 때문이었다. 그는 자신이 말했던 대 로 팔걸이에 손을 올려 턱을 괴고 영화가 상영되는 내내 시 은을 응시했다. 그녀가 음료를 마시면 같이 마시고 팝콘을 먹으면 자신도 먹었다.

잡으려는 것이 무엇인지 헷갈릴 정도로 그는 팝콘보다 그 녀의 손을 더 많이 잡았다. 그럴 때마다 시은은 무심하게 팝 콘을 집어 손을 뺐다. 팝콘을 입에 넣었을 때 느껴지는 고소 하고 달콤한 맛이 강준의 손 때문인지 간혹 헷갈려 하며.

영화가 거의 끝나 갈 무렵, 요란스런 경보음이 시끄럽게 울려 댔다. 사람들이 웅성거리며 동요하기 시작했다. 영화 가 멈추고 긴급 방송이 나왔다.

─화재 경보가 울렸습니다! 극장 안에 계신 모든 관객분들은 신속히 직원의 안내에 따라 대피해 주시기 바랍니다!

벌컥 문이 열리고 직원이 나타났지만 그의 목소리도 들리지 않을 만큼 극장 안은 순식간에 혼잡해졌다. 상영관을 빠져나온 사람들이 출구를 향해 달리기 시작했다.

이곳엔 영화관만 있는 것이 아니었다. 지하와 지상으로 상가들이 즐비했다. 자칫 인명 피해가 날 수도 있었다.

화재는 지상 3층에 있는 옷 매장에서 발생한 것이었다. 섬유에 불이 옮겨 붙자 삽시간에 타올라 끊임없이 연기가 새어 나왔다. 사람들이 소화기를 꺼내 불을 끄려고 했지만 연기 때문에 시야가 가려 그마저도 쉽지 않았다.

멀리서 사이렌 소리가 들렸다. 주말 번화가의 한복판으로 소방차가 진입하기란 여간 힘든 일이 아니었다. 불법 주차된 차량들로 인해 도착 예정 시간이 1~2분 정도 지체되었다.

사람들의 노력으로 불이 크게 번지지는 않았지만 유독가스가 번져 나갔다.

복도를 빠져나오는 동안 시은은 반쯤 넋이 나가 버린 상태였다. 강준이 곁에서 부축하며 그녀를 이끌었지만 다리에 힘이 풀려 움직이기 쉽지 않았다.

"왜 그래요?"

출구를 앞에 두고 멈춰 선 시은을 돌아보며 강준이 다급하게 물었다. 멍하니 출구를 바라보는 시은의 시야가 흐릿해졌다. 허물어지듯 무너지는 다리와 경직된 몸이 그녀의 긴장한 상태를 말해 주고 있었다.

화재에 의연할 수 있는 사람은 없었다. 모두가 반 공황 상태였다. 하지만 한시가 급한 상황이었다. 살기 위해선 일단 건물을 무사히 빠져나가야만 했다.

"힘들어요?"

거듭된 강준의 물음에도 시은은 그를 돌아보지도, 뭐라 입을 열지도 않았다. 그녀의 눈동자가 어지럽게 흔들리며 속눈썹이 파르르 떨렸다. 손이 부들거리는 것도 같았다. 쓰러지다시피 그의 품에 안긴 시은의 몸은 안쓰럽게 떨리고 있었다.

화재. 그것이 시은에게 어떤 의미인지 강준은 번뜩 떠올렸다. 일순간 미간이 좁아졌다. 낮은 신음을 삼키며 그가 시은을 보듬어 안았다. 사람들이 거의 빠져나간 극장엔 시은과 강준만 남아 있었다. 입구 쪽이 연기로 가득했다.

"잠시만 기다려요."

시은을 조심히 벽에 기대앉힌 강준이 바로 옆 화장실로 들어갔다. 재킷을 바닥에 던지고 안에 입은 셔츠를 벗어 물로 적셨다. 그것을 적당히 짜서 시은의 곁으로 달려가 그녀를 부축했다.

"불은 크게 나지 않은 것 같아요. 연기가 문제예요. 이걸로 입과 코를 막고 나갈 거예요."

강준이 젖은 셔츠를 그녀의 얼굴로 가져갔다. 그리곤 조이지 않게 코와 입을 막은 채 머리 뒤로 셔츠를 돌려 묶었다. 번쩍 시은을 안아 든 그가 입구를 향해 뛰었다. 멀리서 소방관들의 목소리가 들려오고 있었다.

누구에게나 트라우마는 있다. 하지만 그것을 극복하는 데에는 상당한 시간이 필요하다. 평소엔 아닌 척해도 감당하기 힘든 상황에 부딪히게 되면 순식간에 허물어져 버리는 게 바로 트라우마였다.

강준은 시은을 다그치는 대신 안전하게 트라우마 상황에서 벗어나게 했다. 덕분에 연기를 조금 마시긴 했지만 별다른 위험 상황은 벌어지지 않았다.

구급차를 타고 근처 병원 응급실로 이동하는 동안 강준은 자신의 몸을 돌보는 대신 시은의 상태를 체크했다. 다행히 응급실에 도착하기 전에 시은이 정신을 차렸다.

"아."

아득히 멀어졌던 정신이 맑아진 듯 그녀는 제 호흡기를 보호하고 있는 강준의 셔츠를 발견하고 놀라 그를 바라보았다. 강준은 구급대원 옆에 앉아 산소호흡기를 입에 대고 그녀를 내려다보고 있었다.

시선이 마주치자 곱게 휘어지는 강준의 눈매를 본 시은은 그만 울컥하고 말았다. 안심하라는 듯 그가 손을 들어 보였지만 그게 그녀의 마음을 더 불편하게 만들었다. 구급대원의 상황 설명이 아니더라도 어떻게 된 것인지 알 것 같았다.

강준이 트라우마로 인해 패닉에 빠진 자신을 위험에서 구한 것이다. 자신을 감싸느라 그는 무방비한 상태로 나온 것이 틀림없었다. 시은의 손이 꽉 쥐어졌다. 침대에 누워야 할 건 자신이 아니라 강준이었다.

일어나려는 그녀를 강준이 저지하며 다시 눕혔다.

"난 괜찮으니까 그대로 있어요."

어깨를 지그시 누르는 강준의 손을 시은이 붙잡았다.

"나 환자 아니에요."

"알아요. 다 와 가니까 이제 와서 자리 양보하고 그러지 맙시다. 나 두고두고 생색 좀 내게."

강준의 너스레에 시은의 미간이 움찔거렸다. 그러나 이내 표정을 풀고 실없이 웃어 버렸다. 자칫 심각해질 수도 있는 분위기를 그는 유순하게 풀어내고 있었다. 강준의 마음이 느껴져 더는 무의미한 신경전을 벌일 수가 없었다.

"도착했습니다."

병원에 들어선 구급차의 문이 열렸다. 구급대원과 강준이 내리고 뒤이어 시은이 침대에서 일어났다. 그가 그녀를 향해 손을 내밀었다. 그 손과 강준의 얼굴을 번갈아 보던 시은이 그의 손을 겹쳐 잡았다.

앞서 접수처로 간 구급대원이 부연 설명을 대신해 줬다. 간단한 검사를 해야 한다는 말에 강준과 시은은 대기석에 앉아 기다리기로 했다.

"고마워요."

"그러라고 한 거예요."

어렵사리 꺼낸 말을 강준이 당연하다는 듯 넙죽 받아들였다. 그가 눈을 의미심장하게 늘이며 입 끝을 매끄럽게 끌어올리자 시은도 피식 웃어 버렸다.

"조용히 못 해? 뭐 대단한 일이라고 울고 지랄이야!"

그때였다. 응급실에서 나오던 남자가 훌쩍거리며 곁을 따르는 여자를 타박했다. 주변 사람을 전혀 신경 쓰지 않는 듯 남자는 거침이 없었다.

"이깟 일로 뭘 응급실까지 오고 난리야. 약 바르면 나을 걸."

"······그래도."

남자가 윽박지르듯 한 말에 기가 죽은 여자가 기어들어 가는 목소리로 겨우 말했다. 남자가 팔을 들자 여자가 움찔하며 몸을 움츠렸다. 때리려는 시늉을 하던 남자는 강준과 시은을 발견하곤 씩씩거리며 다시 응급실로 들어섰다. 그러면서 뒤따르는 여자에게 경고했다.

"넘어져서 다친 거야. 알지?"

부라리는 눈빛에 여자가 마지못해 고개를 끄덕였다.

자리에서 일어선 강준은 그들이 들어간 곳으로 걸음을 옮겼다. 뭔가 석연치 않은 분위기라는 것은 시은도 느끼고 있었다. 그녀 역시 재빨리 강준의 뒤를 쫓았다.

"언제부터 호흡곤란이 온 거죠?"

의사의 질문에 남자가 슬쩍 여자에게 신호를 보냈다. 여자가 주눅 든 목소리로 작게 말했다.

"한 30분쯤."

"30분 전부터요?"

"아마."

의사가 고개를 갸웃하며 아이의 윗옷을 들췄다. 위태로워 보이는 아이의 몸 여기저기에 멍과 흉터가 남아 있었다.

"어디서 넘어졌다고요?"

의사가 의심의 눈초리를 담아 물었다. 여자가 머뭇거리자 남자가 신경질을 내며 버럭 소리를 질렀다.

"계단에서 발을 헛디뎌서 넘어졌다니까 뭘 자꾸 물어!"

"맞아요?"

그의 말을 무시하고 여자를 향해 의사가 재차 묻자 남자가 눈을 희번덕거렸다.

"이봐. 지금 내 말 무시하는 거야?"

"가만히 계세요. 여기서 난동 부리시면 경찰 부르겠습니다."

전혀 주눅 들지 않은 목소리로 의사가 경고했다. 그러자 남자가 씩씩거리며 여자의 등을 밀쳤다.

"넌 뭘 자꾸 꾸물거려!"

"너, 넘어졌어요! 계단에서."

남자의 채근에 여자가 더듬거리며 다급하게 말했다. 시은은 강준의 주먹이 불끈 쥐어지는 것을 지켜보고 있었다.

그냥 보아도 알 수 있는 일이었다. 아이가 폭력에 의해 저리되었다는 것은. 그 폭력이 처음이 아니라는 것도. 여자도 남자의 폭력에 길들여진 것 같았다.

시은은 한숨을 푹 내쉬었다. 어쩜 저렇게 어리석을 수가 있을까. 폭력은 영혼까지도 죽이는 행위였다. 절대 묵인할 수 없는 죄악이었다. 그럼에도 폭력에 길들여진 여자는 남자의 편을 들고 있었다.

도저히 그냥 무시하고 넘길 수 없는 일이었다.

"이것 보세요!"

시은이 앞으로 나서며 남자와 여자를 쏘아보았다. 그리곤 화가 잔뜩 난 얼굴로 아이의 몸을 이리저리 살피기 시작했다.

"이게 어떻게 넘어져서 생긴 상처라는 거죠? 맞아서 이렇게 된 거잖아요! 죽일 셈이에요? 어떻게 이렇게 되도록 그냥 둘 수가 있죠? 아주머니, 정신 똑바로 차리세요. 폭력은 폭력을 부를 뿐이라고요. 저런 인간을 어떻게 남편이라고, 아빠라고 할 수 있죠? 당신도 똑같아. 엄마 자격 없어!"

말을 하다 보니 멈출 수가 없었다. 감정이 다소 격해져 저도 모르게 소리를 지르고 말았다. 의사와 주변 사람들이 그녀를 의아하게 쳐다보았다.

"누구……."

"아, 죄송해요. 너무 화가 나서 그만."

의사의 물음에 시은이 울컥한 감정을 누르며 답했다.

"뭐야? 어디서 미친년이 나서서 난리야."

"뭐예요?"

이러다 일이 꼬이는 건 아닐까 싶었던지 남자가 버럭 소리를 지르며 강압적으로 나왔다. 시은이 눈을 부릅뜨자 남자가 손을 치켜들었다. 습관처럼 공포 분위기를 조성해 상대의 기를 죽이려는 것이었다.

찰나의 순간, 강준이 앞으로 나서며 남자의 팔을 붙잡았다.

"넌 또 뭐야!"

"여기서 이러시면 사태만 더 심각해집니다."

딱딱한 말투에 시은이 그를 돌아봤다. 강준은 웃음기 없는 얼굴로 남자를 바라보고 있었다. 그런 그의 모습은 처음이었다.

"이거 안 놔!"

"경찰 부르시고 소견서 확실히 써 주십시오."

강준이 남자를 주시한 채 의사에게 말했다.

"아, 네."

의사가 고개를 끄덕이며 옆에 있던 간호사에게 지시 사항을 전달했다. 강준을 걱정스럽게 바라보던 시은은 오해의 소지가 생기지 않도록 의사에게 자신들이 정신과 의사임을 밝혔다. 보고 있자니 너무 화가 나서 끼어들게 되었다고 미안함도 표했다.

의사가 유순하게 대처하며 강준의 말대로 일을 처리했다. 남자는 길길이 날뛰었고, 여자는 불안해하며 눈물만 흘렸다. 시은은 그런 여자를 향해 왜 강인하게 대처하지 못하느냐고, 자신의 아이를 위험에 노출시킨 채 왜 지켜 주지 못하느냐고 소리치고 싶었다.

모든 일을 의사에게 일임하고 두 사람은 병원 밖을 나왔다. 시은은 털썩 벤치에 주저앉은 강준에게 다가가 캔 음료를 내밀었다. 그것을 받으며 그가 엷게 웃었다.

"안 그래도 목이 탔는데. 시은 씨 센스 좋은데요?"

캔을 따 시원하게 들이켜는 강준을 가만히 바라보던 시은

이제 몫의 캔을 만지작거리며 시선을 내렸다. 다 비운 캔을 옆에 내려놓은 그가 늘어지게 다리를 뻗으며 벤치에 몸을 기댔다. 긴장감이 일시에 풀리는 모양이었다.

"날이 다 저물어 버렸네요."

"그러게요."

"시은 씨, 저기 봐요."

강준이 시은의 어깨를 톡톡 가볍게 두드렸다. 시은이 고개를 들자 그가 팔을 쭉 뻗어 하늘을 가리켰다. 저 멀리 산 위로 신비로운 빛깔의 붉은 노을이 드리워지고 있었다.

"하늘이 너무 아름답죠?"

감성적인 그의 말에 시은은 고개를 끄덕였을 뿐이었다. 차마 그를 바라보지는 못했다. 아무렇지 않게 행동하고 말하는 강준의 심정이 어떨지 알기에 자신의 마음도 아려 왔기 때문이다.

폭력 앞에 무방비로 노출되었던 응급실의 아이가 그의 어린 시절과 겹쳐져 도저히 참을 수가 없었다. 아버지의 무관심과 외도로 버려진 엄마가 강준을 그렇게 만들었을 것이다. 때리면 때리는 대로 맞아야 했고, 수시로 굶주려야 했으며, 집에서 쫓겨나는 건 일상이었을 터였다. 자신과 닮은 아이를 마주했을 때 그 심정이 어땠을까.

주체할 수 없는 분노와 슬픔을 느꼈겠지. 그러니 저도 모르게 이끌리듯 그들의 뒤를 따라 아이에게로 간 것이겠지.

"아이의 엄마도 아픈 사람이에요. 그녀를 죄인처럼 몰아 붙일 수는 없어요."

무심히 흘려 낸 강준의 말에 시은은 고개를 들었다. 덤덤히 읊조리듯 말하는 그의 얼굴은 무척 평온했다.

"폭력에 길들여진 사람은 스스로 헤어 나올 수가 없어. 여자가 할 수 있는 일은 남편의 비위를 최대한 건드리지 않는 것뿐이야. 그래야 덜 맞으니까, 그래야 제 아들도 자신이 품을 수 있을 테니까."

"강준 씨."

"정말 무책임했다면 아마 아이를 버리고 혼자만 살겠다고 집을 나갔을 거예요. 하지만 그러지 못 했어. 그 여자 얼굴 봤어요? 여기저기 멍들고 찢긴 상처가 수도 없이 많았는데. 목이랑 팔도 그렇고."

"그게 면책의 이유가 될 수는 없죠."

"여자에게 죄를 물을 수 있는 사람은 아무도 없어요. 아마 죽을힘을 다해 여러 번 도움을 요청했을 거예요. 하지만 번번이 묵살되고 또 다른 폭력의 근거가 되었겠죠. 가정사니까, 남편인데 어쩌겠어, 자식 보고 참고 살아야지. 그런 말만 되돌아왔겠죠. 참고, 참다 보니 저 지경이 된 거고. 여자의 잘못이 아니에요. 세상이 그렇게 몰아붙인 거지. 우리라도 여자의 아픔을 이해해 주고 보듬어야 하지 않을까요?"

그의 말속에 담긴 뜻이 또다시 시은의 가슴을 저리게 만들었다.

엄마를 이해해야 해. 엄마도 아픈 사람이니까. 그래도 날 죽이진 않았으니까. 엄마를 용서해야 해.

동의를 구하며 돌아보는 강준의 눈이 너무 맑아 서글퍼질 정도였다. 시은이 그의 곁으로 바짝 다가섰다. 그리곤 팔을 뻗어 그의 머리를 끌어안아 제 가슴에 기대게 했다. 강준의 눈이 멍하니 깜빡거렸다.

"알죠? 울고 싶을 땐 울어야 해요."

"눈물이 말라 버렸나 봐요. 울 수가 없어."

잔잔히 흘려 내는 강준의 말에 시은이 그의 머리를 가만가만 부드럽게 쓰다듬었다. 그러고 보니 그가 인상을 쓰거나 화를 내는 걸 본 적이 없었다. 우는 모습은 더더욱. 그게 당연하다고 생각했고, 그만큼 그에게 무심했다.

늘 웃고 있는 얼굴이 이상하다고 생각하지 못했다. 지금 보니 그게 얼마나 힘든 일인지 알 것 같았다. 자신의 감정을 숨긴 채 어떤 일이든 웃음으로 포장하는 것이. 서강준은 울지 못했다.

"눈물은요, 마르는 게 아니라 스스로 가두는 거예요. 여기 강준 씨 마음 깊숙한 곳에 커다란 돌덩이가 있어 그걸로 꾹

꾹 누르고 있는 거예요. 터지면 멈출 수 없을까 봐."

"가두는 거라……."

"남잔 절대 눈물을 흘리면 안 된다. 뭐 그런 시답잖은 말을 맹목적으로 믿는 건 아니죠?"

"그럴 리가요."

"그럼 울어요. 내가 살짝 눈감아 줄게."

"그랬다가 울보라고 두고두고 놀려 먹으려고요?"

"이런. 들켰네."

"훗. 너무 뻔하지만 속아 넘어가 줄게요."

강준의 말끝이 미세하게 떨려 왔다. 그런 그의 어깨를 다독이며 시은이 작게 속삭였다.

"그래요. 나도 두고두고 놀려 먹을 일 생겨 좋네. 꼭 그렇게 해 줘요."

강준의 낮은 웃음소리가 들렸다. 시은은 그 웃음 속에 깃든 아픔을 알고 있었다. 그는 지금 울고 있었다.

때론 마른 눈물이 더 서글플 수 있다는 걸 처음 느꼈다.

"그 두고두고란 말 책임져요."

고개를 든 강준이 시은과 눈을 마주했다. 그의 입가엔 여전히 미소가 머물러 있었다. 그를 따라 미소를 띠며 시은이 흔쾌히 답했다.

"그러죠. 그럴게요."

"분명히 허락했어요."

그가 그녀의 볼을 한 손으로 감쌌다. 천천히 다가오는 그의 입술을 지그시 응시하던 그녀가 눈꺼풀을 내렸다. 입술 위로 따스한 온기가 번졌다.

chapter 8

안녕하세요,
강멘뜰입니다

"김은경 환자 호흡기내과에 협진 요청해. 심리적인 게 주요인이겠지만 다른 장기에도 영향을 미치고 있는 것 같으니까 검사하고 처방도 받아."

"네, 알겠습니다."

회진 환자에 대한 지시를 내리고 병실을 나오던 재호가 뒤에 선 시은을 힐끔 쳐다봤다. 일주일의 휴가 아닌 휴가를 마치고 복귀한 터라 그녀는 매우 바쁜 상태였다. 원래도 환자들에게만 친절했지만 뭐랄까, 풍기는 분위기가 묘했다.

'뭔가 있네, 있어. 저놈은 제 입으로 말 안 할 거고. 강준이 놈을 족쳐 봐야지.'

재호는 마음이 급해졌다.

"더 전달할 상황 없지? 그럼 회진은 여기서 마치는 걸로."

재호가 서둘러 자리를 뜨자 나머지 의료진들도 각자 자신의 일을 찾아 흩어졌다.

너스 스테이션에서 차트를 정리하는 시은의 곁으로 다가간 은철이 그녀를 야릇하게 쳐다봤다. 뭔가 할 말이 있는 듯 주변을 어슬렁거리는 은철을 쳐다보지도 않고 시은이 말했다.

"뭔데 그래?"

"역시 눈치 하난 백 단이야."

"주절거리지 말고 본론만 말해."

"이상해."

"뭐가."

정리한 차트를 간호사에게 건네고 돌아선 시은이 걸음을 옮기자 은철 역시 따라나서며 그녀를 위아래로 훑어 내렸다. 이만하면 짜증을 내며 걸음을 멈출 만도 한데 시은은 은철을 무시하고 그대로 걷기만 했다.

"이봐, 이봐. 까칠하게 비키라고 쳐 내야 정상인데 그냥 있잖아."

"마조히스트가 취향이면 다른 데서 찾아봐. 난 남 때리고

262

쾌감을 느끼는 부류는 아니니까."

"뭐지, 뭐지. 이 묘한 분위기의 아우라는? 내가 알던 정시은이 아닌 것 같아. 너 쉬는 동안 정신 개조당했냐? 왜 이래, 적응 안 되게."

퍽. 짧고 경쾌한 소리가 들렸다. 이어 시은은 고요해진 복도를 성큼성큼 걸어 환자 휴게실로 향했다. 홀로 남은 은철만 소리도 지르지 못한 채 정강이를 부여잡고 펄쩍펄쩍 뛰고 있었다.

"쯧쯧. 매를 벌어요. 가만히 있으면 중간이나 가지, 왜 성깔을 돋우고 그래."

툭툭. 곁을 지나던 치프 성운이 혀를 차며 차트로 은철의 머리를 쳤다.

"정신 차리고 빨리 상담이나 들어가."

"흑. 네."

벽을 짚고 한참이나 블루스를 추던 은철이 다리를 절뚝거리며 상담실로 향했다.

외래 환자는 1차적으로 간단한 상담을 한 후에 담당이 정해졌다. 은철은 최대한 자연스럽게 걸으려 노력하며 상담실 문을 열고 들어섰다.

아직 상담 시간이 되지도 않았는데 환자가 대기하고 있었다. 거만하게 다리를 꼬고 등받이에 몸을 비스듬히 기댄 남자를 은철이 의아하게 쳐다봤다. 그러다 머리를 긁적이며 자리에 앉아 조심스럽게 입을 열었다.

"저기, 혹시 접수하고 들어오신 겁니까?"

"아, 제가 기다리는 걸 엄청 싫어해서."

남자가 거드름을 피우며 답했다. 히죽 웃는 얼굴이 무척 이나 기분 나빴다.

"접수부터 하셔야 하는데요."

딱딱하게 표정을 바꾸는 은철을 똑바로 응시하며 남자가 주머니에서 뭔가를 꺼냈다. 지갑이었다. 대체 뭘 하려고 그러나 지켜보던 은철의 얼굴이 와락 구겨졌다.

수표 몇 장을 꺼내 책상 위에 올려놓은 남자가 중얼거렸 다.

"담당은 내가 정했으면 하는데, 괜찮죠?"

세상엔 여러 지랄이 있지만 그중 제일은 돈지랄이라고 했 던 치프의 말이 떠올랐다. 이 지랄 맞은 놈의 정체가 대체 뭘 까. 은철은 또 다른 궁금증에 목이 말랐다.

"그게 누군데요?"

남자의 입이 움직였다.

"정시은."

※　　　※　　　※

정신없이 바쁘게 움직이다 보니 어느새 점심시간이 지나가고 있었다. 한숨 돌리며 커피나 한잔 마실까 하다가 배에서 보내는 신호에 시은은 그제야 아직 밥을 먹지 않았다는 걸 깨달았다.

"밥때도 모르고 일만 했네."

끼니를 제대로 못 챙기는 건 일상다반사라 특별할 것도 없었다. 그것을 깨닫고 밥을 먹는 게 전혀 귀찮지 않아졌다는 것이 달라진 점이었지만.

"밥 꼬박꼬박 챙겨 먹어요. 전공의 땐 틈틈이 간식거리라도 먹어 둬야 해요. 안 그럼 당 떨어져서 쓰러질 수도 있어요."

간식거리를 잔뜩 사 온 강준이 한 말을 떠올리며 시은은 주머니를 뒤적였다. 아침에 나오면서 손에 잡히는 대로 주머니에 넣어 두었던 캐러멜 하나가 잡혔다. 입에 넣자 달콤함이 입안 가득 번졌다. 더불어 입가에 부드러운 미소가 머금어졌다.

"허억!"

순간 놀라서 숨을 삼키는 소리가 들려와 시은이 고개를 돌렸다. 진우가 뭔가 끔찍한 것을 본 것처럼 벽에 달라붙어 눈을 부릅뜨고 있었다.

"왜 그래?"

"저, 정 선배님?"

"말은 또 왜 더듬어?"

"혹시 어제 뭐 잘못 드셨습니까?"

"아니, 아주 잘 먹었는데."

눈앞의 광경을 믿지 못하겠다는 듯 진우가 도리질하며 중얼거렸다.

"어제 분명히 이상한 걸 드셨을 겁니다. 그렇지 않고선 그런 표정이 절대 나올 수 없습니다."

"내 표정이 어떤데?"

유리창에 비친 제 모습을 이리저리 살피며 시은이 물었다. 진우가 바짝 곁으로 다가와 조목조목 그녀의 얼굴 변화를 지목했다.

"보세요. 늘 굳어 있던 눈썹이 유순해졌잖아요. 환자를 보며 웃을 때도 이렇게 눈꼬리가 휘진 않았다고요. 밀랍 인형을 연상시키는 백지장 같던 피부색이 오늘은 믿을 수 없게도 분홍빛을 띠고 있어요! 게다가 이, 이, 입술! 달콤하게 미소까지 머금은 이 입술이 정말 선배의 것이 맞는지 의심스럽다고요. 이런 미소를 병원 복도에서 볼 줄이야! '특종! 믿기 힘든 놀라운 세상'에 제보할 만한 일이라고요, 이건."

열변을 토하며 대놓고 얼굴을 분석하는 진우를 그녀가 빤히 바라봤다. 시선이 마주치자 진우가 움찔하며 한 걸음 뒤로 물러섰다.

어쩌자고 그런 말을 생각 없이 내뱉었을까. 너무 놀라서 이성을 잃고 말았다. 감히 하늘 같은 선배의 얼굴에 손가락질까지 해 가며 너 예전에 표정 정말 별로였다고 대놓고 말한 꼴이 된 것이다.

쩝쩝쩝. 시은이 캐러멜을 씹어 삼키는 소리가 섬뜩하게 들렸다. 점점 녹아드는 캐러멜에 동화되어 움츠러드는 진우의 어깨 위로 시은이 떡하니 손을 올렸다. 진우가 화들짝 놀라 마른침을 삼켰다.

그녀는 아무런 말없이 주머니를 뒤적였다. 뭔가를 잡아 꺼낸 그녀의 손이 불쑥 면전으로 다가오자 진우가 저도 모르게 팔로 얼굴을 막고 질끈 눈을 감았다.

"당 떨어지면 환시가 보일 수도 있으니까 너도 잘 챙겨 먹어."

진우의 손을 잡아 그 위에 사탕을 올린 시은이 주먹을 꼭 쥐어 주었다.

"난 밥 먹으러 간다."

멀어지는 발소리를 들으며 진우가 눈을 찔끔 떴다. 덜덜 떨리는 손을 펼치자 사탕이 다소곳하게 나타났다. 어쩐지 사약 한 사발을 원샷한 후에 입가심으로 먹어야 할 것 같은 기분이 들었다.

구내식당으로 내려가 주문대 앞에 서서 메뉴판을 훑던 시은의 곁으로 누군가가 다가왔다. 인기척에도 그녀는 아무런 관심을 보이지 않고 메뉴판만 주시했다. 검지로 입술을 가볍게 두드리며 무엇을 먹을까 고민하던 시은의 귓가로 익숙한 목소리가 들려왔다.

"설렁탕 어때요? 점심엔 고기지. 그게 진리야."

고개를 돌린 순간 바로 곁에서 속삭이던 강준의 입술과 부딪힐 뻔했다. 강준이 알아서 살짝 뒤로 빠져 주지 않았다면 그랬을 것이다.

"강준 씨?"

"네."

강준이 곁에 있다는 게 믿기지 않았다. 지금 시간이면 그는 병원에 있어야 했다. 갑자기 여긴 어떻게 온 것이고, 자신이 식당에 있다는 건 또 어떻게 알았는지 궁금했다.

"여긴 어떻게 온 거예요?"

"몰랐어요? 나 마술 부리는 거?"

능청스럽게 대구하는 강준을 시은이 얄밉게 흘겼다. 그런 그녀의 모습에 강준이 유쾌하게 웃었다.

"정말 순간 이동으로 온 거라니까? 못 믿어요? 그럼 다시 갔다 올까요?"

"농담하지 말고요."

"오후에 위문 공연하기로 해서 오전 진료만 하고 왔어요."

"아, 마술 공연이요?"

"네. 보러 올 거죠?"

"시간 맞으면요."

주문대로 걸어가 설렁탕 두 그릇을 주문하며 시은이 건성으로 답했다. 지갑을 꺼내려는 그녀를 만류하며 강준이 제 카드를 직원에게 건넸다.

"뭐예요?"

"몰라 물어요?"

"네, 몰라서 물어요."

항상 이런 식으로 되물을 땐 꼭 닭살 돋는 멘트가 뒤따랐다.

알면서 모르는 척 시치미를 떼는 시은을 귀엽게 바라보며 강준이 그녀의 귓가로 입술을 내렸다. 그리곤 그녀만 들을 수 있게 작은 목소리로 속삭였다.

"내 여자 살찌우려고."

"살을 왜 찌워요?"

계산을 마친 직원이 카드와 계산서를 들고 둘을 묘한 눈으로 쳐다봤다. 강준이 그것들을 받아 챙기며 시은의 손을 덥석 잡아 이끌었다.

창구에서 받아 든 설렁탕 두 개를 빈자리에 내려놓은 그가 시은이 앉을 수 있도록 의자를 빼 주었다.

답을 하지 않고 은근슬쩍 넘어가려는 강준을 빤히 보던 시은이 후후 바람을 불어 식힌 설렁탕을 막 입에 넣었을 때였다.

"그래야 당당하게 잡아먹지."

"풉!"

"에이, 다 튀었네. 그렇게 빨리 안 잡아먹을 테니까 천천히 먹어요."

입 밖으로 튄 국물의 잔해를 티슈로 닦아 주는 강준을 시은이 기가 막히다는 듯 쳐다봤다. 그의 손끝이 그녀의 입술을 부드럽게 쓸고 지나갔다.

"이러니까 내가 왔지. 손이 많이 가는 애인이라니까."

능청스런 강준의 말에 시은이 다시 숟가락을 놀리며 투박하게 받아쳤다.

"누가 누구 애인이래? 혼자 북 치고 장구 치고, 아주 다 하고 있어."

"후회할 말 하지 말죠?"

"누가 후회해요?"

"할 텐데. 동의하에 키스까지 했으면 사귀는 거고, 그럼 애인이지. 아닌가? 인정하죠?"

"키스했다고 다 사귀면 필주는 애인이 아주 넘쳐 나겠네."

"필주요?"

"동기예요. 날마다 썸에 열중하는."

"그래서 인정 안 하시겠다?"

강준이 숟가락을 탁 소리 나게 테이블 위에 내려놓았다. 그러나 시은은 그를 무시하며 깍두기 국물을 설렁탕에 넣었다. 숟가락으로 휘휘 휘저어 국물을 섞는 그녀의 손을 바라보며 강준이 씨익 웃었다.

힐끔 시선을 들어 그를 살피던 시은의 손이 멈췄다. 뭐지? 저 태연한 얼굴은.

"내 동기들이 날 뭐라고 부르는지 알아요?"

갑자기 그가 뜬금없는 말을 꺼냈다. 시은이 어깨를 으쓱하며 관심 없다는 듯 시선을 거두자 강준이 불쑥 손을 뻗어 그녀의 턱을 들어 올렸다.

미간을 찌푸린 시은이 뭐하는 짓이냐는 듯 쳐다보자 강준이 입을 열었다.

"강멘돌."

"강멘돌?"

"'강준'의 '강'과 멘탈 또라이를 줄여서 강멘돌."

시은이 의아한 시선으로 강준을 응시하자 그가 그녀 쪽으로 상체를 기울였다.

"가끔가다 정신 나간 짓을 잘하거든요. 이렇게."

그가 그녀의 입술을 서슴없이 머금었다. 그것도 꽤 강렬하게. 의자를 끄는 소리가 주변의 시선을 끌어모았다. 구내식당 한가운데서 키스를 하는 것만으로도 깜짝 놀랄 일인데, 그 대상을 확인한 사람들은 믿지 못하겠다는 듯 더욱 눈을 부릅떴다.

안드로이드 로봇이라고 믿어 의심치 않았던 천하의 정시은이 낯선 남자와 키스를 했다.

툭. 시은의 손에서 숟가락이 떨어졌다. 입술을 열고 안으로 스며든 강준의 혀가 그녀의 입속을 세밀히 탐했다. 시은은 숨이 턱에 차오를 때까지 이어진 키스를 말릴 생각도, 멈추려는 시도도 하지 못했다.

"하아."

강준이 만든 작은 틈으로 그녀가 거친 숨을 몰아쉬었다. 그녀의 입술에 제 입술을 겹친 채 강준이 속삭였다.

"인정하죠? 아니면 이대로 안고 영화 한 편 찍으며 퇴장할 수도 있는데. 내 집, 내 방, 내 침대로."

"……미쳤어요?"

"응, 미쳤어요. 사랑에 완전히 미쳐 버렸어. 내가 지금 정

시은한테 푹 빠졌거든."

말을 끝맺기 무섭게 강준이 시은의 입술을 혀로 핥았다. 시은이 움찔하며 작게 동요하자 제 앞에 놓인 식판을 옆으로 밀어내며 그가 은밀하게 중얼거렸다.

"어쩔래요? 설렁탕 대신 내 허기 채워 줄래요?"

살짝 물러나 자신을 바라보는 강준을 마주하며 시은은 저도 모르게 마른침을 꿀꺽 삼켰다. 몰랐다. 강준에게 이런 저돌적인 모습이 있을 줄은.

멍하니 눈만 깜빡이는 시은의 머리를 부드럽게 헝클며 강준이 싱긋 웃었다.

"인정?"

"인정."

얼떨결에 답한 시은의 볼에 가볍게 입을 맞춘 강준은 다시 자리에 앉아 시은의 손에 숟가락을 들려 주었다.

"우리 애인, 밥 많이 먹어요."

"……."

"그래야 내가 나중에 뿌듯하게 잡아먹지."

한쪽 턱을 괸 채 대놓고 바라보는 강준의 뜨거운 시선을 차마 마주 보지 못하고 시은은 고개를 숙였다. 양 볼이 붉게 달아올라 갔다.

여기서 왜 쳐다보느냐 한마디를 덧붙이면 내 거 내가 보는

데 왜 그러냐는 말을 할 것 같아 시은은 꾹 눌러 참았다.

그냥 조용히 식사를 마치고 나가는 게 최선일 것 같았다. 다시 강멘똘이 등장하기 전에.

※   ※   ※

예정된 강준의 공연은 3시였다. 다소 센세이션한 식사를 마치고 그녀를 배웅한 강준은 한 시간 정도 여유가 생기자 내키진 않지만 재호의 연구실을 찾았다.

재호가 아침 일찍부터 전화를 해 느닷없이 공연을 해 달라고 사람을 쪼아 댄 데에는 그만한 이유가 있었다.

"꼬셨냐? 꼬셨어?"

자리에 앉기 무섭게 재호가 강준을 몰아붙였다. 자신을 향해 바짝 기울어진 재호의 얼굴이 부담스러워 강준은 멀찍이 상체를 물리며 미간을 살짝 찌푸렸다.

"난 남자랑 얼굴 가까이 하고 싶지 않은데요."

"야, 내가 얼마나 궁금하면 이러겠냐. 답답해서 미치겠다. 얼른 경과부터 보고해 봐, 빨리."

입이 마르는지 재호가 침을 꿀꺽 삼키며 눈을 반짝거렸다. 기대에 가득 찬 그의 눈을 마주한 강준이 피식 웃었다.

둘의 만남을 가장 많이 고대한 사람이 바로 재호였다. 상담이라는 핑계로 다리까지 놓아 줬는데 고마워서라도 어떻게 된 건지 정도는 알려 줘야 될 것 같았다.

강준이 재호의 어깨를 슬쩍 밀며 일정한 거리를 두었다. 그렇다고 쉽게 알려 주면 재미없지.

"뻔히 알면서 뭘 물어요."

"장본인들이 말을 안 하는데 내가 독심술사도 아니고 어떻게 그 속을 알아."

투덜거리는 재호의 얼굴에 웃음기가 묻어났다. 덩달아 강준의 입가에도 행복한 미소가 번졌다.

"꼬신 건 아니고."

"못 꼬셨어? 거참, 희한하네. 분명히 시은이 분위기가 평소 때랑 좀 달라진 것 같았는데."

실망한 듯 불퉁해진 얼굴로 재호가 고개를 갸웃했다. 그런 그를 느긋이 바라보며 강준이 낮은 한숨을 푹 내쉬었다. 그리곤 일부러 분위기를 무겁게 잡고 상심한 표정으로 소파에 몸을 축 늘어뜨렸다.

촉이 잘못 발동된 건가? 이거 괜히 혼자 설레발치다 애먼 사람 속만 뒤집은 건 아닌지 모르겠네.

은근히 걱정스런 마음으로 재호가 강준의 눈치를 살폈다. 좀체 자신의 감정을 겉으로 드러내는 일이 없는 강준이 허무함에 젖은 얼굴로 힘없이 처져 있었다.

역시 무리였던 건가.

"저기, 강준아."

"당했어."

"어?"

"내가 꼬심을 당했다고요."

물끄러미 천장을 응시한 채 강준이 허탈한 목소리로 말했다. 재호는 눈을 말똥거리며 강준의 말을 되새김질했다.

꼬신 게 아니라 꼬심을 당했단다. 그게 무슨 뜻이지?

강준이 살그머니 고개를 들어 재호를 의미심장하게 바라봤다. 그 눈빛을 물끄러미 응시하던 재호의 눈썹이 꿈틀거렸다.

"너 혹시."

"빙고. 여기에 제대로 박혀 버렸어요, 정시은이."

자세를 바로잡으며 강준이 제 왼쪽 가슴을 손바닥으로 꾹 눌렀다. 장난스런 얼굴과 가슴을 번갈아 쳐다보던 재호가 입을 씰룩이며 냅다 그의 뒤통수를 후려쳤다.

"이게 어디서 능글맞게 장난질이야."

"아야. 때리지 마요. 확 일러 버린다."

"뭐?"

"나도 이제 보호자 있거든요?"

"보호자?"

"평생 보호받고 보호해 주고 싶은 사람이 생겼다고요."

뒷머리를 문지르며 은근히 자랑하는 강준을 재호가 게슴 츠레한 시선으로 흘겼다. 속은 것이 억울했던지 재호가 또 한 번 강준의 뒤통수로 손을 날렸다.

"일러라, 일러. 내가 그 보호자 상관이다, 이놈아. 잘 봐 달라고 아부를 해도 모자랄 판에 어디서 깐죽거려."

"아차차. 그러네. 우리 애인 상관이었네, 형이."

웃음기 가득한 강준의 말에 재호가 멈칫했다. 썸을 타는 줄 알았더니 한술 더 떠 우리 애인이란다. 저놈 입에서 그런 말을 들을 날이 오리라곤 생각도 못 했다. 절로 헛웃음이 터 져 나왔다. 망할 자식.

불만 가득한 재호의 손을 강준이 부드럽게 잡았다. 그것 으로도 모자라 팔을 끌어안고 볼을 비비적거리며 아양을 떨 었다. 예전이라면 죽었다 깨어나도 절대 하지 않았을 짓이 었다.

"존경하는 교수님, 우리 시은이 잘 좀 봐주세요."

"뭐, 뭐야. 너 왜 이래. 떨어져, 떨어져."

"아잉. 아부 좀 떨라면서요. 이런 거 좋아하잖아. 혀엉."

"아우, 미치겠다. 나 지금 진심으로 소름 돋았거든. 빨리 안 떨어지면 시은이 괴롭힐 거다."

말이 떨어지기 무섭게 언제 그랬느냐는 듯 강준이 시치미를 뚝 떼고 몸을 뒤로 물렸다. 그리곤 평소의 지적인 얼굴로 돌아가 천연덕스럽게 말했다.

"차는 안 줘요? 나 조금 이따가 재능 봉사하러 가야 하는데."

"준다, 줘. 안 줬다가 무슨 봉변을 당하려고."

강준은 진저리를 치며 자리에서 일어나 커피포트에 물을 받는 재호를 따스하게 지켜보았다. 등을 돌린 재호에게서 기분 좋은 콧노래가 흘러나왔다.

어쩌면 정말 올해가 가기 전에 국수를 쌍으로 얻어먹을 수 있지 않을까. 재호는 그렇게 되기를 바라며 사랑을 가득 담아 티백을 컵에 넣고 물을 부었다.

※   ※   ※

"시은아."

환자들과 단체 심리 치료를 마치고 나오는 시은을 은철이 불렀다. 시은은 사뭇 진지한 표정으로 제게 손짓하는 은철을 경계심 가득한 눈으로 응시했다.

또 무슨 얘기를 듣고 저런 얼굴로 달려와 상담실 문 앞에서 자신을 기다린 걸까. 식당에서의 일이 떠올라 시은은 지레짐작으로 은철이 자신을 놀리려 한다고 생각했다.

"왜."

그에게 가까이 다가가지 않고 주머니에 두 손을 찔러 넣으며 시은이 도도하게 턱을 치켜들었다. 헛소리는 아예 꺼내지도 말라는 강력한 경고의 메시지를 담아 은철을 시리게 노려보았다.

잘근 아랫입술을 깨문 은철이 눈치를 살피며 뒷머리를 긁적였다. 머뭇머뭇거리며 쉽사리 말을 꺼내지 못하는 그가 이상해 시은이 고개를 모로 기울였다.

"저기 그게…… 너 혹시 어디 빚진 거 있냐?"

"빚?"

"사채라든가 뭐 그런 거 있잖아."

"미쳤어?"

"그렇지? 아니지?"

차게 쏘아붙이는 시은의 말에 그제야 안도의 한숨을 내쉰 은철이 긴장을 풀고 배시시 웃었다. 시은이 그의 곁으로 다가서며 고개를 절레절레 흔들었다.

"아침에도 이상한 소리를 하더니, 컨디션 난조야? 오늘 왜 이래?"

"아니, 그게 아니라. 오전 외래 상담에서 이상한 남자를 만나서 말이야."

"그래서. 그 이상한 남자랑 내가 무슨 상관관계라도 있다는 거야?"

"그러니까. 내가 그게 궁금하단 말이지."

"뭐?"

나란히 복도를 걸으며 주절거리는 은철의 말에 시은이 의아하다는 듯 미간을 좁혔다. 아무리 생각해도 뉘앙스가 이상했다. 시은이 걸음을 멈추고 그를 돌아봤다.

"무슨 말이야?"

"들어 봐 봐. 상담 시간도 되지 않았는데 환자 하나가 상담실에 떡하니 자리를 잡고 있는 거야. 그것도 아주 거만하게."

"그래서?"

"그래서 내가 접수는 했느냐고 물었지."

"그런데?"

이야기가 진행될수록 뭔가 기분이 이상했다. 어쩐지 들어선 안 되는, 듣고 싶지 않은 이야기를 들을 것 같아 꺼림칙했다. 그럼에도 시은은 은철의 이야기에 집중했다.

언제든 벌어질 일은 벌어지고 만다. 지금 듣기 싫어 거부한다 해도 그 일이 사라지는 건 아니었다. 은철의 말속에 거론된 그 환자가 정말 자신과 관련되어 있음을 시은은 직감했다.

"다짜고짜 수표를 딱!"

"수표?"

"이런 게 갑질이구나 싶더라고. 그러면서 '담당은 내가 정했으면 하는데, 괜찮죠?' 하는데 와아, 진심으로 속에서 울컥하고 화가 치미는 거 있지?"

호들갑스럽게 동작까지 겸하며 말하는 은철에 반해 시은은 차분했다.

"그 담당으로 지목한 사람이 나야?"

"어."

누군지 알 것 같았다. 저렇게 안하무인으로 몰아붙일 인간은 하늘밖에 없었다. 이젠 놀랍지도 않았다. 그냥 또 엉뚱한 곳에서 삽질을 시작했구나, 하는 정도였다.

낮은 한숨을 푹 내쉰 시은은 혹시 짐작 가는 사람이라도 있느냐고 묻는 듯한 은철의 눈빛에 무심하게 고개를 끄덕였다.

"그런 돌아이를 하나 알고 있긴 해. 그래서 어떻게 됐어?"

"감이 딱 오더라고. 이놈 뭔가 꿍꿍이가 있구나. 제대로 접수하고 절차 밟아서 소견 나오면 그에 맞는 담당자가 정해지는 거라고 딱 잘라 말했지."

"웬일이야? 이렇게 똑똑하고 냉철한 은철인 처음 보는데?"

"나도 나한테 이런 면이 있다는 걸 이번에 처음 알았다.

그 환자 돌려보내면서 얼마나 간이 졸았는지. 나 진짜 힘들었다."

"그래, 기왕 이렇게 된 거 그 새로운 면을 조금 더 열심히 키워 보자. 멍청이 소리 안 듣게."

칭찬 좀 해 달라고 조르는 애같이 은철은 이마의 땀을 닦는 시늉을 했다. 그런 은철의 어깨를 시은이 톡톡 가볍게 두드렸다. 칭찬은 고래도 춤추게 한다는데 덩치 비슷한 그도 그렇지 않을까 하면서.

"그럼 수고."

뿌듯함에 젖어 있던 은철이 걸음을 옮기는 시은을 멀뚱히 돌아봤다.

"어디 가?"

"기분 전환하러."

"같이 가자. 나도 커피나 한잔해야겠다."

"커피 안 마실 건데."

"뭐야. 그럼 산책?"

어깨를 으쓱하며 입 끝을 부드럽게 말아 올리는 시은을 은철이 묘한 시선으로 쳐다봤다. 아무리 봐도 저 얼굴은 적응이 되질 않았다. 의도성 없는 순수한 웃음이라니. 그녀와 정말 어울리지 않는 것이었다.

은철이 진저리를 치며 말했다.

"안 어울리게 웬 감성 소녀 콘셉트?"

"누가 산책한대?"

"기분 전환한다며."

"있어. 보기만 해도 기분 좋아지는, 살아 있는 엔도르핀."

"살아 있는 엔도르핀? 그거 나잖아."

당연하다는 듯 자신을 손가락으로 가리키는 은철을 무시하고 시은은 곧장 로비로 향했다.

로비 한쪽에 마련된 작은 홀 무대 위에 그녀만의 엔도르핀이 공연을 펼치고 있었다. 사람들에게 행복 바이러스를 마구 퍼트리면서.

로비는 이미 많은 사람들로 북적거렸다. 자리를 잡고 앉은 사람들 외에도 오다가다 멈춰 구경하는 사람들까지. 모두가 강준의 마술을 보며 즐거워했다.

그 무리의 뒤편에서 무대 위 강준을 바라보는 시은의 곁으로 은철이 따라붙었다.

"아, 오늘 마술 공연 있다고 했지. 너 마술 좋아했어?"

"아니."

"아니야? 그런데 왜 기분 전환을 여기서 해?"

궁금증을 해결하기 위해 시은을 따라온 은철이 도통 모르겠다는 얼굴로 그녀를 바라봤다. 시은이 턱으로 무대를 가리키자 은철도 따라 무대 위 마술사를 봤다.

얼굴이 눈에 익었다. 저번에도 마술 공연을 했던 사람이라 그런가 보다 생각했다. 한 번 보면 잊을 수 없을 만큼 마술사의 얼굴이 출중하긴 했지만.

평소 남자에 대해 아무런 관심도 없던 시은이었다. 그녀에겐 여자나 남자나 다 동등한 존재일 뿐이었다. 그래서 그녀가 마술사를 좋아할 거라고는 생각하지 못했다.

"저 남자야. 내 엔도르핀."

"······뭐?"

자신이 뭔가 잘못 들었다고 생각한 은철은 귀를 휘적거리고 다시 물었다.

"너 방금 뭐라고 했냐?"

"서강준. 무대 위 마술사가 바로 내 남자라고."

휘청. 순간 다리에 힘이 빠지는 것을 느꼈다. 놀라 커진 눈으로 시은을 쳐다보던 은철이 뻣뻣하게 고개를 돌려 무대 위의 남자를 봤다.

그의 시선이 곧장 시은에게 닿아 있었다. 그녀와 자신이 나타났을 때 남자가 시은에게 시선을 고정하며 환하게 웃은 건 우연이라고 여겼는데 아니었나 보다.

"저 사람이 네······ 뭐라고?"

"내 남자."

한 치의 망설임 없이 답하는 시은을 은철이 튀어나올 듯

한 눈으로 바라봤다. 특종 중의 특종이었다. 정시은이 어떤 남자를 가리켜 내 남자라고 했다. 눈에 하트까지 그려 가며.

쉽게 믿기지 않는 사실에 은철이 재차 확인했다.

"혹시 말이야. 너 이거 스타를 향한 동경, 뭐 그런 거랑 일맥상통하는 거냐?"

"아니. 쌍방 합의하에 연애 중이시다."

"와아!"

한 번 더 은철의 몸이 휘청거렸다. 재빨리 정신을 수습한 그가 발에 모터를 단 것처럼 단숨에 에스컬레이터로 달려갔다.

그런 은철을 돌아보지도 않고 시은은 피식 웃었다. 이미 병원 안에 둘에 대한 소문은 퍼질 대로 퍼져 있을 것이다. 구내식당에서 그런 행각을 벌였으니 그녀를 모르는 사람도 누가 누구랑 뭘 했다더라는 말은 전해 들었으리라.

뒷북치다 3연타 충격에 정신 못 차릴 은철의 모습이 눈에 선했다.

"웃는 얼굴 오랜만이다?"

어깨 위로 툭 내려앉는 손과, 귀로 스며드는 목소리에 시은의 가슴이 선득해졌다. 거칠게 제 어깨 위에 올려진 손을 쳐 냈다. 시리게 돌아보는 시은의 눈빛에도 하늘은 아무렇지 않다는 듯 비식거렸다.

"안 반가워? 난 엄청 반가운데. 너 찾느라 병원을 온통 뒤지고 다녔거든. 무슨 인간들이 융통성이 없어. 너 하나만 데려오면 두둑하게 챙겨 준다는데 죄다 모르쇠로 일관하고 지랄이더라고."

웃는 낯으로 저질스럽게 말하는 하늘을 시은은 무미건조하게 쳐다봤다. 그동안 마주치고 싶지 않아 피해 왔었다. 하지만 하늘이 그대로 포기하고 물러나지 않을 것은 알고 있었다.

그럴 거였으면 하열이 죽었을 때 이 끈질긴 악연은 끝이 났을 거다. 적어도 정신이 똑바로 박힌 인간이라면 그랬을 것이다. 이젠 정말 진절머리가 났다.

"네가 제대로 된 인간이었다면 성심껏 알려 줬겠지."

"무슨 뜻이야?"

"딱 봐도 미친놈이다 싶으니까 다들 경계하는 거야. 그것도 모르니?"

"하아. 이건 또 무슨 개떡 같은 소릴까? 내가 왜 미쳐!"

시은은 눈을 희번덕거리며 광기를 담아 저를 노려보는 하늘을 덤덤히 마주했다. 이 정도의 광기는 아무것도 아니었다. 그동안 흉기를 들고 설치는 환자를 무수히 많이 봐 왔기에 으박지르고 협박하는 건 애교로 봐줄 만큼 우스웠다.

눈 하나 깜빡하지 않고 자신을 도도하게 쳐다보는 시은의 모습에 하늘이 순식간에 표정을 바꾸고 씨익 웃었다. 손을 들어 머리를 쓸어 넘긴 하늘이 비열한 웃음을 머금은 채 고개를 끄덕였다.

"미치긴 했지. 내가 너한테."

"아아, 이런 거구나."

뭔가를 깨달은 듯한 시은의 말에 하늘이 기분 나쁘다는 듯 표정을 굳혔다.

"똑같은 말을 해도 사람에 따라 완전히 느낌이 달라."

"뭐?"

"그 사람이 말하는 건 달콤한데 네가 말하는 건 끔찍해."

"……뭐라는 거야."

한껏 찌푸린 얼굴로 시은을 노려보던 하늘이 불쑥 손을 뻗었다. 시은의 어깨라도 잡아 흔들려던 모양인데 그럴 수 없었다.

갑자기 눈앞에 나타난 손바닥에 하늘이 멈칫했다. 커다란 손과 적당히 힘줄이 돋은 팔뚝. 가볍게 걷어 올린 셔츠와 재킷의 소매가 차례로 시야에 들어왔다. 하늘이 험악하게 인상을 구기며 손의 주인을 노려보았다.

"뭐야, 당신."

답 대신 하늘의 눈앞에 펼쳐졌던 손이 모아졌다. 그 손엔 어느샌가 카드가 들려 있었다. 촤라락. 카드가 춤을 추며 허공으로 날아올랐다. 시야를 어지럽히며 끝없이 날아오르던 카드가 사라지자 손가락이 부딪히는 경쾌한 소리가 들렸다. 딱.

명함 하나가 눈앞에 들이밀어지자 하늘이 짜증스레 그것을 낚아챘다.

우리 그냥 사랑하게 해 주세요.

명함의 글귀를 확인한 시은이 쿡 하고 낮은 웃음을 터트렸다. 저런 건 또 언제 만들었는지, 참 대단하다 싶었다.

찰나의 순간, 하늘의 시야를 가림과 동시에 강준이 시은의 허리를 끌어당겨 제 품에 꼭 껴안았다.

강준의 움직임을 따라 마술을 구경하던 사람들의 시선도 옮겨졌다. 그리고 그가 하는 행동 하나하나에 놀라워하며 감탄을 터트렸다. 마술 공연이 계속 이어지고 있다고 생각하는 모양이었다.

강준은 그의 얼굴을 기억하고 있었다. 시은이 끔찍하게 싫어했던 선 자리에서 본 남자였다. 그것이 아니더라도 둘이 오래전부터 알고 지내던 사이라는 건 분위기로 짐작할 수 있었다.

좋지 않은 인연. 어떤 식으로든 악연은 길게 이어져선 안 되는 거였다.

시은은 믿음직스러운 강준의 품에 안겨 편안한 안식을 느꼈다.

"미친 새끼."

그런 시은의 모습에 화가 치민 하늘이 이를 뿌드득 갈며 명함을 구겨 바닥에 패대기쳤다. 죽일 듯 사납게 노려보는 하늘의 눈빛을 능글맞게 받아 내며 강준이 눈을 반짝였다. 그리곤 정말 놀랍다는 듯 살짝 톤이 올라간 목소리로 말했다.

"와우! 그걸 어떻게 알았지?"

"뭐야?"

"내가 제대로 미친 새낀 거 아는 사람 많지 않은데. 촉이 좋네."

"야, 너 뭐야!"

버럭 소리를 지르는 하늘을 깔끔히 무시한 강준은 두 손으로 시은의 볼을 감싸 저를 보도록 고개를 들어 올렸다. 눈을 맞추고 감미로운 미소를 지어 보인 강준이 다정하게 물었다.

"자기도 인정하지?"

"네?"

"나 멘뽈인 거."

"아아."

"내 신조가 뭐?"

"받은 대로 갚아 주기?"

척하면 척. 알콩달콩 주고받는 둘의 대화가 하늘의 속을 뒤틀어지게 하고 눈이 돌아가게 만들었다.

정시은은 자신의 여자였다. 자신의 형도 그녀를 사랑한 죄로 죽었다. 그녀의 곁엔 오로지 자신만 있어야 했다. 자신 이외의 남자는 절대 있을 수 없었다.

"너!"

강준을 향해 소리치며 다가서던 하늘이 몸을 뒤로 휘청하며 멈춰 섰다. 하늘의 얼굴에 강준의 커다란 손바닥이 제대로 적중했다. 강준은 얼른 손을 거두며 미안한 투로 말했다.

"이런. 입만 막으려던 건데, 실수."

입을 막으려면 검지 하나만 세우면 되는 일이었다. 애초에 험악하게 달려드는 하늘을 저지할 목적으로 손을 뻗은 게 분명했다. 하지만 전혀 그럴 의도가 아니었다며 손을 흔드는 강준의 능청스러움에 시은은 살그머니 입술을 깨물었다.

"이 새끼가 죽으려고 환장을 했나."

화가 머리끝까지 치민 하늘이 눈을 부라리며 주먹을 움켜쥐었다. 강준은 시은을 제 뒤로 감추며 재킷 안주머니에 손을 집어넣었다. 그러자 하늘이 움찔하며 저도 모르게 주춤 거렸다.

다른 남자들처럼 내 여자 건드리지 마라고 실드를 치며 으름장을 놓는 것도 아니었고, 폼을 잡으며 주먹을 휘두르는 것도 아니었다. 그런데도 실실 웃으며 능글맞게 대처하는 강준을 하늘은 쉽게 건드리지 못했다.

품에서 뭔가를 꺼낸 강준이 허공으로 손을 펼쳤다.

푸드득. 작은 날갯소리가 들린다 싶던 순간, 뭔가가 하늘의 머리 위로 뚝 떨어졌다. 따뜻하고 물컹이는 것이 기분이 썩 좋지 않았다.

한껏 일그러진 얼굴로 머리 위를 더듬자 이상한 것이 만져졌다. 손을 눈앞으로 내린 그가 신음을 흘렸다.

기분 나쁘게 물컹이는 하얗고 까만 이것은 분명 새의 변이었다. 부들거리는 하늘의 손을 태평하게 바라보며 강준이 제 입에 손을 가져다 댔다. 그러고는 이럴 줄 몰랐다는 듯 너스레를 떨었다.

"아이쿠, 이런. 제 새가 머리 위에 그만 실례를 했네요. 죄송합니다."

하나도 죄송하지 않은 얼굴로 말하는 강준을 하늘이 매섭게 노려봤다. 더러운 걸 끔찍하게 싫어하는 하늘이었다. 누군가가 제 몸에 손을 대는 것조차도 용납하지 못했다. 그런 그의 머리에 새가 똥을 쌌으니 도저히 참고 견딜 수가 없을 것이다.

파르르 경련을 일으키던 하늘이 주먹을 휘둘렀다. 하지만 강준은 동요 없이 낮게 휘파람을 불었다. 다시 날갯소리가 들리자 하늘의 몸이 반사적으로 굳었다. 이번에는 머리 위에 새가 내려앉았다.

"에헤이, 크레이지 버드. 너 아직도 착지 지점을 못 찾은 거야?"

제 머리카락에 부리를 비벼 대는 새를 향해 하늘이 얼음처럼 굳은 상태로 눈동자를 굴렸다. 강준이 그런 하늘의 머리 쪽으로 우아하게 손을 뻗었다.

"이리 온. 너 같은 고품격 새는 그런 똥 밭에서 놀면 안 돼. 지지야, 지지."

고개를 갸웃거리던 새가 작은 날갯짓을 하며 날아올랐다. 다시 강준의 손에 다소곳이 안착한 새를 시은이 신기한 듯 올려다봤다. 색이 예쁜 자그마한 새였다. 강준이 그녀의 손을 잡아 검지 위에 사뿐히 새를 올려 주었다.

"잘 데리고 있어요. 우리 아기, 많이 놀란 거 같으니까."

"네."

다정한 미소를 지어 보이곤 강준이 돌아섰다. 그리곤 경직된 채 어쩔 줄 몰라 하며 서 있는 하늘에게 정중히 손을 내밀었다.

"안녕하세요, 강멘똘입니다."

그의 상큼한 인사말에 하늘의 눈가가 부들거렸다. 주먹을 꽉 움켜쥔 채 싸늘하게 몸을 돌린 하늘이 이를 갈며 성큼성큼 로비를 가로질렀다.

하늘이 곧장 그의 집 욕실로 향할 거라 강준은 믿어 의심치 않았다. 저런 인사가 대중탕을 이용할 리 없고, 타인의 시선을 받으며 화장실에서 씻을 것 같지도 않았다.

그래, 될 수 있으면 멀리멀리 시야에서 좀 사라져 주라. 우리 시은 씨 괴롭지 않게.

시야에서 사라지는 하늘을 끝까지 주시하던 강준이 낮게 한숨을 내쉬며 시은에게로 시선을 옮겼다. 눈앞에서 벌어진 일에는 전혀 관심이 없다는 듯 시은은 신기하다는 눈빛으로 새를 이리저리 관찰하고 있었다. 손가락을 작은 발로 꽉 잡고 평온하게 깃털을 정리하는 새가 꼭 천하태평인 서강준을 똑 닮은 것 같았다.

"귀엽다."

"조심해요. 가끔 성질도 부리니까."

"꼭 누구처럼요?"

시은이 시선을 들어 강준을 응시했다. 그러자 그가 살짝 입술을 깨물었다 놓으며 눈을 찡긋했다.

"앵그리하다가 크레이지하기도 하지만 좋아하는 사람 앞에선 무장해제. 한없이 달콤해지죠. 꼭 나처럼."

시은은 천연덕스럽게 자신을 어필하는 강준을 믿지 않다는 듯이 흘겼다. 강준은 시은의 손 위에 있던 새를 제 커다란 손으로 감쌌다. 그러자 감쪽같이 새가 사라졌다.

놀란 시은이 눈을 동그랗게 뜨고 그를 올려다봤다. 강준이 입꼬리를 부드럽게 말아 올리며 손을 펼쳤다.

새의 빛깔을 그대로 옮겨 놓은 듯한 신비로운 색의 아름다운 장미가 눈앞에 나타났다.

"나랑 정식으로 데이트할래요, 정시은 씨?"

"데이트만요?"

"호오. 그럼 또 뭘 하려고?"

장미를 받아 손안에서 빙글 돌리며 시은이 살그머니 입술 끝을 올렸다. 그러다 장미를 든 손을 등 뒤로 돌려 뒷짐을 졌다. 그가 왜 그러는지 궁금하다는 표정으로 막 입을 열려는 찰나, 그녀가 발끝을 돋웠다.

쪽.

가벼운 마찰음이 들렸다. 부드럽고 달콤한 것이 입술에 닿았다. 멀어지려는 그녀의 입술을 강준이 다시 머금었다.

시은의 뒷머리를 감싸고 허리를 휘감아 당기며 깊숙이 그녀의 입술을 취했다. 간질거리는 숨결이 둘의 입술 사이에 머물렀다.

"연인들이 하는 거 죄다 해야죠."

시은의 입술에서 흘러나온 달콤한 속삭임이 강준의 입술로 스미며 심장에 녹아들었다.

chapter 9
일방통행은
차선 변경으로 피해 갑시다

흔들흔들. 발을 굴리는 대로 흔들리는 벤치 그네에 시은이 앉아 있었다. 밤바람이 기분 좋게 머리를 흩날렸다. 고개를 젖히자 새까만 하늘에 총총히 빛나는 별이 한가득 시야에 들어찼다. 그네에 가로로 비스듬히 누워 그대로 하늘을 향해 손을 뻗었다. 그러고는 손바닥을 쫙 펼쳤다가 오므렸다.

손에 잡힐 듯 잡히지 않는 별이 그네의 움직임을 따라 좌우로 흔들렸다. 이렇게 가까이서 별을 본 적은 없었던 것 같다. 아니, 이렇게 느긋하게 별을 보며 누워 본 게 처음인 것 같았다.

"내가 따다 줄까요?"

어느새 곁으로 다가온 강준이 그녀를 내려다보며 자신만만하게 물었다.

"실현 가능해 보이진 않는데요?"

"아닌데. 나 이래 봬도 제법 실력 있는 강태공인데. 반짝반짝 빛나는 거 낚기 전문이라고요. 못 믿어요?"

"와아, 그런 멘트는 대체 어디서 배우는 거예요?"

신기하다는 듯 묻는 시은의 말에 강준이 눈동자를 굴리더니 진지하게 답했다.

"양계업 발전 위원회?"

"쿡. 닭이 모자라서 사람까지 닭 만들게요?"

"흐음. 그것보단 닭과 동질화되는 경험을 통해 닭을 사랑하게 하려는 장려 사업 같은 게 아닐까요?"

"아우, 저 능청. 앉아요. 진짜 닭 돼서 날아가기 전에 그만하죠, 우리."

시은의 옆에 나란히 앉은 강준이 들고 있던 유리잔을 그녀에게 내밀었다.

"뭐예요?"

"모히토. 직접 만든 거예요. 마셔 봐요."

시은이 유리잔을 눈높이로 들어 올려 자세히 안을 들여다봤다. 은은한 초록의 잎이 노란 레몬과 어우러져 고운 빛

깔을 만들어 냈다. 보석처럼 들어 있는 얼음도 예뻤다. 잔에
조심스럽게 입을 대자 달콤하고 톡 쏘는 상큼한 맛이 입안
가득 상쾌하게 번졌다.

"으음. 맛있다."

시은의 입가에 머문 편안한 미소를 강준이 따스하게 바라
봤다. 그리곤 그녀의 얼굴로 손을 뻗어 흩날리는 머리카락
을 귀 뒤로 넘겨 주었다.

"마음 놓지 말아요. 나 어디로 튈지 모르는 시한폭탄 같
은 사람이니까."

시은이 새침한 표정으로 말했다. 가끔 자신이 너무 쉽게
마음을 준 것 같아 괜스레 민망해지기도 했다. 그래서 약간
의 긴장감을 줄 요량으로 한 말이었다. 그런 시은을 강준이
빤히 응시했다. 그 눈빛이 너무 부담스러워 시은은 슬쩍 눈
동자를 굴렸다.

"당연한 거 아닌가?"

강준이 가볍게 발을 굴리자 시은은 발을 들어 그네 위에
올리고 무릎을 세웠다.

제 몫의 모히토를 시원하게 들이켜고 입꼬리를 끌어 올린
강준이 손안에서 잔을 빙글 돌렸다.

"죽는 순간까지 긴장을 늦추면 안 되는 거죠."

모히토를 홀짝이는 시은의 입술이 물기로 반짝거렸다. 그

녀의 입술로 시선을 내린 강준이 음미하듯 천천히 그 입술을 눈에 담았다.

"사랑은 그런 거예요. 서로를 향해 끊임없이 노력하는 것."

"글쎄요. 사람들은 일단 자기 소유라고 생각하면 달라지잖아요. 처음과 달리 마음을 놓게 되죠."

"변하지 않는 사람도 있어요. 처음과 끝이 같은 사람."

"그게 당신이다?"

"빙고! 내 거니까 더 소중하게 정성을 쏟아야죠."

강준이 손가락을 튕기며 시은의 잔에 제 잔을 부딪쳤다. 그리곤 잔을 마저 비워 냈다. 얼음을 입안에 물고 오도독거리는 그의 입가에 잔잔한 미소가 머물렀다.

잔의 윗부분을 손끝으로 더듬던 시은이 잘근 입술을 깨물었다. 뭔가 할 말이 있는데 선뜻 입이 열리지 않는 모양이었다.

"힘들면 말하지 말아요. 상대에 대해 모든 걸 다 알 필욘 없어요. 그게 아픈 상처라면 굳이 들춰내 덧나게 하고 싶지 않아요."

"훗. 그 정도는 아니에요."

"그래요? 그럼 어디 속 시원하게 쏟아 내 보세요."

일부러 분위기를 가볍게 만드는 강준 덕분에 무겁게 가라앉았던 시은의 마음이 한결 편해졌다.

오늘은 상담 때도 하지 않았던 이야기를 해야 할 것 같았다. 떠나보낼 수밖에 없었던 옛사랑 하열도 그렇지만 그보다 아직 끊어 내지 못한, 아니, 끈질기게 따라붙는 악연인 하늘에 대해 말을 해야 했다.

언젠가 또 오늘처럼 하늘과 갑작스레 부딪히는 일이 일어날지 모르는 일이었다. 그러니 이제는 강준도 모든 것을 알아야 했다. 자신의 연인이니까.

하늘은 절대 자의로 쉽게 포기하고 돌아서지 않을 것이다. 어쩌면 자신의 연애가 하늘을 자극해 강준을 위험에 빠트릴지도 몰랐다.

"오늘 그 사람이요, 전에 호텔 카페에서 본 적 있었던."

"네."

"제가 사랑했던 사람의 동생이에요. 제 고등학교 동창이기도 하고."

조곤조곤 이어 나가는 시은의 말을 강준은 조용히 경청했다. 그녀가 최대한 편안하게 말할 수 있도록.

노련한 강준과 이제 갓 정신과 의사로서 정식 수순을 밟기 시작한 새내기 의사 시은이 누구보다 신중히 대화를 나누고 있었다.

"제 폰으로 그렇게 문자를 보내 놓고 곧장 복합 상가로 갔던 것 같아요. 하열 씨가 죽던 날 하늘이도 그곳에 있었다는 말이죠."

"석연찮은 구석이 많네요. 그분의 죽음과 관련해서."

"처음엔 밝혀내려고 했어요. 그런데 쉽지 않았죠. 하열 씨에게 문자를 보낸 게 하늘이라고 짐작만 할 뿐 아무런 증거가 없었어요. 가방 안에서 찾은 휴대폰에선 제 지문밖에 나오지 않았으니까요. 당연한 일이었죠. 그냥 넣어 뒀을 리가 없잖아. 게다가 보낸 문자도 지워 놔서 그 당시엔 제 문자를 보고 하열 씨가 그곳에 갔다는 걸 생각도 못 했어요. 하늘이가 하열 씨의 휴대폰을 들이밀며 몰아붙이기 전까진 말이죠. 자식을 잃은 부모에게 또 다른 자식 하나가 사고의 원인이었을 수도 있다는 말은 치명적이죠. 제 말을 믿지도 않을 뿐더러, 오히려 모든 원망과 증오의 대상이 되어 버렸어요. 그런 상황에서 제가 할 수 있는 건 아무것도 없었고요. 믿고도 싶었죠. 하늘이 그랬을 리가 없다고. 그저 어린 치기에 실수를 한 거라고."

"병적인 집착에 소시오패스* 성향도 보이고. 치료가 시급한 것 같은데요."

"쉬운 일이 아니에요. 부모가 커다란 방패막이 되어 모든 것으로부터 하늘이를 보호해 주니까."

---

*소시오패스(APD):Antisocial Personality Disorder. 반사회적 인격 장애.

"흐음. 그래도 그대로 두면 위험할 텐데."

"문제는 또 있어요."

시은이 깊은 숨을 내쉬며 강준을 바라봤다. 그러자 그가 잔을 옆에 내려놓고 그녀의 손을 잡아 주었다. 맞잡은 손에 깍지를 끼며 시은이 엷게 웃었다.

"우리 엄마."

"엄마?"

"지상 최대의 속물이거든요. 돈줄이 된다면 그게 누구든 딸까지 팔아 버릴 수 있는."

시선을 내린 시은이 천천히 발을 굴렀다. 작게 흔들리는 그네가 그녀의 심정을 대변하고 있었다. 강준은 그녀의 옆얼굴을 가만히 바라보았다.

비교적 담담하게 자신의 이야기를 꺼냈지만 지금 시은은 무척 부끄러워하고 있었다. 말을 하면 할수록 자신을 둘러싼 배경이 너무 참혹해서 비참할 지경이었기에.

강준은 시은의 머리를 부드럽게 쓰다듬으며 제 어깨에 기대게 했다. 그리곤 그녀의 이마에 입술을 눌렀다. 따스한 온기가 이마를 통해 온몸으로 퍼져 나갔다. 입술을 잘끈 깨문 시은의 입가엔 미소가 머금어져 있었다.

"지금 위로하는 거예요?"

"위로 아니고 사랑."

"네?"

시은이 고개를 들어 빤히 강준을 올려다보았다. 그녀의 두 눈을 그윽하게 마주 보던 그가 코를 맞댔다.

"사람은 누구나 속물근성을 가지고 있어요."

"안 그런 사람도 있어요."

"정도의 차이만 있을 뿐이죠. 모든 것에 돈이 연결되어 있는데 속물근성은 당연한 거예요."

"우리 엄말 몰라서 그래요. 오죽하면 딸이 엄마를 그렇게 말하겠어. 그것도 사귀는 사람한테."

"걱정 말아요. 공양미 삼백 석에 인당수에 빠진 심청이처럼은 되지 않을 테니까."

"누굴 바보로 알아요? 고작 삼백 석에 날 팔게?"

시은이 걱정하는 건 엄마가 강준을 만나 자신을 빌미로 뭔가를 요구할까 하는 것이었다.

"심청이를 너무 우습게 아는 거 아니에요? 그래도 심청인 성공한 거예요. 왕비라도 됐잖아."

"동화와 현실을 혼동하면 안 되죠. 죽다 살아나서 왕비 된 게 뭐가 좋아. 게다가 자신을 팔아넘긴 아빠는 사기까지 당했잖아요. 난 그 이야기 별로야."

"그러니까 심청이 안 되게 한다니까요. 왕은 아니지만 내가 행복하게 해 줄게요."

두 사람은 심각한 이야기를 농담처럼 주고받았다. 자신감 넘치는 강준의 말에 시은이 새침한 표정으로 튕기듯이 말했다.

"강준 씨 아니어도 난 심청이 안 해요. 내 행복을 포기할 만큼 착한 효녀가 아니거든요."

"훗, 이래서 내가 시은 씨를 좋아하는 거라니까. 딱 부러지는 성격, 맘에 들어요."

"제가 좀 매력적이긴 하죠."

시은이 한술 더 떠 턱에 손을 대고 도도하게 콧대를 세워 보였다. 우아하고 고고한 여왕님으로 돌변한 그녀의 모습에 강준이 웃음을 터트렸다. 소리 내어 시원스레 웃는 강준을 따라 시은도 유쾌하게 웃었다.

웃음으로 자신의 감정을 감추며 순수한 아이의 감성을 그대로 간직한 남자. 철저하게 자신을 몰아붙이며 강한 척 고집스레 버티던 여자. 함께인 둘은 더 이상 아프지 않고 편하게 웃을 수 있었다.

"여기 너무 좋은데요?"

"그렇죠? 원래도 좋았지만 지금이 더 좋아."

"내가 있어서?"

"와우! 통찰력 죽여주시고."

시은의 손에서 잔을 빼 든 강준이 단숨에 모히토를 비워 냈다. 이미 얼음이 녹아 제대로 된 맛을 느낄 수 없었다. 그가 빈 잔 두 개를 들고 일어섰다.

"그때 못 본 영화랑 나머지 스케줄 지금 다시 할까요?"

"심야 영화 보자고요?"

손목시계를 보며 시은이 시간을 확인했다. 9시가 넘어서고 있었다. 어중간했다. 그리고 그 사건 이후로 영화관처럼 꽉 막힌 공간에 들어가기도 꺼려졌다. 그런 그녀의 마음을 읽기라도 한 듯 강준이 고개를 저었다.

"아직 심야는 아니죠. '내 맘대로 상영관'이라 지금 바로 볼 수 있으니까."

"내 맘대로 상영관?"

"기다려 봐요."

한쪽 눈을 찡긋하며 강준이 잔을 들고 안으로 사라졌다. 시은은 몸을 돌려 집 안으로 들어서는 그의 뒷모습을 지켜보았다. 통유리로 된 벽이라 그의 움직임이 고스란히 보였다.

그녀처럼 그도 막힌 공간을 싫어하는 것 같았다. 보통의 집과는 다르게 자유롭고 평화로운 이곳이 시은은 정말 마음에 들었다.

분주하게 움직이며 이것저것을 챙기는 강준의 모습은 무척이나 즐거워 보였다. 여러 물건을 한꺼번에 들고 걷다 하나가 또르르 바닥에 떨어지자 강준이 발로 그것을 꽉 눌러

잡았다. 조심조심 무릎을 굽혀 앉아 떨어진 것을 줍고 다시 문으로 향하는 모습에 시은의 입가에 절로 미소가 머금어졌다.

밖으로 나온 강준은 그녀와 떨어진 잔디 위로 성큼성큼 걸어가 손가락에 침을 묻혀 허공에 댔다. 바람을 가늠해 보는 모양이었다. 선선히 기분 좋을 만큼 부는 바람이 크게 방해가 되지는 않을 거라고 판단한 그가 적당한 위치에 틀을 잡아 세웠다.

가로세로 140cm가량의 사각 틀 위에 뭔가를 걸더니 좌르륵 펼쳐 사방을 고정했다. 블라인드인가 했는데 천으로 된 새하얀 스크린이었다. 거기서 몇 걸음을 재며 뒤로 물러나더니 시은의 곁으로 와 테이블을 가져갔다. 그 위에 빔을 올리고 가타부타 말도 없이 집 안으로 들어가 주방과 붙은 작은 바에서 뭔가를 꺼내 왔다.

"받아요."

와인 잔 두 개를 시은의 양손에 하나씩 쥐어 준 그가 와인을 따랐다. 바닥에 와인병을 내려놓고 그녀 벤치에 앉은 강준이 리모컨으로 빔을 작동했다.

"여기가 내 맘대로 상영관?"

"으응. 그래서 상영하는 영화도 주인장 마음대로입니다."

싱긋이 웃으며 강준이 시은의 손에서 제 몫의 잔을 거둬

갔다.

"재미없으면 안 볼 거야."

강준의 잔에 제 잔을 부딪쳐 입으로 가져가며 시은이 장난 스럽게 말했다. 강준도 잔을 기울였다. 입술에 남은 잔해를 혀로 핥아 낸 그가 그녀의 입술을 엄지로 쓸었다.

"그럼 나만 보고 있으면 되겠네. 난 재미있는 사람이니까."

눈썹을 휘며 능글맞게 말하는 강준을 시은이 빤히 쳐다봤 다.

"아아. 이런 느낌이었구나. 이런 말장난은 다신 하지 말아 야지."

"거봐요. 좋아하면 서로 닮는다니까."

"그렇게 좋은 효과는 아닌 것 같네요."

"왜요? 재수 없어서?"

"꼴불견 커플 될까 봐 겁나요."

"괜찮아요. 우리끼리만 이러면 되니까. 난 다 받아 줄 수 있거든."

"큰일이다. 점점 전염되는 것 같아. 난 원래 이런 사람 아 닌데."

한쪽 볼을 손으로 감싸며 시은이 도리질을 쳤다. 그런 시 은의 어깨에 팔을 두른 강준이 그녀를 제게로 끌어당겼다. 가까워진 시은의 볼에 입을 맞춘 그가 웃음기 섞인 목소리로 말했다.

"좋다니까요. 재수가 조금 없으면 어때. 그래야 다른 놈이 눈독 안 들이지."

"뭐예요?"

시은이 눈에 힘을 주고 불퉁하게 강준을 쳐다봤다. 바로 코앞에 그의 얼굴이 있었다.

"왜요. 나 말고 딴 놈한테 잘 보이게요?"

"글쎄요. 아직 눈앞에 있는 놈도 제대로 소화를 못 시켜서요. 스킬 좀 키우면 생각해 볼게요."

밀당하듯 새침하게 눈을 흘기며 고개를 돌리는 시은의 얼굴을 강준이 다시 제게로 되돌렸다. 어깨 위에 올려져 있던 그의 손이 시은의 뒷머리를 감싸 부드럽게 리드했다.

"어딜. 아무 데도 못 가게 썰렁 유머도 가르칠 거야."

"하아. 못 말리겠다, 정말."

"이제 알았어요? 절대 말릴 생각하지 마요. 그러다 더 빠져든다."

"왜 말을 났다 올렸다 해요?"

문득 생각이 났는지, 이마를 맞댄 채 대화를 주고받던 시은이 물었다. 그러자 그가 매혹적으로 입가를 끌어 올리며 감미롭게 속삭였다.

"시은 씨를 들었다 났다 할 순 없으니까."

"네?"

"아, 영화 시작했다."

그가 그녀를 제 앞으로 돌려 꼭 끌어안고 스크린을 가리켰다. 백허그를 한 상태로 시은이 고개를 들어 강준을 올려다봤지만 스크린에 시선을 둔 그는 그녀의 시선을 짐짓 모른 척했다.

방금 전 그의 말은 거짓말이었다. 이미 그는 첫 상담 때부터 시은을 들었다 놨다 능숙하게 다뤘다.

그가 시은의 볼에 제 볼을 기댔다.

"집중. 영화 봐요. 배꼽 빠지게 재밌는 걸로 골랐어요."

"내 취향 아니에요."

"응?"

고개를 든 그가 시은을 빤히 내려다봤다. 특별히 가리는 건 없다고 한 것 같은데 그새 바뀌었나?

"그럼 뭐가……."

팔을 뻗어 강준의 목을 휘감아 아래로 당긴 시은이 낮고 은밀한 목소리로 유혹하듯 속삭였다.

"오늘부터 로맨스에 열중하기로 했거든요."

입술을 겹쳐 오는 시은의 도발에 강준이 사르르 미소를 머금었다. 아주 바람직한 선택이었다.

"으아아악!"

좀처럼 진정하지 못하고 방 안을 불안하게 오가던 하늘이 괴성을 지르며 물건들을 집어 던지기 시작했다. 미친 듯이 손에 잡히는 대로 던져 대던 하늘의 얼굴로 깨진 액자의 유리 파편이 스쳤다. 작은 실금이 생기는가 싶더니 피가 새어 나왔다.

"하아아."

거친 숨을 몰아쉬며 제 볼을 손으로 쓴 하늘은 묻어나온 것을 눈앞으로 가져와 살폈다. 붉은 선혈이 선명하게 손가락에 묻어 있었다. 그것을 혀로 핥는 그의 눈이 섬뜩하게 빛났다.

주머니에서 휴대폰을 꺼낸 그가 어딘가로 전화를 걸었다.

—네, 이사님.

"알아보라고 한 건 어떻게 됐어."

—확인했습니다.

"읊어 봐."

—이름 서강준. 나이 36세. 서초동에 개인 병원을 개원한 신경정신과 의사입니다. 병원이 있는 5층 건물은 개인 소유로 옥상에 주거용 주택을 짓고 거주하고 있습니다.

"정신과 의사? 큭. 게다가 그 나이에 5층 건물을 소유하고 있다?"

—본래 부친 소유였으나 이혼하면서 부인에게 위자료 명목으로 이전했고, 부인 사망 후 그 아들인 서강준에게 상속된 것 같습니다.

"홋. 집안 꼴이 개판이군. 그런 놈이 감히 시은에게 들러붙어 있어?"

셔츠의 단추를 풀어 목을 이리저리 돌리던 하늘이 비릿하게 웃었다.

"손 좀 봐 줘야겠군. 다신 얼씬도 하지 못하게. 뒤탈 없는 사람으로 좀 알아봐."

—…….

"귀 먹었어? 답 안 해?"

—알겠습니다.

하늘의 얼굴 가득히 비열함이 깃들었다. 태생이 그랬다. 가지고 싶은 건 꼭 가져야만 했다.

장남으로 온 집안의 기대를 받던 형이 자신의 뜻을 굽히지 않고 소방관이 되었을 때도 뭔가 목에 걸린 것처럼 개운치가 않았다. 형이 완전히 사라져 버리지 않는 이상 모든 것이 온전히 제 몫이 되지 않는다는 걸 알았기 때문이다.

어린 여자아이의 짝사랑을 형이 받아 줄 리 없다고 생각했기에 마음을 놓고 있었다. 자신은 처음 시은을 본 날부터 그녀에게 끌렸다. 밝고 똑 부러지는, 빛나는 여자 정시은에게.

자신에게 없는 싱그러운 생명력을 지닌 그녀를 꼭 제 것으로 만들고 싶었다. 그래서 끊임없이 그녀의 곁을 맴돌며 괴롭히기도 하고 투정도 부리고 시답잖은 협박도 했다.

졸업식 날, 모두가 떠난 텅 빈 교정에서 두 사람이 키스하는 걸 보기 전까진 이렇게 감정을 주체하지 못할 정도는 아니었다. 그때였다. 꾹꾹 눌러 참았던 악으로 가득한 판도라의 상자가 열려 버린 건.

발에 차이는 것들을 거침없이 짓밟으며 하늘은 깨어진 액자 앞으로 다가갔다. 그것을 줍자 유리의 잔해가 떨어져 내렸다.

그는 개의치 않고 액자 안에 있는 사진을 시리게 바라보았다. 열아홉의 싱그러운 시은이 사진 속에서 환하게 웃고 있었다.

"정시은, 왜 그랬어. 네가 그러면 괜히 다른 사람이 다치잖아. 너한텐 나밖에 없다니까 왜 말을 안 들어."

타이르듯 부드럽게 사근사근 말하던 하늘의 목소리가 서늘하게 식었다.

"사람 귀찮게."

사진 속 시은의 얼굴을 쓸자 손끝에서 피가 흘러나와 붉은 자국을 만들었다. 남아 있던 유리 파편에 손이 베였다. 찢긴 손을 입안에 넣어 빤 그의 입술이 사악하게 치켜 올라갔다.

재호와 약속한 바로 들어서며 강준은 바텐더에게 인사를
했다. 오늘은 강준이 재호보다 먼저 도착해 있었다. 테이블
로 다가가 자리에 앉자 바텐더가 물었다.

"늘 마시던 걸로 드릴까요?"

"아니, 오늘은 뒤에 또 약속이 있어서. 무알콜로 주면 좋
겠어."

그렇게 말하며 한쪽 눈을 찡긋했다. 재호에겐 비밀이란
의미였다. 바텐더가 알겠다며 고개를 끄덕였다.

간혹 운전을 해야 하거나 컨디션이 안 좋을 때 강준은 이
런 식으로 무알콜을 마시곤 했다.

물론 재호는 이 사실을 알지 못했다. 같이 보조를 맞춰 기
울이는 술잔에 이놈은 취하지도 않는다며 투덜거릴 뿐이었
다.

"어이, 일찍 왔네."

재호가 때를 맞춰 도착하자 강준이 손인사를 건네며 반갑
게 그를 맞았다.

"저도 방금 왔어요."

"차는?"

"대리 부르기 그래서 두고 왔죠."

옆자리에 앉은 재호가 인사를 하며 주문을 하는 사이 강준은 바텐더와 은밀한 시선을 주고받았다. 곧 강준과 재호 앞에 나란히 잔이 놓였다.

"용건이 뭐냐? 애인 두고 심심해서 늙은 선배 불렀을 리는 없고."

"물어볼 게 있어서요."

"뭐?"

잔을 부딪치고 한 모금 들이켠 뒤 재호가 뭐든 물어보란 듯 강준을 응시했다.

"김하늘, 알죠?"

하늘의 이름을 들은 재호의 표정이 살짝 굳어지더니 단숨에 술을 비워 냈다. 입가를 쓸어 내며 깊은 한숨을 내쉬는 재호를 강준은 묵묵히 지켜보았다.

"봤냐?"

"보기만? 한판 붙을 뻔했죠."

"혹시, 시은이도 같이 있었어?"

"아니면 내가 어떻게 알았겠어요. 시은 씨가 있는 곳에서 두 번. 우리 둘이 사귀는 사이란 것도 알아."

순간 재호가 흠칫했다. 그도 하늘의 위험성에 대해 알고 있다는 뜻이었다. 바텐더가 채워 주는 잔을 다시 기울이며 재호가 입술을 축였다. 쉽게 꺼낼 이야기가 아닌지 머뭇거리는 듯도 했다.

"어디까지 알고 있냐?"

"거의."

"시은이가 완전히 마음을 열었다는 의미네. 자식이 능력도 좋아."

가벼운 농담을 건네며 웃음을 지었지만 마음은 그리 편해 보이지 않았다. 강준이 낮게 웃으며 손바닥을 펼쳤다. 그러자 손바닥을 맞부딪친 뒤 재호가 미간을 찌푸렸다.

"하늘이를 알면 하열이도 알겠구나."

조심스런 재호의 말에 강준이 선뜻 고개를 끄덕였다.

"첫사랑이었다고요. 화재로 잃었다는 것도 알아."

"하열이 내가 아끼는 후배였다. 연배 차이가 나는 시은이보다 하열이를 먼저 알았지. 형이 없다고, 나 같은 형이 있었으면 좋겠다고 아주 잘 따랐어. 하열이가 시은이와 사귀기시작하면서 셋이 만나게 됐고."

"좋은 사람에게 정반대의 동생이 있었네요. 장애를 미리 알았으면 그렇게까지는 되지 않았을 수도 있었을 텐데."

"조금만 기다려 봐. 하늘이 부모님을 설득 중이니까."

"상황 보니까 잘 안 먹힐 것 같던데요. 유일한 후계자잖아."

"시한폭탄이지, 언제 터질지 모르는. 그걸 부모도 알고 있고. 아니라고 부정은 하지만 마음 한구석에 작은 의구심은 응어리져 있어. 어릴 때부터 하늘이한테 뭔가가 결여되어 있다는 건 알고 있었거든. 처음 시작은 작은 생명을 죽이는 것에서부터 시작되니까. 기르던 것들이 죽어 나가고 그 원인이 하늘이란 걸 알았을 때 부모도 충격이 컸을 거야."

"이런 유형을 보통 소시오패스라고 하죠. 겉으로는 철두철미하고 자기 관리가 철저한 사람으로 보여서 병적 증상을 알아채기 힘들지. 그건 부모 형제라도 마찬가지일 거고. 생명을 앗는 것을 직접 봤다고 해도 실수라고 치부해 버리기 일쑤니까. 또 그렇게 믿고 싶을 테고. 혈육이니까."

"그래서 위험한 거지. 언제 무슨 짓을 벌일지 알 수 없으니까. 하늘이가 시은이한테 미쳐 있는 건 꽤 오래된 일이야. 그래서 하열이도 시은이의 마음을 받아들이는 걸 망설였던 거고. 하지만 사랑이 어디 마음대로 되는 건가? 결국 그 둘은 연인이 됐고, 하늘의 숨겨져 있던 본성이 드러나게 된 거지. 사고가 일어났던 날, 그 장소에서 CCTV에 하늘이의 모습이 잡혔었어. 그런데 그것만으로는 증거가 될 수 없었지."

"시은 씨도 그렇게 말하더라고요."

"누구나 갈 수 있는 장소였던지라 우연히 자신도 그곳에 있었을 뿐이라고 했지. 화재 현장에서 간신히 빠져나왔지만 형이 거기 있을 줄은 꿈에도 몰랐다고 울면서 말했어. 장례

식장에서 오열하는 걸 봤는데 정말 진심 같았지. 그런데 말이야, 얼굴 중에서 딱 하나 거짓말을 못 하는 곳이 있거든."

"눈."

강준이 정확히 집어내자 재호가 고개를 끄덕였다.

"그렇지. 눈이 웃고 있었어. 눈물을 뚝뚝 흘리면서도 웃고 있었다고. 그게 얼마나 섬뜩하던지. 시은이도 그렇고 나도 그렇고 뭔가 이상하다 느끼고 계속 하늘이를 관찰하기 시작했어. 부모에게도 말했지만. 알잖아, 부모가 어떤 사람들인지. 자식의 허물도 감싸고 돌 만큼 고지식한 게 부모의 사랑이지. 알면서도 모른 척 외면하고 싶은 그 마음을 이해하는 하지만 동의는 할 수 없지. 하늘인 분명 치료가 절실히 필요한 환자니까."

"증거, 확실한 증거가 필요하겠네요. 부모도 편을 들어 주지 못할."

"그게 과연 가능할까 싶어."

씁쓸하게 잔을 기울이는 재호에게서 시선을 거둔 강준은 깊은 생각에 빠졌다. 하늘이라면 이대로 물러나지 않을 것이라 확신했다.

분명 무슨 술수를 쓸 것이고 그 대상은 자신이 될 것이다. 아마도 그건 빠른 시간 내에 일어나겠지. 그런 놈들에겐 참을성이란 게 없으니까. 손안에서 빙글 잔을 돌리던 강준이 단숨에 술을 마셨다.

"안 되면 되게 해야죠. 그게 시은 씨를 위한 길이라면 더욱더."

"그래, 기다려 봐. 부모님만 동의하면 치료도 가능할 테니까."

"……네."

그럴 리 없다. 여태 묵묵히 침묵을 지키며 아들을 보호하던 부모, 그것도 사회적 명성이 있는 분들이 치명타가 될 수도 있는 일을 자신의 손으로 할 리 만무했다. 하늘이 직접 움직이게 하고 그에 대비하는 수밖에.

강준은 숨을 깊게 들이쉬며 바지 주머니에 손을 집어넣었다. 작고 단단한 물체가 손에 들어와 그것을 꽉 움켜쥐었다. 부디 자신이 준비한 대로 일이 잘 진행되기를 바라며.

※　　　※　　　※

재호와 헤어진 후 강준은 시은을 만나기 위해 병원 앞으로 갔다. 11시가 가까운 시간이 되어서야 일을 마친 그녀가 지친 얼굴로 병원을 나섰다.

"이럴 때 내가 필요한 거지."

익숙한 목소리와 함께 눈앞에 작은 병 하나가 나타났다.

고개를 돌리자 언제 왔는지 곁에 강준이 서 있었다. 그가 싱긋이 웃으며 들고 있던 병의 뚜껑을 따서 그녀의 앞에 내밀었다.

"뭐예요, 이게?"

"피로 회복제."

"훗. 지금 나더러 이걸 마시라고요?"

"날 마실 순 없잖아요."

"네?"

"시은 씨 피로 회복제는 나지만 마실 순 없으니 이걸로 대체하자는 거죠."

눈을 크게 뜬 시은이 입을 허 하고 벌렸다. 조금 과하게 반응하는 그녀의 입에 강준이 병을 물렸다.

"으음."

"웬 과민 반응? 이젠 익숙해질 때도 됐구만."

"저 같은 사람이 그런 멘트에 익숙해지는 건 상당히 힘들거든요."

시은이 병을 깨끗이 비우자 강준이 그것을 거두며 어깨를 으쓱했다.

"오케이. 조금 줄여 보도록 하죠. 상대가 싫다는데 계속하면 밉상 되니까."

"뭐야, 삐쳤어요?"

입을 불퉁하게 내민 강준의 얼굴을 빤히 올려다보며 시은이 신기한 듯 물었다. 일부러 그녀의 시선을 피해 고개를 돌리며 그가 콧방귀를 꼈다.

"흥, 남자가 삐치긴. 안 삐쳤거든요?"

"안 삐쳤다면서 그 콧방귀는 뭐고 시선은 왜 피해요?"

시은이 이리저리 고개를 움직이며 시선을 옮기는 강준과 눈을 맞추려 했다. 그러자 놀리듯 강준이 고개를 돌렸다. 유치하게 아이처럼.

강준의 장난에 장단을 맞춰 주던 시은이 피식 웃으며 손을 뻗어 냉큼 그의 얼굴을 감쌌다.

쪽. 가벼운 입맞춤에 강준의 눈이 사르르 곡선을 그리며 휘었다.

"버드 키스라니. 이런 걸로 내가 넘어갈 거라 생각해요?"

"왜요? 삐친 아이한텐 완전 딱인 처방인데."

시은이 빙긋이 웃으며 새침하게 말했다. 그런 시은을 밉지 않게 흘긴 강준이 그녀의 허리와 등을 휘감아 꽉 끌어당겼다.

"오케이. 그럼 내가 어른 남자가 애인에게 하는 키스가 어떤 건지 가르쳐 줄게요."

"네?"

시은의 대답이 떨어지기 무섭게 강준이 그녀의 허리를 뒤

로 꺾었다. 마치 영화의 한 장면처럼 그녀를 젖힌 강준이 지

그시 시선을 맞추더니 천천히 상체를 기울여 그녀의 입술을

머금었다. 완벽하게 겹쳐진 입술을 진하게 삼키며 입술 안으

로 혀를 밀어 넣었다.

입안 곳곳을 섬세하게 더듬는 혀가 달콤한 사탕처럼 느껴

져 시은이 그의 혀를 빨았다. 그러자 그의 입술에 행복한 미

소가 번지는 게 그대로 그녀에게 전해졌다.

"흠흠. 저기요, 여기서 이러시면 곤란한데요."

불쑥 끼어든 누군가가 헛기침을 하며 조심스럽게 말했다.

그냥 못 본 척 지나쳐도 될 텐데 굳이 누가 이런 친절함을

보일까.

미간을 한껏 찌푸린 채 시은은 불청객을 노려봤다. 그녀

의 짐작대로 익히 알고 있는 인물이었다.

머쓱함에 아랫입술을 살짝 깨물고 있는 강준에 반해 시은

은 불쾌감을 숨김없이 드러내며 팔짱을 꼈다. 게슴츠레하게

눈을 뜬 은철이 뒤편에 서 있었다.

"아주, 아주 죄송하게 됐네요."

시은이 전혀 미안하지 않은 얼굴로 노려보며 말하자 은철

이 어깨를 으쓱하며 맞받아쳤다.

"이런 과한 애정 행각은 환자들에게 안 좋은 영향을 끼칠

수 있습니다, 정 선생님."

"이 시간에 환자분들이 이곳에 올 일은 없죠. 외로움에 사무치는 솔로라면 모를까."

"야, 너 너무 당당한 거 아니야? 이거 풍기 문란이거든?"

"애정 방해야, 넌."

본래의 말투로 돌아간 두 사람이 주거니 받거니 공방을 펼쳤다. 쿡 하고 낮게 웃은 강준이 그 사이로 끼어들며 은철에게 인사를 건넸다.

"아는 사인가 봐요? 안녕하세요, 서강준입니다."

"아, 네. 공은철입니다."

강준이 내민 손을 맞잡아 악수를 하던 은철의 고개가 모로 기울었다. 어디선가 들어 본 적이 있는 이름이었다.

생각에 잠긴 듯하던 그의 눈이 어느 순간 점점 커지더니 와락 강준을 껴안았다. 그에 지켜보던 시은의 미간이 좁아졌다.

"야, 공은철."

시은의 말은 들은 척도 않고 감격에 겨운 듯 은철이 강준을 껴안은 팔에 한껏 힘을 줬다. 어리둥절해하며 강준이 시은을 돌아봤지만 저도 영문을 모르겠다는 듯 그녀가 어깨를 으쓱하며 고개를 저었다.

"존경합니다, 선배님!"

"네?"

"나름의 철학으로 환자를 치료하시다 난관에 부딪혀 스스로 병원을 박차고 나가신 강멘톨 선배님 맞으시죠?"

장황하게 덧붙여진 수식어에 강준은 물론 시은까지 웃음을 터트리고 말았다. 은철이 조금 사차원인 건 알았지만 이런 식의 코드가 성립될 줄은 몰랐다.

병원과 의사가 지향하는 치료법은 다를 수도 있었다. 강준은 자신만의 독특한 치료 방식이 있었고, 그게 천편일률적인 관행과 맞지 않을 때가 많았다.

자살을 하려고 옥상 난간에 위태롭게 선 환자를 껴안고 하늘을 날아 보자며 떨어진 일은 충격 그 자체였다.

물론 만약의 사태에 대비해 소방대원들이 밑에서 철저하게 보호 장비를 갖추고 있었지만, 그야말로 간담이 서늘해지는 사건이었다.

덕분에 환자는 다시는 죽겠다며 옥상에 올라가지 않게 되었다. 물론 강준만 보면 진저리를 치며 도망가는 부작용이 생겼지만 말이다.

담당이 개또라이라고, 자신보다 더 미쳤다고, 옥상에서 떨어지며 속이 다 시원하다고 웃었다는 소문을 내고 다니는 바람에 그가 맡은 환자의 보호자들이 담당을 바꿔 달라고 난리를 친 적이 있었다.

"남편의 의처증 때문에 우울증에 빠진 환자에게 스토커

놀이를 추천하신 일, 정말 획기적이었습니다."

감상에 젖은 은철을 슬그머니 떼어 내며 강준이 시은을 향해 눈을 찡긋거렸다.

"그땐 내가 좀 어려서."

"과연 강멘똘답네요."

팬미팅을 방불케 하는 은철의 과한 애정 표현을 강준은 특유의 넉살과 유쾌함으로 가뿐히 받아넘겼다.

"정시은, 넌 전생에 나라를 구한 거야."

마지막으로 질투 섞인 말을 던지고 사라지는 은철의 모습에 시은이 절레절레 고개를 저었다. 시은도 몰랐던 강준의 암흑기를 어떻게 은철이 알고 있는지. 얼굴은 모르면서 이름만 듣고도 저런 반응을 보이는 은철이 신기할 따름이었다.

"정신이 하나도 없네요."

"난 좋았어요. 아주 재밌는 친구야."

주차장에 도착해 강준이 차 문을 열어 주자 보조석에 오르며 시은이 낮게 웃었다.

그녀의 집까지 바래다주는 길에 강준은 조심스럽게 하늘에 대한 말을 꺼냈다.

"누군가가 당신을 향해 일방통행으로 달려온다면."

시은은 그것이 하늘에 대한 이야기임을 알고 말없이 강준을 돌아봤다. 스치듯 시은과 시선을 맞춘 강준이 입가에 엷은 미소를 머금었다.

"멈춰요. 그리고 차선을 변경하고 기다려요."

"멈추고 차선 변경. 그리고 기다린다."

"그대로 스쳐 지나갈 때까지. 그리고 나와 함께 나란히 가는 거예요. 쭉."

"깔끔한 교통정리네요."

"일방통행로에는 유턴이 없으니까, 다신 돌아오지 못할 거예요."

강준이 시은의 손을 잡아 깍지를 꼈다. 그리곤 그 손에 입을 맞췄다. 내가 당신과 늘 함께할 테니 걱정하지 말라는 듯. 그는 집에 도착할 때까지 여러 번 손 키스를 하며 그녀를 안심시켰다.

"들어가요."

"늦었는데 조심해서 돌아가요."

"들어와서 자고 가란 소린 안 하네."

"우리 집은 좁거든요."

"난 좁은 게 좋은데. 그래야 꼭 붙어 자지."

"야, 서강준."

능글맞은 말에 시은이 도도하게 턱을 치켜들고 그의 이름을 당차게 불렀다. 그녀가 셔츠 깃을 잡아당기자 상체를 숙인 그의 얼굴이 시은의 얼굴 바로 앞에 머물렀다.

"나 쉬운 여자 아니다."

"나도 쉬운 남잔 아닌데."

"섹스는 네 방, 네 침대에서 아주 그럴싸하게 할 거야. 영역 표시 확실하게 할 거거든."

"오우, 여부가 있겠습니까. 언제든 환영합니다."

"준비 단단히 해 둬요."

톡톡. 잡았던 깃을 놓고 옷매무새를 가다듬어 주며 시은이 명령하듯 말했다. 그 장단에 맞춰 강준이 정중하게 고개를 숙여 보였다.

시선이 마주치자 둘은 동시에 웃음을 터트렸다.

"가요. 더 늦으면 내일 힘들어."

"가까운데요, 뭘. 시은 씨나 얼른 들어가서 푹 자요. 이제 불면증은 좀 덜해요?"

"네."

아쉬운 작별 인사를 하고 시은이 집 안으로 들어갔다. 그녀의 방에 불이 켜지고 다시 꺼질 때까지 한참을 서서 지켜보던 강준은 마지막으로 굿나잇 인사를 하며 계단을 내려왔다.

멀지 않은 곳에 주차한 차로 걸어갔을 때였다. 누군가가 강준을 불러 세웠다.

"서강준 씨?"

싸한 냉기가 강준의 등 뒤로 스며들었다.

가로등 불빛을 등진 낯선 남자의 그림자가 앞쪽으로 점점 다가왔다. 강준은 낮게 숨을 내쉬며 천천히 돌아섰다.

chapter 10

있잖아,
내가 너를 사랑한다네

"헉."

억눌린 신음이 강준의 입에서 흘러나왔다. 걷어차인 배가 찢어질 듯 아파 숨이 쉬어지지 않을 정도였다. 차가운 창고 바닥에 패대기쳐진 게 대략 30분 전이었다. 최대한 요령껏 몸을 피했지만 아예 맞지 않을 수는 없었다.

"후우."

입가에 묻은 피를 손등으로 쓸어 닦아 냈다. 몸을 추슬러 일어서는 강준에게 남자가 또다시 발을 휘둘렀다. 일정한 간격을 두고 이어지는 그 공격을 강준은 재빨리 몸을 돌려 피했다.

옷에 묻은 먼지를 털며 강준은 호흡을 가다듬었다.

전화를 한 게 한 시간 전이니, 지금쯤이면 대략 놈이 도착할 때가 되었다.

"거 좀 살살 합시다. 댁도 내가 정신 잃으면 곤란하잖아."

모자를 깊게 눌러쓴 남자는 말이 없었다. 그런 남자를 보며 강준이 찢어진 입술을 혀로 핥았다. 아릿한 통증이 느껴졌다.

차 앞에서 자신을 향해 흉기를 들이대는 남자를 담담하게 마주 보고 선 강준은 빠르게 발을 휘둘렀다. 뜻밖의 공격에 흉기만 믿고 방심하고 있던 남자가 가슴을 걷어차이고는 중심을 잃었다.

뒤로 휘청거리는 남자를 그대로 밟아 넘어트린 강준이 모자를 벗겼다. 그리곤 가로등 불빛 아래 훤히 드러난 그의 얼굴을 휴대폰 카메라로 찍었다. 강한 플래시 불빛에 남자가 황급히 팔로 얼굴을 가렸다.

"한발 늦었어요."

강준이 액정을 빠르게 터치한 뒤 남자를 향해 돌렸다. 메시지 위에 남자의 사진이 떠 있었다. 그 아래에 찍힌 문자를 읽은 남자의 입에서 짙은 신음이 흘러나왔다.

〈혹시 나한테 무슨 일 생기면 이 남자 수배해 주세요.〉

모자를 주워 다시 눌러쓴 남자가 강준을 노려봤다.

"내가 이래 봬도 인맥이 좀 되거든요. 이 형님이 강력계에 근무하시는데 성격이 아주 화끈해서. 그래서 별명이 불도저라네요."

보란 듯이 휴대폰을 흔드는 강준에게서 멀어지려 뒷걸음질 치는 남자를 그가 멈춰 세웠다. 이대로 그냥 가 버리면 아주 곤란해질 거라는 협박을 하며 강준은 남자에게 거래를 제안했다.

"이제부터 제 폰으로 모든 상황이 실시간으로 녹음되고 그것이 그대로 전송될 거예요. 제가 제안을 하나 할 거니까 잘 들으세요. 당신은 미끼가 되어 저를 청부한 사람들을 불러내고 적당할 때 물러나세요. 아무런 혐의점을 찾을 수 없게. 그러면 제가 당신이 절 도운 사람이라고 증언하기가 쉬워지겠죠. 이 제안을 수락하시면 당신은 무혐의로 풀려날 수 있고, 놈들은 잡혀 들어

가게 될 거예요. 그 누구에게도 더 이상 아무런 해코지를 할 수 없게. 자아, 어떻게 하시겠어요?"

결국 남자는 제안을 수락했다. 그것밖엔 달리 방법이 없었기 때문이다. 협조하지 않으면 영락없이 청부업자로 잡혀가게 될 테니까.

"뭐야, 아직도 제대로 손 못 본 거야?"

입구 쪽에서 하늘의 목소리가 들려왔다. 강준을 공격하던 남자가 흠칫하며 동작을 멈추고 뒤를 돌아봤다. 그에 강준도 눈을 가늘게 뜨고 유심히 입구를 살폈다.

검은 실루엣이 투덜거리며 안으로 들어서고 있었다. 차분하게 숨을 몰아쉬며 강준은 주머니에 손을 넣어 소형 녹음기의 버튼을 눌렀다.

조금의 실수도 있어서는 안 된다. 신중의 신중을 기해 놈을 잡을 증거를 만들어야 했다.

강준은 피가 흐르는 입안의 여린 살을 혀로 핥았다. 비릿한 맛이 혀끝으로 느껴졌다. 다시 한 번 자신을 일깨우며 마음을 다잡았다. 긴장하자. 하지만 여유롭고 느긋하게 놈을 자극하자. 놈이 미끼를 물 수 있게.

"정 실장, 너 일 제대로 안 할래?"

"죄송합니다."

하늘을 뒤따라 들어선 정 실장이 그의 질책에 고분고분하게 고개를 숙였다. 터벅터벅 강준의 가까이로 다가온 하늘이 우뚝 멈춰 섰다.

그가 잘 다려진 재킷 안주머니에서 손수건을 꺼냈다. 그리곤 바닥에 떨어진 각목 하나를 손수건으로 감싸 집어 들었다.

툭툭. 각목을 바닥에 치자 뿌연 먼지가 허공으로 흩어졌다. 한 손으로 입과 코를 막은 하늘이 예고도 없이 각목을 휘둘렀다. 바로 곁에 서 있던 남자를 향해서.

퍽! 퍽! 퍽! 순식간이었다. 눈 하나 깜빡하지 않고 남자의 머리를 강하고 빠르게 세 번 내리쳤다. 방심하고 있던 남자는 미처 방어할 틈도 없이 당하고 말았다. 하늘의 얼굴로 남자의 피 한 방울이 튀었다.

"제기랄."

하늘은 각목을 버리고 손수건으로 피를 닦아 냈다. 동요하지 않고 모든 것을 지켜보던 강준은 시선을 내려 쓰러진 남자의 얼굴과 가슴을 훑었다. 생사를 확인하기 위해서였다.

처참한 몰골의 남자를 정 실장이 창고 구석으로 끌어냈다. 남자에게서 가는 신음이 새어 나왔다.

지금은 살아 있지만 저대로 방치하면 과다 출혈로 사망할 수도 있었다.

"돈을 받았으면 일을 제대로 처리해야지. 이렇게 흐지부지하면 내가 기분이 아주 나쁘잖아. 안 그래요? 의사 양반?"

강준을 바라보며 하늘이 입술을 비스듬히 치켜 올렸다. 그리곤 들고 있던 손수건을 던졌다. 선명한 핏자국이 손수건에 묻어 있었다.

"그러게, 너무하네. 돈을 줬으면 믿고 맡겨야지. 도리어 패면 쓰나."

전혀 주눅 들지 않은 강준의 말에 하늘의 눈매가 가늘어졌다. 입은 웃고 있지만 눈은 매섭게 뜬 기묘한 얼굴로 검지를 관자놀이에 가져가 톡톡 두드렸다. 강준의 태도가 영 마음에 들지 않는 눈치였다.

"그야 일을 제대로 했을 때의 얘기지. 돈을 올려 달라고 날 상대로 딜을 한 건 좀 많이 잘못한 거야. 그건 죽여 달라고 구걸하는 거랑 다를 게 없거든."

"대체 뭘 청탁했기에?"

"눈치 빠른 양반이 그걸 몰라 묻나?"

"설마해서 묻는 거지. 정신이 제대로 박힌 놈이면 살인 청부 같은 걸 이렇게 허접하게 하진 않았을 테니까. 몇 대 치고 겁 좀 줘서 보내라고 돈을 준 거라면 다행이고."

삐딱하게 고개를 기울인 하늘이 한 발, 한 발 천천히 강준을 향해 다가왔다. 거리를 가늠하며 강준이 능청스럽게 입을 놀렸다.

"구두쇠 기질이 있나 봐. 얼마나 줬기에 제대로 된 한 방이 없어. 덕분에 난 아직 쌩쌩하지만."

"그럴 거였으면 내가 했지."

"뭐?"

하늘이 바지 뒷주머니에 손을 찔러 넣었다. 그리곤 슬쩍 시선을 옮긴 강준의 눈앞에 뭔가를 꺼내 들었다. 차가운 금속성의 물질. 잭나이프였다.

"적당히 겁만 줄 거였으면 시작도 하지 않았어. 다신 시은이 곁에 얼씬도 못 하게 만들라고 했지. 멱을 따든 불구로 만들든 제 발로 걸어 다니지 못하게. 그래서 일부러 A급으로 구해 착수금까지 아주 두둑하게 줬는데 말이야. 사람 욕심이란 게 참 끝이 없어. 뭘 더 우려낼 게 있다고 덤벼, 덤비길. 겁도 없이."

착. 나이프가 펼쳐지는 소리가 들렸다. 불빛에 반사되는 섬뜩한 기운에 강준이 낮게 숨을 삼켰다.

"애들 장난감 같은 걸로 뭘 하게. 참아. 그러다 괜히 사고 치고 후회하지 말고."

"장난 같아? 보기보다 꽤 잘 듣는데. 한번 확인해 볼래?"

시린 미소를 입에 달고 성큼 다가온 하늘이 강준을 향해 잭나이프를 휘둘렀다. 찰나의 순간, 뒤로 빠르게 물러나며 강준은 아찔한 순간을 모면했다. 아직, 아직은 아니다.

"듣기로는 네 형이 시은이 애인이었다던데, 맞아?"

"아, 진부하게 지나간 과거는 왜 꺼내고 지랄일까."

"화재로 죽었다고 시은이가 아주 많이 슬퍼하던데. 넌 괜찮은 건가?"

"지금 그런 걸 물을 땐가? 아직 사태 파악이 안 되시나 봐?"

비릿하게 치켜 올라간 하늘의 한쪽 입매가 꿈틀거리던 순간, 나이프가 강준에게로 날아들었다. 아슬아슬하게 피했지만 팔뚝에 예리한 칼날이 스쳤다. 아릿한 통증이 느껴지며 이내 뜨거운 피가 배어 나와 옷을 적셨다.

"궁금해서. 형이 사랑한 여자를 왜 가지려고 하는지."

"내가 먼저였으니까."

"무슨 말이야?"

"시은일 사랑한 게 내가 먼저라고. 형이 내 걸 뺏어 간 거야. 동생 걸 함부로 탐하면 안 되지. 먼저 태어났다고 모든 걸 다 차지한 것도 모자라 내 여자를 건드려? 그건 용납 못 하지."

"용납 못 하면?"

"그럼."

강준의 등 뒤로 차가운 벽이 닿았다. 그를 몰아붙인 하늘의 미소가 더욱 짙어졌다. 거리가 너무 가까웠다. 아차 하는 순간 이쪽이 먼저 당할 수도 있었다. 하늘이 나이프를 빙글 돌리더니 손에 꽉 쥐었다.

"죽는 거지, 내 손에."

"뭐?"

"지금처럼 죽는 거라고."

나이프가 복부를 향해 정면으로 다가왔다. 놀란 강준의 미간이 와락 구겨졌다. 나이프를 쥔 손에 힘을 주며 하늘이 속삭였다.

"그땐 불이었고 지금은 칼이지만, 죽는 건 똑같아."

"네가 불을 질렀다는 거야?"

강준은 손으로 나이프를 움켜잡았다. 빼도 박도 못하게 날을 잡고 있는 그가 가소롭다는 듯 하늘은 손잡이의 끝에 손바닥을 대고 눌렀다. 칼끝이 피부를 파고들었다.

뚝뚝. 칼날을 쥔 강준의 손바닥에서 피가 떨어졌다.

"아주 쉬웠지. 청소부 휴게실에 들어가서 버너만 틀면 되는 거였으니까. 커다란 냄비, 그거 하나면 돼. 일정 시간이 지나면 냄비 속에서 열받은 버너가 쾅 하고 폭발하거든."

"어떻게 형에게 그런 짓을 할 수 있지?"

"그게 뭐? 혈육이든 남이든 걸리적거리면 치워야지. 당연한 거 아닌가?"

강준이 나이프를 잡은 손에 힘을 살짝 풀었다. 그러자 나이프가 복부를 찔러 들어왔다. 죽지 않을 만큼의 깊이만 허락한 강준이 다시 나이프를 강하게 쥐었다. 그리곤 주머니에서 휴대폰을 꺼내 툭 던졌다. 하늘의 시선이 그쪽으로 쏠린 틈을 타 강준은 무릎으로 놈의 중심을 걷어찼다.

"헉!"

허리를 굽히고 비틀거리며 물러서는 하늘을 강준이 발로 세차게 걷어찼다.

"으아악! 이 미친 새끼가!"

"어떤 놈이든 거기 고통은 다 똑같이 느끼더라고."

강준은 하늘을 돕기 위해 다가오려는 정 실장을 향해 팔을 뻗었다.

"스톱!"

움찔 멈춰 선 정 실장이 강준을 바라봤다. 그때 멀리서 사이렌 소리가 들렸다. 구겨지는 정 실장의 얼굴을 보며 강준이 경고했다.

"내 폰에 위치 추적 장치가 있고 여기서 한 얘기는 실시간으로 생중계됐으니까 그냥 가만히 있는 게 좋을 겁니다. 더 큰일 벌어지기 전에."

강준의 말을 알아들은 건지 정 실장은 미친 듯 고함을 질러 대는 하늘을 낙담한 얼굴로 바라봤다. 이렇게 끝이 나려나 보다, 어딘지 모르게 안도하는 기색도 보였다.

창고 앞으로 다가오는 경광등의 불빛이 반짝거렸다. 그제야 안도감이 밀려온 강준의 몸에서 힘이 쭉 빠져나갔다. 긴장이 풀린 모양이었다.

"서강준, 괜찮아?"

누군가가 급하게 창고로 뛰어 들어오며 강준을 불렀다. 아득하게 들리는 최 형사의 목소리에 그가 눈을 감으며 희미한 미소를 띠었다.

"어……. 뭐, 아직은……."

※   ※   ※

하늘을 비롯해 현장에 있던 정 실장과 남자가 현행범으로 체포되었다. 남자는 강준이 약속한 대로 곧 풀려나게 될 것이다.

"괜찮은 거야?"

최 형사가 강준의 몰골을 보고 또 한 번 물었다. 비록 피는 흘렸지만 깊은 상처는 아니었다.

"봤잖아, 내 발로 걷는 거. 괜찮아."

강준을 병원 응급실까지 데려온 최 형사가 그래도 걱정이 된다는 듯 머뭇거렸다. 빨리 부탁한 일이나 제대로 처리해 달라며 강준이 그의 등을 떠밀었다.

"치료 잘 받아. 먼저 간다. 전화할게."

강준의 성화에 마지못해 최 형사가 응급실을 나섰다.

최 형사에게 미리 언질을 주고 위급 시 위치 추적이 가능한 앱을 설정해 두지 않았다면 정말 큰일 날 뻔했다.

"하아. 이거 보면 난리 날 인간들이 딱 둘 있는데 걱정이네."

상처를 살피며 강준이 걱정스레 한숨을 푹 내쉬었다. 팔의 상처는 깊지 않았지만 복부와 손바닥은 봉합을 해야만 했다. 상처가 크게 보이지 않아야 할 텐데 걱정이었다.

강준이 처치를 받고 옷을 걸치는 사이 병원의 연락을 받고 달려온 시은이 도착했다. 최 형사가 강준의 휴대폰에서 그녀의 번호를 확인해 보호자로 올려 두었기에 그녀에게 전화를 한 것이었다.

응급실로 들어서자마자 분주히 사방을 훑던 시은의 눈에 강준이 들어왔다. 멀쩡히 인사를 하고 헤어졌던 때와는 판이하게 다른 강준의 모습에 시은은 울컥하고 말았다. 부스스 헝클어진 머리와 찢기고 더럽혀진 옷에 묻어 있는 혈흔. 맞아 터진 입술과 멍든 눈 밑이 마음을 아프게 했다.

또 자신 때문에 사랑하는 사람이 다쳤다는 죄책감과 두려움에 몸이 파르르 떨렸다. 조심스럽게 발을 떼며 다가오는 시은을 뒤늦게 발견한 강준이 눈을 동그랗게 뜨고 그녀를 봤다. 걱정할까 봐 일부러 알리지 않았는데, 어떻게 알고 왔을까.

"시은 씨?"

강준은 제 앞에 멈춰 선 시은을 믿을 수 없다는 듯 멍하니 바라봤다. 시은은 차마 강준을 마주 보지 못하고 고개를 숙인 채 잘근 입술을 깨물고 있었다. 강준은 고개를 비스듬히 기울여 그녀의 얼굴을 살폈다. 두 눈 가득 눈물이 고여 있었다.

부드러운 미소를 머금은 강준이 주먹을 꽉 쥔 채 떨고 있는 그녀의 손을 잡았다. 그리고 놀랐을 그녀의 마음을 다독이듯 부드럽게 손을 쓸었다.

"나 괜찮아요. 봐요. 무사하잖아."

손끝으로 그녀의 턱을 들어 올려 자신을 보게 하자 시은의 눈에서 주르륵 눈물이 흘렀다. 강한 척, 차가운 척 장벽을 치고 아무도 가까이 다가오지 못하게 하던 시은이 강준 때문에 눈물을 흘리고 있었다. 눈물방울이 그의 손등에 툭 떨어졌다.

"시은 씨는 슬픈데 난 왜 이렇게 좋죠?"

"흑……. 네?"

울먹이는 목소리로 시은이 입을 열었다. 그런 그녀를 가까이서 빤히 바라보며 강준은 눈물로 얼룩진 시은의 볼을 가만가만 어루만져 주었다. 아이같이 순수한 면도 있었구나. 우는 그녀의 모습이 너무나 예뻐서 강준은 시선을 떼지 못했다.

"나 때문에 울어 주는 사람, 처음이라서. 그게 시은 씨라서 너무 좋다."

"우는 게 뭐가 좋아."

마음 졸이게 하고 걱정시킨 것을 원망하듯 시은이 강준의 가슴을 툭 쳤다. 그에 강준이 미간을 찌푸리며 낮게 신음을 터트렸다.

"아."

"아파요?"

화들짝 놀란 시은이 그의 가슴을 어루만지며 걱정스레 물었다. 한결 가까워진 그녀의 얼굴을 마주한 강준은 한쪽 눈을 찡긋거렸다.

"아니요, 간지러워서."

장난스런 그의 표정에 시은의 눈이 단박에 가늘어졌다.

"지금 장난칠 때예요?"

응징을 하려 날아오는 시은의 손목을 강준이 낚아채 잡아끌었다. 그리곤 중심을 잃고 제 품으로 쓰러지는 시은을 가볍게 안았다.

당황한 시은이 주변을 살폈다. 다행히 응급 환자가 별로 없어 실내는 조용했다. 처치가 모두 끝난 뒤라 강준의 곁으로 다가오는 의료진도 없었다.

시은은 목소리를 최대한 낮춰 강준을 나무랐다.

"뭐하는 짓이에요."

그런 그녀를 천연덕스레 바라보며 강준이 어깨를 으쓱했다. 눈을 흘긴 시은이 몸을 바로 세우려고 하자 강준이 팔에 더욱 힘을 주었다.

"강준 씨."

"나 환자예요. 걱정돼서 보살펴 주러 온 거면 본분을 다 해요."

"무슨 본분이요?"

"위로와 안식을 줘야죠."

"네?"

"쉿. 여기 응급실이에요. 정숙해야 된다니까."

능청스레 검지를 세워 입술에 댄 채 강준이 엄한 표정을 지었다. 시은이 기가 막혀 헛웃음을 터트리는 사이 그가 팔을 뻗어 커튼을 잡았다. 그리곤 고개를 기울여 시은의 얼굴 앞에 입술을 내밀었다.

"우선 여기부터. 맞아서 터졌어. 위로 좀 해 줘요."

좌르륵. 커튼이 쳐졌다. 그 사이로 강준이 시은의 입술을 머금는 장면이 스치듯 보였다가 사라졌다.

닫힌 커튼 뒤에서 강준은 시은의 따스한 보살핌을 받았다. 입술에서 입술로 전해지는 아주 다정하고 부드러운 보살핌을.

※   ※   ※

"하늘이 놈 정신감정은 내가 맡기로 했다."

재호가 차를 내오며 말했다. 하늘은 현재 모든 혐의를 부인하고 있었다. 자백이 담긴 녹음 파일이 있는데도 그는 뻔뻔하게 그건 장난이었다고 주장했다. 아무리 그래도 어떻게 자신이 형을 죽이겠느냐며 울먹이기까지 하면서.

하지만 다행스럽게도 이번엔 그의 말이 먹히질 않았다. 확실한 증인인 강준이 있었기 때문이다.

상황이 불리하게 돌아가고 사회적 이슈가 되자, 다급해진 그의 부모가 협상을 요구해 왔다. 그가 정신병적 질환을 앓고 있으며 환각 상태에서 저지른 일이라는 걸 증명하기 위해 변호사를 통해 정신감정을 요청해 온 것이다.

형을 죽인 패륜아가 되느니 차라리 정신병자가 되는 편이 낫다고 판단한 모양이었다. 이제야 그런 생각을 했다는 것이 원망스러웠지만 그래도 더 늦지 않아 다행이었다.

반사회적 인격 장애의 경우 평소엔 표가 나지 않게 살아가

다가 병증이 심해지면 아무렇지 않게 사람을 죽일 수도 있었다. 그게 잘못이라는 걸 모르니까. 그냥 걸리적거려서 치워버렸다는 게 공통적인 그들의 말이었다.

재호의 연구실을 찾은 강준은 그가 내미는 찻잔을 받으며 고개를 끄덕였다.

"판결이 나면 치료감호소로 이송되겠군요."

"그렇지. 형량이 끝날 때까지는 거기 갇혀 있게 되겠지."

"치료가 가능할까요?"

"알잖아, APD는 완치가 쉽지 않다는 거. 거의 불가능하다고 봐야지. 상대의 고통에 무감각한 근본적인 원인이 안 고쳐지는데 어쩌겠어."

"혹시 나중에라도 검사를 통과하면."

"걱정 마. 부모랑 약속했으니까. 설령 그렇게 되더라도 계속 감금 치료를 하기로 했어."

"결정하기 쉽지 않았을 텐데."

"또다시 누군가를 해하는 것보단 그게 나으니까."

"그렇긴 하죠."

차를 한 모금 들이켠 후 재호가 깊은 한숨을 내쉬었다. 그리고 소파 깊숙이 몸을 기댄 채 강준을 빤히 응시했다. 차분히 차를 마시던 강준이 시선을 느끼고 돌아보자 재호가 계슴츠레하게 눈을 늘였다.

"왜요?"

"자식이 겁도 없이."

"또 그런다, 또."

"내가 안 그러게 생겼어? 이게 얼마나 위험한 일인데 혼자서 나대. 나대길."

"잘 해결됐잖아요. 그럼 된 거지."

"혼자서만 잘난 척. 하나도 안 멋있어, 인마."

질투와 걱정이 뒤섞인 타박에 강준이 피식 싱겁게 웃었다. 그런 그의 뒤통수로 재호의 손이 날아들었다.

"아야!"

강준이 머리를 문지르며 불퉁하게 바라보자 재호가 눈을 부라리며 입을 씰룩거렸다.

"뭐."

"와아, 지금 사람 때려 놓고 발뺌하는 거예요?"

"맞을 짓을 했으니까 때리지."

"이미 맞을 만큼 충분히 맞았거든요?"

"잘났다. 그러다 뒈지면 어쩌려고."

"별걱정을 다 해. 내 끈질긴 생명력 못 믿어요?"

장난스럽게 눈을 찡긋하는 강준을 기막히다는 듯 쳐다보던 재호가 답답함에 입고 있던 가운을 펄럭였다. 그런 재호를 강준이 다정하게 바라보며 엷은 미소를 머금었다.

"내가 때리는 건 좀 서툴러도 피하는 건 제대로거든. 그러니까 그 어마무시한 놈들을 상대로 이 정도밖에 안 다쳤지."

"아휴, 뚫린 입이라고 그냥."

"에헤이. 폭력은 나쁜 거라니까."

주먹을 흔드는 재호를 만류하며 강준이 싱긋이 웃었다. 그 얼굴을 얄밉게 쏘아보던 재호가 허탈하게 웃으며 손을 내리고 고개를 절레절레 저었다.

"딱 한 번이야. 나도 내 목숨 귀한 줄 안다고요. 사랑이 걸린 일이니까, 지켜야 할 게 있으니까 그랬던 거지. 이젠 끝. 해결됐으니까 아끼고 사랑할 겁니다, 내 몸을."

강준이 두 팔로 제 몸을 격하게 끌어안자 재호가 혀를 찼다.

"왜 네 몸을 네가 아끼고 사랑해. 상대방이 아니고."

"그래야 그 사람이 행복할 테니까요. 지금 내가 그런 것처럼."

"이 자식, 이거 능글맞기가 완전 능구렁이 저리 가라야. 더 심해졌어. 불치병이야, 불치병. 아휴, 옮을까 겁난다."

"그러니까 건드리지 말아요. 확 오염시켜 버릴 거야, 내 느끼함으로. 가요, 나."

진저리를 치는 재호를 뒤로하고 강준이 연구실을 나섰다.

복도를 걸어 엘리베이터 앞에 멈춰 선 강준은 버튼을 누르고 주머니에 손을 찔러 넣었다. 요즘은 어째 자신의 병원보다 이곳을 더 자주 찾는 것 같았다.

"이러다 병원 문 닫는 거 아니야?"

엘리베이터가 도착하기를 기다리며 강준이 혼잣말을 중얼거렸다. 그때, 도착음이 들리고 엘리베이터 문이 열렸다. 발을 움직이려던 강준은 그대로 자리에 멈춰 서서 환하게 웃었다.

엘리베이터 안에 서 있던 시은도 강준을 발견하고 반색했다. 문이 닫히기 전 얼른 엘리베이터에 올라탄 강준이 그녀의 손을 잡았다.

"여긴 어쩐 일이에요?"

"재호 형 만나러 왔죠."

"아, 교수님 만나러 오셨구나."

"뭐죠? 엄청 실망한 듯한 이 눈빛은?"

강준의 지적에 얼굴을 붉힌 시은이 아닌 척 시치미를 뗐다.

"실망은 무슨."

"왜요. 시은 씨 보러 온 게 아니라서 섭섭해요?"

"아니라고요. 나도 엄청 바쁘거든요?"

"그렇지. 레지던트 1년차는 정신없이 바쁠 때지."

선배처럼 근엄하게 말하는 강준을 시은이 불퉁하게 돌아봤다. 강준이 그런 시은의 얼굴로 고개를 기울여 입을 맞췄다. 단숨에 입술을 훔치고 멀어지는 그를 시은이 놀란 눈으로 바라봤다.

"뭐하는 거예요?"

"뭐가요?"

정면으로 시선을 돌린 강준이 어깨를 으쓱하며 아무 일도 없었다는 듯이 물었다.

"방금."

"방금, 뭐요?"

정말 모르겠다는 얼굴의 강준을 기막힌 듯 쏘아보던 시은이 고개를 절레절레 흔들며 시선을 돌렸다.

"이 원수는 꼭 갚아 줄게요."

"언제요?"

"와아, 그거 알아요? 강준 씨 능청이 사람 복장을……."

따지듯 쏘아붙이던 시은이 순간 말을 멈췄다. 자신의 양 볼을 감싼 강준의 따스한 손 때문이었다. 감미롭게 입술을 머금는 그의 입술은 달콤하기만 했다.

들고 있던 차트를 떨어뜨린 시은은 강준의 손 위에 자신의 손을 겹쳤다. 그의 입술이 더 깊이 스며들었다.

카메라가 설치되어 있는, 그것도 사람의 출입이 빈번한

엘리베이터 안에서 무슨 짓이냐며 그를 나무라던 것이 무색하게 시은도 키스에 빠져 버렸다. 이러다 정말 은철의 말처럼 풍기 문란으로 벌금을 물게 될지도 몰랐다.

에라, 모르겠다. 소문이야 이미 난 거고, 까짓 벌금 좀 물면 어때. 지금 이 순간이 그 무엇보다 소중하고 좋은데.

늦은 오후, 출장 상담을 마치고 돌아온 강준은 병원 문이 닫힌 것을 확인하고 집으로 올라가는 계단에 발을 올렸다. 계단을 올라가는 동안 익숙한 향기가 나는 것 같자 강준의 고개가 살포시 기울었다.

시은이 이곳에 올 리가 없는데 어떻게 그녀의 향기가 날까. 손으로 코를 쓱쓱 문지르고 계단을 올라 도어록의 비밀번호를 누르던 강준의 미간이 꿈틀거렸다. 문손잡이를 잡았는데 기분이 묘했다. 이상하게 가슴이 설레는 게 문 너머에 꼭 뭔가가 있을 것만 같았다.

두근두근. 심장박동 소리를 들으며 천천히 문을 열었다. 그의 기대와 달리 열린 문 사이로 보이는 풍경은 다른 날과 변함이 없었다. 심장의 떨림이 순식간에 잦아들었다.

"후우."

허무한 한숨과 함께 문을 활짝 열어젖혔다. 그리곤 안으로 성큼성큼 걸어 들어갔다. 어둠이 내려앉은 마당과 마룻

바닥 위로 정원등의 불빛이 온화하게 내리비쳤다.

다른 날 같으면 발걸음이 무척 가벼웠을 텐데. 잔뜩 기대
했다가 실망해서 그런지 현관으로 향하는 발소리가 둔중했
다.

불 꺼진 집 안으로 들어서며 신발을 막 벗을 때였다. 아까
와 같은 향기가 집 안에서 은은하게 풍겨 왔다. 심장이 다시
뛰기 시작했지만 애써 그것을 외면했다. 또 혼자 설레발쳤
다가 실망하면 이번엔 진짜 참기 힘들 것 같았기 때문이다.

당장 문을 박차고 나가 시은이 일하고 있는 병원으로 직
행할지도 몰랐다.

—아아, 정말 싫다. 오늘 당직이에요. 피곤해 죽겠는데 어떻
게 견디지?

집에 오는 길에 했던 통화에서 시은은 힘 빠진 목소리로
오늘은 마중 오지 않아도 된다고 통보했었다. 조금 섭섭하
긴 했지만 그녀도 그녀 나름의 일이 있으니 도움은 못 줄망
정 방해는 말아야겠다고 생각했다.

"아이고. 이러다 망부석 되는 거 아닌지 몰라."

실내화를 신으며 들어선 강준은 소파에 가방과 겉옷을 던
져 놓고 곧장 욕실로 향했다. 걸음을 옮기며 단추를 하나둘

풀다 막 셔츠를 벗으려 할 때였다. 갑자기 사방이 환하게 밝아졌다. 불빛에 시린 눈을 감았다가 떴다.

"와우! 우리 애인 바디가 아주 그냥 끝내주는데?"

훤히 드러난 강준의 상체는 보기 좋을 만큼 잔근육이 자리 잡혀 있어 꽤 그럴싸했다. 그가 움직일 때마다 그것들이 섹시한 자태를 여지없이 드러내고 있었다.

한쪽 어깨를 드러낸 채로 강준이 소리가 들려온 쪽으로 고개를 돌렸다. 드레스 룸 벽에 비스듬히 기대선 시은이 팔짱을 끼고 도도하게 강준을 바라보고 있었다.

강준의 고개가 모로 기울었다. 믿을 수 없다는 듯 미간을 찌푸리며 눈을 가늘게 뜨고 유심히 시은을 살피던 그의 입에서 짧은 한숨이 새어 나왔다.

"하아."

돌아서서 다시 옷을 걸치고 다가오는 강준을 시은이 느긋하게 감상했다.

"어떻게 된 거예요?"

바로 앞까지 다가온 강준이 밑지 않게 인상을 쓰며 물었다. 그러자 시은이 어깨를 으쓱하며 능청스럽게 되물었다.

"뭐가요?"

"당직이라고 한숨 쉬며 칭얼거리던 사람이 왜 여기 이런 모습으로 있느냐고요."

강준이 그녀의 몸을 위에서 아래로 훑어 내리며 말했다. 시은은 그의 시선을 따라 제 몸을 내려다봤다. 그리곤 오히려 뭐가 잘못됐느냐는 표정을 지어 보였다.

"맞아요, 당직."

"여기서?"

"네."

당당하게 말하는 시은의 얼굴을 빤히 응시하던 강준이 다시 한 번 그녀를 천천히 내려다봤다. 시은은 아름다운 실루엣이 그대로 드러나는 슬립을 걸치고 요염한 자태로 서 있었다. 마치 작정하고 그를 유혹하려는 듯이.

"왜요? 내 작업복이 마음에 안 들어요?"

"작업복?"

"그래요, 작업복. 레이스로 하려다가 취향이 그쪽은 아닌 거 같아서 실크로 했어요."

"촉감은 이쪽이 낫죠."

"저도 이쪽이 좋아요."

주고받는 말속에 담긴 의미를 가늠하며 강준이 그녀의 곁으로 불쑥 다가섰다. 그리곤 한쪽 팔을 들어 그녀의 머리 위 문기둥에 올려 두었다. 코앞에서 자신을 내려다보는 강준의 뜨거운 시선보다 눈앞에서 어른거리는 섹시한 그의 맨몸이 그녀의 눈을 더 강렬하게 붙잡았다.

제 몸을 음미하듯 더듬는 시은의 시선을 기분 좋게 느끼며 강준이 목소리를 낮춰 은밀하게 속삭였다.

"그래서 오늘 작업할 물건 감상은 잘하셨고?"

"아직이요."

"아직이라."

"하던 거 마저 해 봐요. 그래야 제대로 된 품평을 하지."

"하던 거?"

강준이 한 손으로 턱을 쓸며 야릇하게 입꼬리를 말아 올렸다. 그러자 그를 마주한 시은이 눈썹을 들썩였다.

"스트립."

"훗. 스트립이라."

강준이 손끝으로 셔츠를 잡아 살짝 들췄다. 가려졌던 쇄골과 강인해 보이는 어깨 라인이 드러나자 시은의 입가에 사르르 미소가 번졌다. 그런 시은의 눈을 옭아매듯 응시하며 강준이 느릿하게 셔츠를 벗어 내렸다. 한 발, 한 발 그녀에게서 멀어지며.

툭. 셔츠가 바닥에 떨어졌다. 팔뚝의 상처에 시선이 머물자 시은의 미간이 꿈틀거렸다. 이어 매끈한 배로 내려간 그녀의 눈에 또 다른 상처 자국이 들어왔다. 그녀의 시선이 어디에 닿았는지 짐작한 강준이 배의 상처를 손끝으로 더듬으며 섹시하게 말했다.

"완전 야성미 돋죠. 확 덮치고 싶게."

"그러게요. 빨아 주고 핥아 주고 싶네."

움찔. 강준의 손길이 멈췄다. 도발하려고 했는데 오히려 한 방 제대로 먹었다.

시은은 마른침을 꿀꺽이는 강준에게 손을 뻗었다. 길고 가는 검지가 위에서 아래로 까닥였다.

"이제 버클을 풀 차례예요."

"하, 하하."

"응? 왜 웃어요?"

손으로 얼굴을 가린 강준이 유쾌한 웃음을 터트렸다. 그런 강준을 가늘게 내리뜬 눈으로 흘기던 시은이 성큼성큼 그에게로 걸어갔다.

얼굴을 가린 손 위로 시은의 손가락이 스치고 지나가자 강준은 웃음을 멈추었다. 손길이 유연하게 아래로, 아래로 그의 몸을 쓸며 내려갔다.

시은은 얼굴을 가린 그의 손을 잡아 제 허리 뒤로 두르며 유혹하듯 혀로 입술을 핥았다.

그녀가 한 발 앞으로 전진하자 강준이 뒤로 한 발 물러섰다. 강준의 다리 사이를 파고들며 시은이 또 한 발을 내딛었다. 옷 위를 스치는 그녀의 맨다리가 야릇한 감촉을 선사했다.

아래로 우아한 곡선을 그리며 내려온 시은의 손이 강준의 버클 위에서 멈췄다. 버클이 풀리고 지이익, 지퍼가 내려가는 소리를 들으며 강준은 아랫입술을 잘근 깨물었다.

"아."

그의 등 뒤로 차가운 벽이 닿았다. 시은은 그의 허리를 어루만지듯 쓸고 지나 욕실 손잡이를 잡았다. 욕정이 피어오르는 뜨거운 눈으로 강준이 바라보자 고개를 비튼 그녀가 뒤꿈치를 들어 올렸다.

할짝할짝. 달콤한 향이 물씬 묻어나는 시은의 혀가 강준의 입술을 핥았다. 절로 반응해 벌어진 강준의 입술 사이로 스며들며 가지런한 그의 치열을 쓸었다.

그의 입술에서 달아오른 숨결이 새어 나와 시은의 혀와 입술을 물들였다.

둘의 시선이 허공에서 얽혔다. 시은이 그의 입술에 제 입술을 맞댄 채 달싹였다.

"기다리다 숨넘어가겠어."

"그래서 직접 하시겠다?"

"풀 서비스 가동. 벗는 것부터 씻는 것까지 이 손으로 해 드리죠."

시은의 발칙한 손이 그의 바지 속으로 들어가 속옷 위로 강준의 중심을 더듬었다. 살포시 찌푸려지는 그의 미간을 보

며 시은은 조금 더 과감하게 팬티 라인 위에 손가락을 걸쳤
다.

사르륵, 사르륵. 그녀의 손가락이 움직일 때마다 가려진
은밀한 부위가 드러났다.

찰칵. 욕실 문이 열리는 소리가 들렸다. 강준은 가볍게 밀
치는 시은의 손에 뒷걸음질하며 그녀의 엉덩이를 받쳐 훌쩍
안아 올렸다. 자연스레 강준의 허리에 다리를 휘감은 시은
의 입술에서 잔웃음이 흘러나왔다.

"이건 벗고 작업하는 게 좋겠어."

"작업복을 작업할 때 벗으라고요?"

"그러라고 있는 작업복이니까요."

"훗. 정말 말은 엄청 잘해."

강준이 시은의 어깨에 걸쳐져 있던 슬립의 가는 끈을 쓸
어내리며 봉긋한 가슴 위에 지그시 입술을 눌렀다. 시은의
심장으로 그의 마음이 스며들었다.

"야, 서강준."

"훗. 왜, 정시은?"

시은의 가슴을 부드럽게 어루만지며 강준이 그녀의 이름
을 불렀다.

욕조에 앉은 시은은 등 뒤에 몸을 겹친 그의 얼굴을 쓸며

목에 입술을 댔다. 그녀의 움직임에 물이 찰박찰박 소리를 냈다. 목 언저리에서 간질이듯 달싹이는 시은의 입술에 강준이 기분 좋게 웃었다. 한 번씩 건방지게 자신의 이름을 대 놓고 막 불러 대는 시은이 그렇게 귀여울 수가 없었다.

"있잖아."

"응."

"내가 널."

"네가 날?"

"사랑……한다네."

시은의 가슴을 지분거리던 강준의 손이 멈췄다. 그가 시선을 내려 시은의 얼굴을 바라봤다. 붉게 달아오른 볼을 하고 시선을 내리뜬 채 뜨거운 숨결을 흘려 내는 시은을 가만히 바라보던 강준이 갑자기 그녀의 몸을 돌렸다.

"어머!"

놀란 시은이 제 아래에 있는 강준을 멀뚱히 내려다보자 강준이 부러 엄한 눈빛으로 그녀를 직시했다. 부끄러움이 가시지 않은 얼굴로 그녀가 눈을 깜빡거렸다.

옷을 벗기고 덤벼들 때는 눈 하나 깜짝하지 않더니. 사랑한다는 고백에 낯을 붉히고 있었다. 그녀의 그 모습이 너무 귀여웠다.

강준이 진지하게 그녀의 이름을 불렀다.

"정시은."

"네?"

"안 되겠네."

"왜요?"

"그걸 이제 알았단 말이야? 난 훨씬 전부터 알아챘는데. 네 눈에, 네 가슴에 내가 꽉 들어찬 거."

멍하니 입을 벌린 채 헛웃음을 터트린 시은이 고개를 절레절레 저었다.

"와아, 뻔뻔스러워. 어떻게 그런 말을 아무렇지 않게 하지?"

"사랑은 원래 뻔뻔한 거야."

싱긋이 웃으며 시은의 뒷머리를 감싸 안은 그가 단숨에 입술을 머금었다. 물 안에서 뒤섞이는 섬세한 몸의 감촉이 두 사람의 육체를 더 뜨겁게 달궜다.

chapter 11
욕심 부리셔도 됩니다

결혼 적령기를 넘겨 불안 장애에 시달린다고 자가 진단을 내린 서른아홉의 여자는 상담을 하는 내내 눈물을 훌쩍였다. 여자가 구구절절 늘어놓는 이야기들은 주로 자기 자랑이었다. 자신은 이렇게나 잘났는데 왜 남자들은 자신과 결혼을 원하지 않는지 모르겠다는 다소 황당한 소리였다.

"흐음. 김은주 씨."

소파에 등을 기대고 편안히 여자의 말을 들어 주던 강준이 상체를 기울여 책상 위에 팔을 올렸다. 나른하게 턱을 괴고 지그시 바라보자 여자가 눈을 과도하게 깜빡거리며 몸을 좌로 꼬았다.

"왜요, 선생님?"

요염을 떨며 예쁜 척하는 여자의 얼굴을 진지하게 바라보던 강준이 입을 열었다.

"결혼이 꼭 인생의 전부는 아닙니다."

"네?"

"잘 모르시나 본데 결혼이란 말이죠, 하는 순간부터 무덤자리를 찾아 삽질을 하는 겁니다. 그런 어리석은 짓을 왜 하려 하십니까? 저는 은주 씨의 탁월한 미모, 물론 의학의 힘을 살짝 빌렸다고 하셨지만 아무튼, 거기에 우월한 두뇌, 뛰어난 요리 솜씨를 한 사람을 위해서가 아니라 범우주를 위해 쓰이기를 권하고 싶습니다. 그것만이 모두를 위한 평화적인 방법이라고 생각합니다."

"우주?"

"그래도 굳이 결혼을 해야겠다 싶으시면 국제결혼도 생각해 보십시오. 단, 절대 그 나라 말은 배우지 마시고요. 말 알아듣기 시작하면 서로가 힘들어지니까."

진중하게 자신의 생각을 전하는 강준을 여자가 어리둥절하게 쳐다봤다. 그가 무슨 말을 하는 건지 알아듣지 못해서였다. 두서없이 이것저것 붙여 그럴싸한 문장을 만들어 낸 것 같긴 한데 도무지 뜻을 간파하기가 힘들었다. 그래서 결혼을 하라는 거야, 말라는 거야?

"무슨 말씀이신지……?"

딱! 강준이 경쾌하게 손가락을 튕겼다. 여자가 흠칫하며 눈을 부릅떴다. 그가 가늘게 눈을 늘이며 의미심장한 눈빛으로 속삭이듯 말했다.

"그겁니다. 김은주 씨가 하는 말들이 상대에게도 딱 그렇게 들린다는 말이죠."

"……네?"

"외계어에 버금가는 듣기 싫은 소음으로."

"뭐예요?"

버럭 화를 내며 자리를 박차고 일어서는 여자를 따라 몸을 일으킨 강준이 말을 이었다.

"그러니까 정말 결혼을 하고 싶으시면 말을 줄이고 귀를 여시라는 겁니다. 그리고 들어 주세요, 상대방이 하는 이야기를. 그럼 이제까지와는 다른 눈으로 사람들이 은주 씨를 볼 겁니다."

"……다른 눈으로 본다고요?"

여자가 은근슬쩍 톤을 낮추며 물었다. 듣고 보니 뭔가 그럴싸한 모양이었다. 책상을 돌아 나온 강준이 여자를 문 쪽으로 리드하며 걸음을 옮겼다.

"스펙도 외모도 아닌 내면을 보게 되겠죠. 상대방에게 같이 있고 싶은 사람으로 보일 거예요. 틀림없이."

"정말 그럴까요?"

"시도해 보시고 그때도 효과가 없다면 다시 상담을 해 보죠."

"네, 그럴게요."

여자를 배웅한 강준이 문을 닫고 돌아서며 가볍게 입바람을 불었다.

요즘은 따로 결혼 적령기가 없다는 표현이 맞을 정도로 결혼의 시기를 정해 두지 않는 것이 추세였다. 결혼을 하고 싶으면 하고, 하기 싫으면 안 하면 된다.

결혼을 하고 싶은데 할 수가 없으면 누군가가 자신을 좋아하도록 만들면 되는데, 그건 오롯이 자신의 몫이었다. 누가 대신해 줄 수 없는.

"저런 성격은 결혼을 안 하는 게 좋을 텐데 말이야."

강준은 다양한 사랑의 유형 중에서 희생적인 사랑보다는 변함없이 꾸준한 사랑을 더 좋아했다. 처음과 같이 아끼고 사랑하는 마음. 그래서 황혼이 아름다울 수 있는 그런 사랑을 추구했다.

잠시 딴생각에 빠져 있던 그가 노크 소리에 고개를 들어 문 쪽을 응시했다. 문이 열리고 50대 후반의 화려한 용모를 지닌 여자가 조 간호사의 안내를 받아 안으로 들어섰다.

강준이 의아한 시선을 조 간호사에게 던졌다. 그가 알기로는 방금 나간 김은주가 오늘의 마지막 환자였다. 그 뒤로는 예약을 잡지 말라고 일러두었는데.

"개인적으로 볼일이 있으시다고."

조 간호사가 슬쩍 강준과 여자의 눈치를 보며 조심스럽게 말을 건넸다. 중년의 여자는 강준과 조 간호사의 대화에는 관심이 없는 듯 상담실 안을 둘러보기에 바빴다. 어쩐지 환자는 아니라는 생각이 들어 강준은 고개를 끄덕이며 알았다는 신호를 보냈다.

"저를 보러 오셨다고요?"

말을 걸자 여자가 힐끔 그를 돌아봤다. 그 눈빛이 곱지 않았다. 여자는 강준의 앞자리가 아닌 소파에 털썩 앉아 도도하게 다리를 꼬았다. 엷은 미소를 띤 그가 자리에서 일어나 소파로 다가갔다.

"나 누군지 알죠?"

"글쎄요."

대뜸 묻는 말에 강준이 어깨를 으쓱했다. 그게 마음에 들지 않았던지 여자가 눈살을 찌푸리며 짧게 혀를 찼다. 꼭 강준이 자신의 정체를 알고 있어야 한다는 말투였다.

맞은편에 앉아 유심히 여자를 바라보던 강준의 입가에 이내 사람 좋은 미소가 걸렸다. 처음 본 사람이지만 누군지 알 것 같았다. 어딘지 모르게 자신이 사랑하는 사람과 닮은 구석이 있었다.

"나, 시은이 엄마예요."

"아, 그러시구나."

강준이 고개를 끄덕이며 멀뚱히 시은의 모친을 마주했다. 자신의 정체를 안다면 뭔가 다른 액션을 취할 거라고 생각했던 시은의 모친 나희의 예상이 빗나갔다. 조금 당황한 기색을 보이며 그녀가 목을 가다듬었다.

"흠."

이 서강준이라는 남자와 시은이 사귄다는 말을 하늘에게서 듣고 찾아온 것이었다. 그런데 돌아오는 반응이 영 시원찮았다. 혹시 시은이가 혼자서 좋아하는 건 아닌지, 아니면 선을 보기 싫어서 남자가 있다고 거짓으로 둘러댄 것은 아닌지 의심스러웠다.

"차라도 드시겠습니까?"

적막하게 바라보던 강준이 갑자기 생각났다는 듯 물었다. 뭐 이런 남자가 다 있나. 울컥하면서도 조금 더 두고 보자하는 마음으로 나희는 고개를 끄덕였다.

"그러죠."

"어떤 걸로 하시겠습니까? 유기농 농장에서 수확한 농도 짙은 명품 녹차와 여러 공정을 거쳐 완성된 정성 가득한 일품 커피가 있는데."

장황한 설명에 선뜻 결정을 못 내리던 나희가 고민 끝에 녹차를 택했다. 간호사를 시킬 거라 생각했는데 그가 직접 자리에서 일어나 차를 준비하러 밖으로 나갔다.

　그사이 그녀는 분주하게 상담실의 요모조모를 살폈다. 견적이 어느 정도 나올지 가늠해 보는 중이었다.

　문이 열리고 강준이 들어오자 나희는 아무 일도 없었다는 듯 고아한 자태로 시치미를 뗐다. 그런 나희의 앞에 강준이 찻잔을 내려놓았다. 그리곤 빈 잔에 손수 뜨거운 물을 따르고 쟁반 위에 놓여 있던 것을 집어 포장을 뜯었다.

　"그게 뭐죠?"

　"주문하신 명품 녹차입니다."

　강준이 친절하게 포장을 보여 주었다. '농도 짙은 명품 녹차'. 분명히 포장지의 겉면엔 그렇게 적혀 있었다. 그가 포장을 뒤집어 뒷면의 작은 글귀를 손으로 가리켰다.

　"보이시죠? 유기농 농장에서 직접 수확한 거라고 적힌 거. 놀랍지 않습니까? 이 작은 녹차 티백 하나에 이렇게 많은 정성과 노력이 깃들었다니. 정말 감동 그 자체입니다."

　나희는 가슴에 손을 얹고 진심으로 감동한 표정을 지으며 말하는 강준을 멍하니 바라봤다. 잠시 할 말을 잃고 정신을 못 차리던 그녀가 쟁반 위로 시선을 내렸다. 혹시나 하고 본 그곳에는 녹차와는 다른 긴 비닐 스틱 하나가 놓여 있었다.

꿀꺽. 마른침을 삼킨 그녀가 그것을 검지로 가리키며 물었다.

"이건."

"아, 그건 제 겁니다."

녹차 티백을 물에 담근 강준이 스틱을 들어 올렸다. 그리곤 또 진지하게 설명을 하기 시작했다.

"아십니까? 이거 하나를 만드는 데 얼마나 많은 공정이 필요한지. 현지인들이 직접 따서 수확한 원두를 선별하고, 그것들을 다시 로스팅하고 분쇄한 뒤에 황금 비율로 크림과 설탕을 섞어 완성한 이 믹스 커피. 일품이란 이름이 전혀 아깝지가 않습니다."

스틱의 끝을 잘라 제 잔에 붓고 물을 넣어 휘젓는 강준의 곱고 긴, 섬세하기 이를 데 없는 손을 그녀가 말문이 막힌 채 바라봤다. 이상했다. 분명히 허우대는 멀쩡한데 정신세계가 독특했다. 그것도 엄청.

놀리는 거냐고 따져 물어야 마땅한데 입이 벌어지지 않았다. 그 어떤 독설도 쏟아 낼 수가 없었다. 그동안 기가 세다는 말을 무수히 들었던 그녀가 초반부터 말리는 기분을 느낀 건 이번이 처음이었다.

뭐지, 이놈 정체가?

지적인 두뇌를 소유하고 있음이 확실한 그는 직업도 남들

이 그렇게 탐을 낸다는 '사' 자 돌림이었다. 그것도 의사. 시
은과 같은 정신과에 개업의래서 얼마나 잘사는지 염탐하러
온 길이었다. 그를 만나기 전까지만 해도 뜯어낼 게 많으면
좋겠다 하고 부푼 기대에 젖어 있었다.

"많이 놀라셨죠?"

"뭐가요?"

"황당하기도 하고 놀랍기도 하고 경악스럽기도 하고."

늘어놓는 말이 죄다 눈앞의 강준을 가리키고 있었다. 자
신에 대해 알긴 아는 모양이다 싶었다. 마음을 다잡고 표정
을 굳힌 나희가 차게 말했다.

"그러게 참 당황스럽네."

"저도 엄청 놀랐습니다. 어떻게 그런 정신 나간 잡놈이
시은이를 꼬셔 보겠다고 선까지 봤는지."

"품!"

우아하게 잔을 들어 입에 머금던 그녀가 놀라 차를 뿜었
다. 강준이 티슈를 뽑아 내밀며 걱정스럽게 말했다.

"천만다행이지 않습니까? 어머님께서 아무것도 모르시고
선을 주선하신 모양인데, 정말 큰일 날 뻔했습니다. 미친놈
을 사위로 들일 수도 있었다고 생각하니 제가 다 소름이 돋
더라고요. 어머님도 그러셨죠?"

그녀의 손을 가만히 감싸 잡으며 강준이 시선을 맞춰 왔

다. 동의를 구하는 듯한 그의 눈빛에 나희의 고개가 절로 끄덕여졌다.

그 미친놈의 범주에 강준도 들어간다고 말하고 싶었지만, 차마 그러진 못했다. 싱긋이 웃는 강준의 순수하기 그지없는 얼굴이 너무 무섭게 느껴졌기에.

속에 대체 뭐가 들었을까. 능글능글 청산유수처럼 쏟아내는 말에 도저히 토를 달 수가 없었다.

"안심하십시오, 어머님. 이제 제가 시은이 아끼고 사랑하면서 잘 살 테니까요."

"아, 그래……요."

"제가 먼저 찾아뵀어야 했는데, 이렇게 직접 찾아와 주시고. 정말 너무너무 감사합니다, 어머님."

말끝마다 덧붙이는 어머님 소리가 마치 족쇄처럼 느껴졌다. 나희가 은근슬쩍 손을 빼려 하자 강준이 더 강하게 손을 붙잡으며 가까이 상체를 기울여 다정하게 말했다.

"여기까지 오셨는데 저녁은 먹고 가셔야죠."

"아니, 그냥 지나다 얼굴이나 볼까 하고 겸사겸사 들른 거예요. 따로 뒤에 약속이 있어요."

"이런. 정말 서운하네요. 다음엔 제가 꼭 제대로 모시겠습니다. 아쉬운 마음을 담아 제가 차까지 배웅해 드리겠습니다. 같이 가시죠, 어머님."

"아니, 아니. 괜찮은데."

자리에서 일어선 강준이 재킷을 걸치며 다시 소파로 다가왔다. 그가 가까이 다가오자 벌떡 일어선 나희가 빠른 걸음으로 문 앞으로 갔다.

"조 간호사 퇴근하세요. 내일 봅시다."

데스크를 향해 손을 흔들어 보인 강준이 그녀의 등에 가볍게 손을 댔다. 입구로 안내하려던 것뿐인데 그의 손이 닿자 그녀가 움찔 몸을 떨었다.

엘리베이터를 타고 내려오는 동안 그녀는 그와 단 한 번도 시선을 맞추지 않았다.

건물 앞으로 나오자 강준이 나희를 불러 세웠다.

"어머님."

"네, 네?"

"이 건물 어떠십니까?"

병원 건물을 가리키며 강준이 물었다. 그녀가 건물을 돌아보자 그가 자랑스럽게 말했다.

"이게 다 제 겁니다. 노후 대책으로 이만한 게 없죠."

"그렇겠네요."

여러 상점이 들어선 5층 건물을 보며 나희가 고개를 끄덕였다. 그녀에게 바짝 다가선 강준이 조금 거만한 어투로 말을 이었다.

"이렇게 훌륭한 신랑감이 흔하진 않죠. 그러니까 어머님."

강준이 자신만만한 미소를 얼굴 가득 드리우며 단호하게 말했다.

"욕심 부리셔도 됩니다."

"네?"

"저 말입니다. 괜찮은 사윗감이니까 욕심내서 붙잡으셔도 된다는 말입니다."

환하게 웃는 강준과 달리 그녀의 낯빛은 점점 어두워졌다. 어색한 인사를 건네며 서둘러 자리를 뜨는 나희를 끝까지 배웅하고 돌아서며 강준은 살그머니 입술을 깨물었다.

초면에 너무 심했나 싶은 생각도 들었지만, 강수를 둬야 다신 시은을 힘들게 하지 않을 거라 판단했다. 그래서 좀 과한 강멘뜰을 불러냈다.

"잘했어. 아주 훌륭해."

그가 가슴을 가볍게 두드리며 칭찬을 아끼지 않았다.

※　　　※　　　※

오늘 저녁은 시은이 직접 만들어 주기로 했다. 강준이 극구 사양했지만 시은은 뜻을 굽히지 않았다. 장을 보기 위해 마트에 와서도 강준은 포기하지 않고 시은을 설득했다. 피곤할까 봐 간단히 먹을 인스턴트 위주로 권했지만 씨알도 안 먹혔다.

"레시피도 다 숙지했으니까 이대로만 만들면 돼요."

"이것저것 사다 보면 돈이 더 많이 든다니까요. 남은 재료는 또 어떻게 하려고. 낭비야, 낭비."

시은의 옆에서 보조를 맞춰 카트를 밀며 강준이 고개를 절레절레 흔들었다. 그런 그의 말을 깔끔히 무시하며 시은은 단으로 묶인 파를 골라 담았다.

"이거 너무 많지 않아요?"

"괜찮아요. 매일 가서 해 줄 거니까. 금방 먹을 수 있어요."

당근을 골라 담으며 시은이 대수롭지 않게 말했다. 강준의 얼굴이 굳은 것도 모른 채 그녀는 즐겁게 당근의 무게를 재서 가격표를 붙인 뒤 카트에 담았다.

다른 채소를 사기 위해 자리를 옮기는 시은을 강준이 멍하니 바라보며 혼잣소리를 중얼거렸다.

"매일매일이라. 와우!"

그리 유쾌하지 않은 감탄사를 뱉어 낸 강준이 한숨과 함께 카트를 움직였다.

강준이 이렇게 시은의 요리에 민감하게 반응하는 데에는 다 이유가 있었다. 바빠서 음식 할 시간이 없다는 말이 딱 들어맞는 레지던트 1년차의 그녀가 처음으로 음식을 만들어 준

적이 있었다. 간단한 계란 요리인 스크램블을 주방에서 아주 요란하게 만들어 냈던 적이.

뒤죽박죽 엉망이 된 주방을 뒤로하고 시은이 레드 계열의 접시에 예쁘게 스크램블을 담아냈다. 그 위에 케첩으로 하트까지 그려 주는 성의도 보였다. 감동한 강준은 행복한 얼굴로 식탁에 앉았다.

스크램블을 한 스푼 가득 떠 입안에 넣기까지는 분명 그랬었다. 순간 입안으로 퍼지는 그 오묘한 맛을 어떻게 표현해야 좋을지 그는 알 수 없었다.

마주 앉아 눈을 반짝이며 뭐라고 말해 주기를 기다리는 시은에게 엄지를 척 들어 올렸다. 차마 입을 열 수가 없어 동작으로 표현한 것이었다. 물론 엄지를 든 건 맛과는 다른 노력에 대한 평가였다.

맛은…… 정말 다시는 주방에 그녀를 들이고 싶지 않을 만큼 충격적이었다.

"나는 여자가 꼭 음식을 해야 한다는 주의는 아니에요."

"나도 그래요."

"그러니까 내가 하든지 외식을 하든지, 아니면 만들어진 반찬을 사 먹는 것도 괜찮으니까 편하게 해요."

마지막 희망을 버리지 않은 강준을 향해 시은이 싱긋이 웃었다.

"그래도 사랑하는 사람에게 직접 만든 음식을 먹이고 싶다고요. 자주는 아니더라도 가끔 시간 날 땐 해 줄게요. 난 괜찮아요."

"……고마워요."

전혀 괜찮지 않다는 말이 목구멍까지 치밀어 올랐다. 하지만 강준은 빙긋이 웃으며 그 말을 삼켰다.

마트를 나서는 강준의 손엔 커다란 박스가 들려 있었다.

트렁크를 열어 장 본 박스를 담은 그는 이걸 다 먹으려면 정말 빠짐없이 그녀가 집에 와야겠다는 생각을 하며 트렁크 문을 닫았다.

"뭐, 맛이 오묘하면 어때. 약 먹고 설사 좀 하면 되지. 마음이 중요한 거야, 마음이."

쿡 하고 낮게 웃음을 터트린 강준이 운전석에 오르자, 시은이 기다렸다는 듯 그의 가슴 쪽으로 상체를 기울였다.

"왜요?"

"벨트 매 주려고요."

"내가 할 수 있는데."

"서비스. 장 본다고 고생했으니까."

"다른 건 없나?"

차 키를 꽂으며 강준이 은근슬쩍 볼을 내밀었다. 그러자 제자리로 돌아간 시은이 안전벨트를 매며 모른 척 시치미를 뗐다. 입을 삐죽 내민 강준이 차를 출발시켰다.

"훗. 하나에 하나란 말이지."

차가 신호를 받아 멈춰 서자 강준의 볼에 뭔가가 닿았다 멀어졌다. 놀란 그가 바라보자 시은은 앞을 보며 아무 일도 없었던 것처럼 행동했다. 턱을 쓸며 미간을 살짝 찌푸린 그의 입가에 엷은 미소가 머금어졌다.

"이러면 안 되는데."

혼잣소리처럼 작게 중얼거린 강준은 신호가 바뀌자 차를 출발시켰다. 그리곤 다음 신호가 걸리자마자 시은의 뒷머리를 감싸 끌어당겼다.

순식간에 그녀의 입술을 취한 강준은 시은이 그랬던 것처럼 시치미를 떼며 톡톡 손끝으로 핸들을 두드렸다. 그 손끝을 멍하니 바라보다 그의 얼굴로 시선을 옮긴 시은이 입술을 잘근 깨물었다.

그 뒤로는 신호를 받지 않고 곧장 집까지 달렸다. 차에서 내린 강준과 시은의 얼굴에 아쉬움이 가득했다. 강준이 트렁크에서 박스를 꺼내자 시은이 문을 닫아 주었다. 건물 옥상까지 박스를 들고 올라간 강준은 집에 도착하자마자 만만 찮은 무게의 박스를 내려놨다.

강준이 티를 펄럭였다. 굳이 엘리베이터를 두고 계단을 오른 건 옷을 벗기 위한 구실을 만들어 내기 위해서였다. 쉬지 않고 오르느라 열이 났는지 더워졌다. 강준의 곁으로 다가온 시은이 손바닥으로 그의 이마를 짚었다.

"나 열나는 거 아닌데."

"열 아니고 땀이요."

"땀 많이 안 났어요."

싱긋이 웃는 강준의 허리로 시은이 손을 내렸다. 그리곤 거침없이 그의 티 안으로 손을 밀어 넣었다. 발칙한 손이 그의 맨살 위를 더듬어 올랐다. 가슴을 스치고 지난 손이 그의 목덜미를 쓸었다.

"이 정도면 많이 난 거죠. 씻어야겠다."

목을 만지려면 굳이 티 안으로 손을 넣을 필요가 없었다. 그럼에도 티 속에 손을 넣어 마치 제 것인 양 만져 대는 대담함에 강준은 웃음을 터트렸다. 두 손을 다 집어넣어 맨살을 탐하는 시은을 그가 사랑스럽게 내려다봤다.

"그러네. 씻어야겠네."

강준이 눈꼬리를 야릇하게 올렸다. 시은은 턱을 들어 그와 눈을 마주했다. 제 가슴을 어루만지는 시은의 손을 잡아 등 뒤로 돌리곤 강준이 그녀의 머리를 부드럽게 쓸어내렸다. 그의 손이 그대로 미끄러져 내려와 원피스 지퍼를 잡았다.

척추를 따라 흐르듯 열린 지퍼는 그녀의 움푹 들어간 허리 라인 바로 아래에서 멈췄다. 그가 발을 움직여 앞으로 걸어가자 시은이 뒤로 물러섰다. 예전에 그녀가 그랬던 것처럼 그가 시은의 허벅지 사이로 제 다리를 밀어 넣었다.

그의 바지가 그녀의 여린 살 위를 자극했다. 시은이 움찔하며 한 발을 또 뒤로 물렸다. 하지만 그는 그녀가 멀어지는 것을 허락하지 않았다. 다시 바짝 다가선 강준이 그녀의 엉덩이를 받쳐 안아 올렸다. 시은이 그의 허리에 다리를 휘감았다.

그녀가 벗겨 낸 강준의 티가 바닥에 떨어졌다. 시은이 강준의 얼굴을 두 손으로 감싸며 그의 입술에 제 입술을 겹치고 사르르 눈을 감았다.

깊고 감미로운 키스가 욕실 문을 향해 걸어가는 동안 계속해서 이어졌다.

"아무래도 다른 거 먼저 먹고 음식을 먹어야겠는데요?"

강준이 시은의 아랫입술을 살짝 깨물었다 놓으며 달콤하게 속삭였다.

"그럴까요?"

원피스에서 팔을 빼낸 시은이 솜털 같은 웃음을 그의 입술 위에 쏟아 냈다. 그의 두 눈 가득 사랑스러운 시은의 모습이 담겼다.

두 사람이 욕실 문을 열고 들어간 지 한참 뒤에야 물소리가 들렸다. 그리고 또 한참의 시간이 지난 후에야 욕실 문이 다시 열렸다.

※   ※   ※

편한 옷으로 갈아입고 나온 강준은 제 티를 걸치고 싱크
대 앞에 선 시은의 곁으로 다가갔다. 그가 시은의 어깨에 턱
을 올리고 허리를 팔로 휘감았다. 그리곤 고개를 틀어 그녀
의 목에 코를 댔다.

"으음. 향기 좋다."

"뭐예요. 지금 자기 냄새에 자기가 도취한 거예요?"

향기를 맡느라 감았던 눈을 뜬 강준이 시은을 바라봤다.

"내 여자 몸에서 나는 자기 향취가 얼마나 자극적이고 섹
시한지 모르죠? 수컷들이 영역 표시를 하는 것과 같은 맥락
이랄까?"

"그래요? 이거 내 거다, 그런 거란 말이죠?"

"으음, 좋다. 떨어지기 싫을 만큼."

시은이 입가에 미소를 띠며 하던 것을 마저 마무리했다.

"그래도 잠시 떨어져야 할걸요. 배는 채워야죠."

시은이 돌아서서 강준을 마주했다. 그러자 강준이 싱크대
에 손을 짚어 그녀를 품에 가뒀다. 제 입술에 시선을 두고 고
개를 틀어 다가오는 강준의 코에 시은이 뭔가를 묻혔다.

"응?"

눈썹을 꿈틀한 강준이 제 코끝에 묻은 것을 봤다. 하얗고 부드러운 것이 손톱만큼 묻어 있었다. 시은이 제 손가락을 보여 줬다.

"슈크림."

"슈크림?"

그가 콧잔등을 찡긋거렸다. 대체 무슨 요리를 했기에 슈크림이 등장하나 싶었다. 슬쩍 시은의 어깨 너머로 본 싱크대 위에 샐러드의 형상을 한 음식이 있었다. 그 한쪽엔 으깬 감자가 다소곳이 놓여 있었고, 그 위에 슈크림으로 보이는 것이 올려져 있었다.

보통은 감자 샐러드 위에 생크림을 올리지 않나? 슈크림은 빵과 어울리는 거 아니던가?

어느 정도 맛을 예상하며 강준이 살짝 아랫입술을 깨물었다. 입술에 웃음기가 묻어났다. 그가 섹시한 눈빛으로 시은을 응시하며 그녀의 손가락을 혀로 핥았다.

"으음. 맛있다."

"그래요?"

"달콤한데요?"

조금 진하지만.

시은이 고개를 갸웃하더니 그의 콧등에 혀를 댔다. 할짝할짝. 고양이처럼 그의 콧등을 핥고는 맛을 음미하듯 혀로 제 입술을 쓸었다.

"으음. 정말 달콤하네."

"무슨 요리예요?"

"닭 가슴살 샐러드."

강준이 팔을 거두자 시은은 냉큼 접시를 들어 그의 앞에 내밀었다. 자랑스러워하는 그녀의 얼굴을 본 강준이 미소를 머금었다. 먹고 죽는 것도 아닌데 이까짓 거 그냥 사랑으로 극복해 내면 되는 거다.

"맛있게 잘 먹겠습니다."

두 손으로 접시를 받으며 강준이 고개를 숙여 보였다. 그런 그를 뿌듯하게 바라보며 그녀가 환한 미소를 띠었다. 음식 세팅은 그가 직접 했다. 접시 옆에 포크와 스푼을 놓는 게 다였지만, 시은은 기쁘게 바라보았다.

"자아, 고생하신 우리 여왕님은 여기 앉으시고."

그녀가 앉기 편하게 그가 의자를 빼고 밀어 주었다. 식탁을 돌아 맞은편 자리에 앉은 강준은 시은의 기대 어린 눈빛을 받으며 포크를 집었다. 그리곤 무성한 풀 사이로 언뜻 보이는 닭 가슴살을 포크로 집어 입으로 가져갔다.

다른 건 몰라도 닭 가슴살의 맛은 다 똑같을 거라 생각했다. 그것을 입에 넣어 그가 오물오물 씹자 시은이 싱긋이 웃으며 포크를 들었다.

계산 착오였다. 같은 재료라도 만드는 사람에 따라 전혀 다른 맛을 낼 수 있다는 걸 강준은 오늘 시은의 요리를 통해 다시 한 번 뼈저리게 깨달았다.

"어라?"

아무 의심 없이 샐러드를 입에 넣던 시은이 호들갑을 떨며 티슈를 뽑아 입안에 든 것을 뱉어 버렸다. 그리고 눈을 동그랗게 떠 강준을 쳐다봤다. 싱긋 웃으며 그가 다시 샐러드를 입으로 가져가자 시은이 놀라 황급히 그의 손을 붙잡았다.

"왜요?"

영문을 모르겠다는 듯 그가 물었다. 그런 그를 응시하며 시은이 고개를 절레절레 흔들었다.

"먹지 마요."

"먹어도 돼요."

"아니야. 이건 인간이 먹을 수 있는 게 아니야."

시은은 그의 손에서 냉큼 포크를 뺏어 식탁 위에 올려놓고 벌떡 자리에서 일어섰다. 그리곤 접시를 거둬 싱크대로 가 그대로 음식을 쏟아부었다.

"망할 레시피. 어째 식초 양이 조금 많은 것 같더라니."

부산을 떨며 투덜거리는 시은을 귀엽게 바라보며 강준이 식탁 위에 팔을 올려 턱을 괬다. 아마도 레시피는 잘못이 없을 것이다. 식초의 양이 많았던 건 계량을 잘못한 시은의 실수일 터였다. 티스푼으로 계량해야 하는 것을 보통의 큰 스푼으로 쟀다든가 하는.

신경질을 부렸다가, 자괴감에 빠져 자아비판을 했다가, 불끈 주먹을 쥐며 필승을 다짐하는 시은의 모습이 사랑스러웠다.

늘 저렇게 씩씩한 모습으로 옆에 있었으면 좋겠다.

강준은 두 눈 가득 그녀를 담아내며 부드럽게 입꼬리를 말아 올렸다. 행복이 있다면 바로 이런 게 아닐까 싶었다.

음식을 만들어 먹는 건 포기한 두 사람은 거리로 나섰다. 음식을 시켜 먹기도 늦은 시간이었다. 그래서 그냥 편의점에서 간단히 끼니를 때우기로 했다. 산책을 겸해 나온 길이라 두 사람은 손을 잡고 나란히 기분 좋게 거리를 걸었다.

"난 손잡을 때 이렇게 깍지 끼는 게 결속력 있고 좋더라."

깍지를 끼며 강준이 가볍게 손을 흔들었다. 그러자 시은이 그의 팔을 껴안듯이 감싸며 몸을 기댔다.

"바람도 좋고, 온도도 적당하고. 산책하기 딱 좋은 밤이네요."

"날마다 이렇게 둘이서 산책하면 정말 좋겠네요."

"날마다는 힘들겠지만 그래도 시간 날 때마다 같이해요, 우리."

"왜 힘들어요?"

"네?"

강준이 걸음을 멈추고 시은을 빤히 내려다봤다. 시은도 눈을 말똥하게 빛내며 그를 응시했다.

"같이 살면 되지. 그럼 간단하잖아요."

"어머. 지금 이거 혹시 프러포즈예요?"

"에이, 설마."

"그죠? 아니죠?"

다시 걸음을 옮기며 강준이 은근슬쩍 덧붙였다.

"청혼이라면 모를까. 닭살 돋게 프러포즈는 무슨."

"청혼이요?"

"저기, 24시 편의점이다."

동그랗게 눈을 뜨고 되묻는 시은의 손을 잡아끌며 강준이 편의점을 향해 곧장 걸어갔다. 문을 열고 들어선 강준은 컵라면과 삼각 김밥, 그리고 음료수를 골랐다. 그것들을 계산대로 가져가는 동안에도 강준은 질문에 대한 대답을 하지 않았다.

"16,750원입니다."

값을 지불한 강준이 스탠드 테이블로 향했다. 그 뒤를 시은이 졸졸 따라붙으며 그의 겨드랑이 사이로 제 얼굴을 이리저리 내밀었다.

"뭐해요?"

컵라면의 포장을 뜯어 스프를 흔들며 강준이 무심하게 물었다. 그에 시은의 미간이 절로 찌푸려졌다. 새침한 얼굴로 그의 옆에 선 그녀가 제 몫의 컵라면을 거칠게 뜯었다. 그리곤 스프를 꺼내 신경질적으로 흔들었다. 그 모습을 강준이 물끄러미 지켜봤다.

거칠게 스프를 뜯은 탓에 반은 컵라면 속에, 반은 테이블 위로 쏟아지고 말았다.

"에잇, 망했다. 이놈의 손은 먹는 것만 만졌다 하면 간을 못 맞춰."

투덜거리는 시은의 손에서 컵라면을 거둔 강준이 뜨거운 물을 받았다. 그리곤 제 것을 시은의 앞에 밀어 주고 시은의 것을 제 앞에 놓았다. 젓가락까지 곱게 갈라 컵라면 뚜껑 위에 올려 주며 그가 다정스레 말했다.

"괜찮아요. 내가 시은 씨 옆에 늘 있을 거니까."

"또, 또, 막 남발하고 그러지. 대체 이런 얼렁뚱땅은 어디서 배웠대? 청혼은 그런 식으로 하는 게 아니거든요?"

"얼렁뚱땅 아니고 진심. 그리고 또 하고 또 할 거야. 먹힐 때까지 맨날, 맨날."

장난스럽게 맞받아치는 강준을 시은이 얄밉게 흘겼다. 강준은 그런 시은의 입에 삼각 김밥을 물렸다. 그것을 한입 베어 물고 오물거리며 시은이 툴툴거렸다.

"나 그렇게 쉬운 여자 아니거든요."

"나도 그렇게 쉬운 남자 아닙니다."

"이봐요, 서강준 씨."

씩씩거리며 그를 쏘아보는 시은의 얼굴 위로 불쑥 강준이 얼굴을 들이밀었다. 시은이 놀라 눈을 동그랗게 뜨자 그가 손을 뻗어 그녀의 입술에 묻은 밥풀을 뗐다. 그것을 제 입안에 넣으며 은밀하고 섹시한 목소리로 속삭였다.

"남자만 청혼하란 법 있나?"

"네?"

"해 봐요. 나 한번 꼬셔 봐."

매혹적으로 말려 올라가는 강준의 입술을 바라보며 시은이 고개를 모로 기울였다. 그녀의 입술에도 사르르 미소가 번져 있었다. 시은이 강준의 목덜미를 감싸 부드럽게 끌자 서로의 얼굴이 가까워졌다. 그의 입술을 천천히 쓸던 시은이 입술을 벌려 그 사이로 손가락 끝을 살짝 밀어 넣었다.

손끝에 따스하고 부드러운 혀가 만져졌다. 그 혀가 그녀의 손가락을 자극하며 느릿하게 움직였다.

"누가 마음대로 먹으래요? 그거 원래 내 거잖아. 뱉어요."

시은은 손가락으로 그의 여린 입안 살을 더듬었다. 그러자 강준이 손가락을 살짝 깨물었다.

"아."

그녀가 손가락을 빼내자 그가 그 손을 잡았다. 지그시 시
선을 맞춘 강준은 그녀의 손을 제 가슴 위에 올렸다.

"직접 찾아가세요. 찾을 수 있을지는 모르지만."

"찾을 때까지 구석구석 뒤져야겠네요."

"그러시든지."

강준은 컵라면 뚜껑을 열어 젓가락으로 면을 휘저었다.
모락모락 연기가 피어오르며 맛있는 냄새가 풍겼다. 강준이
젓가락을 그녀의 손에 쥐어 주었다.

"우선 이것부터 해치우고."

"그래요. 먹고 해요. 청혼이든 사랑이든."

"우리 집이 살긴 좋아. 주변 환경도 그렇고."

면을 후루룩 맛나게 먹는 강준을 빤히 올려 보던 시은이
피식 웃으며 젓가락을 놀렸다.

창밖을 바라보고 나란히 서서 컵라면을 먹는 두 사람은 무
척이나 행복했다. 시은은 앞으로도 이렇게 쭉 그와 같은 곳
을 보며 함께 살았으면 좋겠다고 생각했다.

그녀가 테이블 아래로 왼손을 내밀자 그 손을 강준이 맞잡
아 깍지를 꼈다.

우연찮게도 시은은 오른손잡이였고, 강준은 왼손잡이였다.
무엇을 하든 무엇을 먹든 늘 손을 맞잡을 수 있는 완벽한 조

합이었다.

"살기 좋은 집으로 매일매일 짐 하나씩 옮기면 되겠네."

시은이 장난스럽게 그의 말을 받았다.

"그거 다 옮기면 결혼할래요?"

"생각해 볼게요."

"비싸다. 비싸도 너무 비싸."

강준이 고개를 설레설레 흔들며 투덜거렸다. 주고받는 말에 사랑이 가득 묻어났다. 맞잡은 손이 기분 좋은 리듬을 타고 흔들렸다.

나란히 걷자.

두 손 맞잡고.

같은 곳을 향해 걸으며,

서로를 마주 보고,

그렇게 평생,

사랑하며 살자.

정시은, 넌 평생 나만 사랑하게 될 거야. 내가 그런 것처럼.

epilogue

쪼오옥.

빨대를 따라 올라오는 맥주를 삼키며 시은이 정면을 주시
했다. 마주 앉아 같은 것을 마시고 있는 강준의 시선도 그녀
를 향해 있었다.

그들의 옆엔 빈 캔이 각자 하나씩 놓여 있었다. 바짝 긴장
한 시은과 달리 강준의 입가엔 여유 만만한 미소가 머금어
져 있었다.

쪽쪽.

바닥이 드러났음을 알리는 소리가 강준에게서 먼저 들려
왔다.

"예스!"

텅 빈 캔을 머리 위에서 뒤집어 흔든 강준이 한쪽 주먹을 불끈 쥐며 승리의 기쁨을 만끽했다. 그런 강준을 시은이 얄밉게 흘기며 자신의 캔을 들어 남은 양을 가늠해 보았다. 찰랑거리는 소리가 아래에서 들리는 게 얼마 남지 않았음을 알 수 있었다.

"에잇, 아까워라."

캔을 와락 구기며 시은이 입을 삐죽거렸다. 그런 그녀를 즐겁게 바라보며 강준이 테이블에 느긋이 턱을 괬다.

"자, 빨리 벌칙 실행해야지?"

"해요, 한다고. 누가 안 한대?"

시은이 툴툴거리며 발에 손을 대자 지켜보던 강준이 급하게 저지했다.

"어어, 거긴 아니지."

"왜요? 몸에 걸친 건 다 되는 거지 뭐가 아니야? 이것도 옷의 한 종류라고요."

"양말이 옷은 아니지."

"아니면? 살인가? 피부야? 지금 내가 표피 벗겨요?"

한마디도 지지 않고 맞받아치던 시은은 양말 한쪽을 벗어 보란 듯이 흔들고는 등 뒤로 휙 던져 버렸다.

강준이 설레설레 고개를 저으며 미간을 살짝 찌푸렸다.

그가 다음 캔을 따서 시은과 제 앞에 놓았다.

"그럼 내가 손해잖아."

"뭐가요?"

강준이 테이블 밑으로 다리를 쭉 뻗어 발을 간질거리자 시은이 쿡쿡 낮게 웃었다.

"난 처음부터 맨발이었거든요. 이럴 줄 알았으면 양말 안 벗었지."

"그건 강준 씨 습관이니까 내 알 바 아니죠."

"와아, 이거 뭔가 속은 기분인데."

"양말 하나 가지고 너무 예민한 거 아니에요?"

"예민? 양말만이면 말을 안 했지. 자긴 재킷도 입었었고."

"입었었고?"

"안에 나보다 하나 더 입었을 테고. 이래저래 내가 불리하단 거지."

"알았어요. 그럼 하나 더 걸쳐요. 봐줄게."

"진짜?"

선심을 쓰는 듯한 시은의 말에 강준이 반색하며 물었다. 그런 강준을 지그시 응시하며 시은이 고개를 끄덕였다. 자리에서 벌떡 일어나 드레스 룸으로 가려는 강준의 등 뒤로 시은의 시니컬한 목소리가 들렸다.

"단, 나처럼 가슴 위에 하나 더 걸치기."

강준이 눈썹을 꿈틀하며 시은을 돌아봤다. 시은은 대수롭지 않은 표정으로 제 가슴을 톡톡 가리켰다.

그에 그가 팔짱을 끼고 한쪽 눈썹을 치켜세우며 불퉁하게 물었다.

"지금 나더러 브래지어를 하라는 말?"

"똑같아야 된다면서요? 나 양말도 벗고 재킷도 벗었어. 지금 강준 씨랑 다른 건 이것밖에 없어요. 그러니까 같은 조건이 되려면 같은 걸 걸쳐야지. 안 그래요?"

"와우. 그걸 또 거기에 적용하나?"

강준이 고개를 절레절레 흔들며 다시 자리에 앉자 시은이 피식 웃으며 캔에 빨대를 꽂았다. 게임을 재개하려는데 갑자기 그가 상체를 불쑥 숙여 가까이 다가왔다.

"왜요?"

눈을 말똥거리며 시은이 물었다. 그러자 그가 입가를 야릇하게 말아 올리며 그녀의 목으로 손을 뻗었다. 티의 목 라인에 검지를 걸쳐 쓰윽 당기자 예쁜 쇄골과 가슴골이 드러났다.

"뭐하는 거예요?"

"난 브래지어가 없고, 똑같은 조건으로 게임은 해야 하고."

"그래서요?"

"벗지?"

"벗는 건 게임에서 졌을 때라고 했어요."

"사리 분별 확실한 정시은 씨. 이거 꼼수가 너무 훤히 보이는 거 아닌가?"

"뭐가요?"

시치미를 뚝 떼는 시은의 얼굴로 제 얼굴을 들이대며 강준이 싱긋이 웃었다. 그의 입술이 시은의 눈앞에서 매혹적으로 달싹이고 있었다.

"날 벗기려고 작정하고 온 거잖아."

"무슨! 그런 거 아니거든요? 봐요, 벌써 내리 두 번 내가 졌잖아."

부정을 하면 할수록 그녀의 얼굴이 빨갛게 달아올랐다.

시은은 태생적으로 거짓말을 잘 못 하는 성격이었다. 직설적이고 솔직한 그녀가 오늘은 다른 날과 달리 모종의 음모를 꾸미고 있었다. 그것을 알면서도 모른 척 장단을 맞춰 주던 강준이 불시에 핵심을 찔러 들어오자 시은이 당황해 얼굴을 붉혔다.

"글쎄요. 제 생각엔 다분히 의도적이었던 거 같은데요?"

강준이 티 안에 겹쳐 입은 얇은 슬립을 손끝으로 쓸며 의미심장한 눈으로 그녀를 바라보았다.

시은은 이미 만반의 준비를 하고 있었다. 절대 그가 알몸이 되기 전에 자신이 옷을 다 벗는 일은 없도록 껴입을 수 있는 것은 다 걸쳤다. 되도록 티가 안 나도록.

"알면 좀 져 주면 안 되나?"

뻔히 속을 알면서도 기어이 두 번을 이겨 버린 강준에 대한 불만이 툭 튀어나와 버렸다.

강준은 즐기는 편이지 폭주하는 편은 아니라 그렇게 술에 강하지 못했다. 시은보다 조금 더 잘 마실 뿐. 하지만 그마저도 천천히 비우는 터라 취한 걸 한 번도 보지 못했다.

그럼에도 불구하고 시은이 오늘 이런 게임을 제시하며 퇴근길에 맥주를 사 온 건 보고 싶은 것이 있어서였다.

"내가 제대로 취향을 저격한 거지."

"무슨 취향이요?"

불퉁한 얼굴로 톡 쏘듯 말하는 시은을 귀엽게 바라보며 강준이 뒤로 물러났다. 늘어난 옷을 툭툭 쳐서 옷매무새를 바로잡는 시은의 눈에 불만이 가득했다. 강준이 미소를 머금은 채 살짝 아랫입술을 깨물었다.

"스트립이 보고 싶으면 그렇다고 말을 하지."

"……."

동작을 멈추고 빤히 자신을 응시하는 시은을 마주 보며 강준이 자리에서 일어섰다. 그를 따라 시은의 시선도 위로 향했다. 강준이 매혹적인 미소를 머금었다.

옷을 벗는 그의 모습은 가슴을 항상 떨리게 만들었다. 시은은 자신에게 이런 면이 있으리라곤 생각지도 못했다.

남자에 무감각하다고만 생각했었다. 연애 따위 불필요한 거라고 여기며 모든 사람을 그냥 다 같은 인간이라 치부했었다.

그런데 강준이 그런 그녀의 생각을 확 바꿔 놓았다. 도발적인 섹시함에 더해 반항아의 일면을 보이는 자유로운 방종이 그녀를 끊임없이 빠져들게 만들었다.

오늘 시은은 느릿하고 우아한 동작으로 옷을 벗는 그의 모습을 보고 싶었다. 대놓고 스트립 한번 하라는 것보단 게임을 통해 벗기는 게 색다를 것 같았다. 그래서 들뜬 마음으로 게임을 제안한 것인데, 스코어는 보다시피 그가 앞서고 있었다.

"그냥 하는 것보단 이게 훨씬 더 재밌을 거 같아서 그랬어요."

성격답게 시은이 이내 시원스레 속내를 털어놓았다. 그러자 강준이 손을 들어 맥주를 가리켰다.

"마셔."

제 앞에 놓인 빨대 꽂은 맥주를 시은이 힐끔 내려다봤다. 다시 게임을 하자는 건가?

"마시면서 봐. 그게 훨씬 더 야릇할 거야."

강준이 시은을 응시한 채 한 걸음 뒤로 물러섰다. 그러면서 티를 슬쩍 위로 밀어 올렸다. 섹시한 허리 라인이 드러나며 조금씩 그의 복근이 보이기 시작했다.

쭈욱. 시은이 맥주를 한 모금 빨자 강준이 티를 조금 더 위로 밀어 올렸다. 알싸한 맥주의 맛과 함께 심장이 설렘을 안고 두근거렸다.

티를 벗은 탓에 머리가 헝클어진 그의 시선이 자연스레 아래로 향했다. 깎아 만든 듯 아름다운 턱 선과 목의 라인이 영화의 한 장면 같은 멋진 컷을 연출해 냈다.

"이거 다 벗고 나면 상은 주나?"

강준이 허리춤으로 손을 내리며 나른함이 묻은 섹시한 목소리로 물었다. 유혹의 눈빛을 담은 그의 눈을 마주한 시은이 제 티를 팔랑팔랑 흔들었다.

"2부 공연은 내가 하죠."

"그다음엔?"

"그다음은……."

맥주의 잔해가 남은 입술을 혀로 핥아 내며 시은이 의미심장한 미소를 머금었다.

"화끈한 19금 영화를 찍어야죠, 당연히."

"그게 어제랑 뭐가 다르지?"

"어젠 달콤이고 오늘은 화끈. 불금이니까."

"아아, 불금."

낮게 웃으며 강준이 바지를 스르륵 벗어 내렸다. 그리곤 그것을 화끈하게 시은의 뒤로 훅 날렸다.

제계로 날아오는 바지에 잠시 한눈을 판 사이 시은에게로 빠르게 다가선 강준이 그대로 그녀의 몸 위에 자신의 몸을 겹쳤다.

"어머!"

놀라 벌어진 시은의 입술을 강준이 제 입술로 삼켜 버렸다. 그의 부드러운 혀가 시은의 입속 곳곳을 달콤하게 물들였다.

능숙하게 시은의 옷을 벗긴 그가 티 속으로 손을 넣어 매끈한 배를 어루만지고 천천히 아래로 내려가 바지 버클을 풀었다.

시은의 다리가 그의 맨살에 감미롭게 휘감겨 왔다. 그의 단단한 다리를 따라 스르르 발을 올렸다가 내리며 그녀가 나른한 숨결을 흘렸다.

"으으음."

그에 강준이 환한 미소를 지어 보이며 그녀의 입술 위에 속삭였다.

"난 내가 벗기는 걸 더 선호하는 편이라."

시은의 살결을 따라 올라가며 그가 티와 슬립을 동시에

밀어 올렸다. 브래지어 속을 파고드는 손길에 시은이 움찔 몸을 들척였다.

세상 이보다 더 부드러운 것이 있을까 싶을 만큼 고운 살결의 봉긋한 가슴이 강준의 손안에 들어왔다. 소중한 것을 다루듯 조심스럽게 어루만지던 손길이 가슴을 꽉 움켜쥐자 시은의 허리가 들썩였다.

그녀가 손을 뻗어 그의 등을 쓸어 올렸다. 척추를 따라 천천히 올라간 손 아래로 단단한 근육이 느껴졌다. 남성미가 물씬 풍기는 그의 육체에 시은은 만족스런 숨결을 흘려 냈다.

"으음. 좋아."

손끝의 움직임을 따라 그의 잔근육이 불끈거렸다. 그의 입술에서 새어 나온 뜨거운 숨결이 고스란히 시은의 입속으로 스며들었다.

그 숨결을 다시 빼앗기라도 하듯 곧장 들어온 강준의 혀가 춤을 추는 것처럼 유연하게 시은의 입안을 탐했다. 시은의 혀를 찾아 감미롭게 빨아들이며 제 입속으로 이끈 강준이 낮은 웃음을 터트렸다.

시은은 그의 속옷을 벗기며 장난치듯 민감한 부위를 툭툭 자극했다.

"그러면 혼날 텐데?"

강준의 은밀한 속삭임에 시은이 더욱 과감하게 손을 움직였다.

"얼마든지."

"계속 약만 올리면 큰일 날 텐데."

"훗. 그러라고 하는 건데."

강준의 몸이 묵직하게 시은을 눌러 왔다. 그녀의 다리 사이에 제 다리를 밀어 넣으며 강준이 경고하듯 낮게 으르렁거렸다.

"계속해 봐. 알지? 원 터치엔 원 터치로. 하고 싶은 만큼 얼마든지 자극해 봐. 아주 제대로 돌려줄 테니까."

농밀하게 가슴과 몸을 점령해 오는 강준의 강한 자극에 시은이 격렬하게 뒤척였다.

"꺄아."

"각오 단단히 해."

그가 시은의 가슴에 얼굴을 묻었다.

※   ※   ※

강준은 현관 입구에 선 채 시은이 내민 볼펜을 멍하니 바라보았다. 그가 손을 내밀자 시은이 당연하다는 듯 볼펜을 그 위에 올려 준 것이었다. 그리곤 신발을 벗고 마치 제집인 양 성큼성큼 들어섰다.

검정색 볼펜을 손에 꽉 쥐고 돌아선 강준이 소파에 털썩 주저앉은 시은의 곁으로 다가갔다. 그리곤 그녀의 눈앞에 볼펜을 흔들어 보였다.

"오늘 짐은 이게 다?"

"응, 다."

"고작 볼펜 하나란 거지?"

"하루에 하나씩 짐 옮기는 게 얼마나 힘든 일인데요. 그것도 겨우 가지고 온 거예요."

"아하."

별 감흥 없는 목소리로 감탄사를 내뱉은 강준이 그녀의 곁에 앉았다.

"어젠 머리핀 하나, 그제는 책 한 권이었지, 아마."

"그래도 제법 많이 옮겼어요. 봐요, 이 집 안 곳곳에 있는 내 물건을."

두 손을 쫙 펼쳐 보이며 시은이 태연하게 말했다.

틀린 말은 아니었다. 그녀의 물건이 집 안 곳곳에 있었다. 모두 소소하고 작은 것들로만 채워져 있어서 그렇지. 이런 식으로 해서 대체 언제 다 옮기겠다는 건지.

시간이 지나도 끝나지 않을 물건 옮기기에 강준이 고개를 절레절레 흔들었다.

감질 나는 것이, 아주 제대로다.

"이래서 시집을 오겠다는 거야, 말겠다는 거야."

볼펜을 사이드 테이블 위에 툭 내려놓으며 강준이 시은은 돌아봤다.

"오고 있는 중인 거죠."

"나야 언제든 기다려 줄 수 있지만 재호 형은 힘들어."

"재호 오빠가 왜 힘들어요?"

"국수 한번 얻어먹으려다가 숨넘어가겠다고, 나만 보면 투덜거리잖아. 하루하루 늙어 가는 데 우리가 커다란 일조를 하고 있다고."

시은이 제 다리를 강준의 허벅지 위에 올리며 소파에 길게 눕다시피 기댔다. 강준은 자연스럽게 시은의 다리를 토닥거렸다. 둘의 모습은 이미 부부라도 된 것처럼 편안해 보였다.

"그건 겉늙어서 그런 거죠. 우리 사랑에 왜 본인이 늙어가?"

"우리가 함께이길 가장 바란 사람이잖아."

"난 좀 더 즐기고 싶은데."

"뭘? 재호 형 애간장 녹는 거?"

강준이 발바닥을 주물러 주자 시은이 낮게 웃음을 터트리며 발가락을 오므렸다. 그 발가락을 강준이 손안에 넣고 꾹

꾹 주물렀다.

시원함과 간지러움이 공존하는 묘한 감촉에 시은이 절로 나른한 숨을 흘렸다.

"아웅, 좋다."

"그러니까 나한테 시집오라고. 매일 풀 서비스해 줄게."

"시집 안 가도 매일 해 주잖아요."

"자꾸 이렇게 튕길래?"

"왜요. 튕기다가 그대로 튕겨 나갈까 봐?"

호락호락 넘어오지 않는 시은을 응징이라도 하듯 강준이 그녀의 발바닥을 마구 간질였다. 이내 시은이 자지러졌다.

"아웃. 하지 마요."

강준은 펄떡거리며 반항하는 시은이 빠져나가지 못하게 그녀의 발목을 꽉 붙잡아 더 격렬하게 간지럼을 피웠다. 함께한 시간만큼 강준은 이미 시은의 몸에 대해 잘 알고 있었다. 곧 시은의 입에서 살짝 가빠진 숨소리가 들렸다.

둔감할 것 같던 그녀의 몸은 의외로 곳곳이 성감대였다. 이런 여자를 혼자 살게 두는 건 죄를 짓는 것과 다름없었다. 강준은 죄를 짓지 않기 위해 열심히 그녀에게 청혼 중이었다.

매일매일 그 청혼에 대한 답을 감질나게 받아 가면서.

"항복?"

"하, 항복."

두 손을 들어 보이며 숨넘어가는 웃음을 터트리는 시은을 지그시 응시하던 강준이 그녀의 발목을 쑤욱 잡아당겼다. 그러자 팔걸이에 머리를 기대고 있던 시은의 몸이 그대로 딸려왔다. 소파에 온전히 누운 시은의 위로 강준이 몸을 덮쳐 왔다.

"꺄악!"

바로 코앞으로 다가온 강준의 얼굴에 시은이 두 눈을 동그랗게 뜨고 그를 올려다봤다. 그녀의 콧대에 제 코를 비비적거리며 그가 부드럽게 미소를 지었다.

시은의 눈이 사르르 풀리며 눈꼬리가 위로 말려 올라갔다. 그 사랑스러운 눈웃음에 강준이 살짝 아랫입술을 깨물었다.

"어쩌지. 우리 애인 이렇게 예뻐서."

"보고 또 봐도 질리지 않는 얼굴이죠?"

새침하게 흘려 낸 시은의 말에 강준이 쪽 하고 입을 맞췄다.

"보고 또 봐도 사랑스러워 미칠 것 같은 얼굴이지."

강준이 그녀의 입술 위에 나긋이 속삭였다. 입술을 간질이는 아찔한 자극에 이번엔 시은이 참지 못하고 덥석 강준의 입술을 머금었다.

목을 휘감아 오는 시은의 적극성에 강준의 입가에 미소가
번졌다.

"워워, 여기까지. 더는 안 돼."

시은이 입술 안으로 혀를 밀어 넣으려는 찰나 강준이 조
금 거리를 두고 물러났다.

"뭐하는 거예요, 지금?"

"뭐가?"

"시동 걸어 놓고 공회전만 하는 거잖아. 기름 아깝게."

강준은 눈을 흘기며 제 목을 끌어당기려는 시은의 이마에
검지를 대고 저지했다. 그러자 그녀가 그의 손을 물어 버릴
듯이 쏘아보았다.

"치우죠, 이거."

"난 받은 만큼 돌려주는 것뿐이야."

"네?"

"줄 듯 말 듯 다 안 주고, 올 듯 말 듯 사람 애간장만 태우
잖아. 그 누가."

딱 이만큼의 거리만 허락하겠다는 듯 강준은 가까이 오지
도, 멀어지지도 않았다. 그녀가 다가오지 못하게 검지를 거
두지도 않았다.

강준의 목 뒤에 머문 시은의 손이 꼼지락거렸다. 손에 닿
는 목덜미의 살결이 참을 수 없는 욕구를 불러일으켰다.

다 갖고 싶어.

강준은 자신이 시은에게 매달리고 있다고 생각하지만, 사실은 그녀가 더 그에게 안절부절못하고 있었다. 날이 갈수록 그의 매력에 푹 빠져드는 자신이 너무 바보 같았으나 어쩔 수 없었다. 그는 너무 좋은 사람이었고, 가만히 있어도 빛이 나는 사람이었다.

자신만 그런 생각을 하는 게 아니라는 걸 시은은 잘 알고 있었다.

남자임에도 불구하고 은철은 강준만 보면 엄청난 팬심을 아낌없이 드러내 보였다. 그러면서 시은과 경쟁이라도 하듯 그의 사랑과 관심을 갈구했다.

물론 그건 존경하는 선배에게 가지는 지극히 순수한 애정이지만.

시은은 가끔 은철이 자신에게 엄청난 질투와 시기를 느낀다는 걸 알고 있었다. 어떨 땐 그가 한 남자를 두고 애정 공세를 펼치는 라이벌로 느껴질 지경이었다.

남자도 그런데 여잔 어떨까. 뛰어난 언변과 매력적인 얼굴, 퍼펙트한 몸까지 하나도 빠질 게 없는 강준은 최고의 남자였다. 이런 사람이 여태 독신이었다는 게 놀라울 지경이었다.

그래서 날마다 확인하고 싶었다. 이 사람이 정말 자신을 진심으로 사랑하고 결혼하고 싶어 하는 것인지. 답을 알고 있으면서도, 그것 때문에 늘 행복해하면서도 시은은 매일 강준에게 청혼을 받고 싶어 했다. 자신 때문에 안달하는 그의 모습이 보고 싶어서.

"쳇, 유치해."

"사랑은 원래 유치한 거거든."

강준이 목 뒤에 감긴 시은의 손 위로 제 손을 겹쳤다. 잡은 손에 살짝 힘이 가해지는 순간, 시은이 다리로 그의 허리를 꽉 휘감았다.

"어, 이건 또 무슨 도발이지?"

"절대 도망 못 가요. 안 놔줄 거야."

"이봐요, 아가씨. 여긴 내 집이거든요. 내 집에서 내가 왜 도망을 갑니까. 상대를 내쫓으면 모를까."

"어머, 진짜 쫓아내게요?"

시은의 얼굴 바로 옆으로 손을 내린 그가 무심한 눈으로 그녀를 내려다보았다.

"짐도 그다지 많지 않겠다, 뭐 옮기기 힘들다니까 내가 내일 당장 다 되돌려 놓죠. 오기 싫다는데 어쩔 거야. 할 수 없이 원점으로 되돌아가야지. 볼펜 먼저."

시은의 볼펜을 찾으려 강준이 고개를 돌렸다. 그러자 그녀가 그의 얼굴을 두 손으로 잡아 제게 돌렸다. 강준이 눈썹을 살짝 꿈틀거리더니 그녀를 가만히 직시했다.

입술을 한 번 잘근 깨물었다가 놓으며 시은은 짙은 한숨을 내쉬었다.

"졌다."

"……."

"내가 졌어요. 짐 다 옮겨요. 내일 당장 혼인신고 하러 갑시다. 지장 꽉 찍어 줄게."

진정한 항복을 외치는 시은의 말에 강준의 얼굴에 사르르 미소가 번졌다. 그가 그대로 얼굴을 내려 그녀의 입술에 제 입술을 겹쳤다. 진하고 강렬한 격정적인 키스가 시작됐다.

서로가 서로를 원하는 만큼 키스는 아주 긴 시간 동안 이어졌다.

정시은, 넌 날 못 이겨.

내가 널 간절히 원하듯 너의 사랑도 그럴 테니까.

앞으로도 영원히 넌 나만 사랑하게 될 거야.

이미 넌 내 마술에 걸려들었거든.

아주 오래전부터,

내가 널 사랑하기로 한 그 순간부터,

모든 건 결정이 나 있었어.

미안한데, 내가 널 너무 사랑해.

널 영원히 곁에 두고 싶을 만큼.

"오케이. 여기서 자고 내일 같이 가. 내 마누라 자리 너한
테만 줄게."

—The End